BOUPENDZA
N'ÉTAIT PAS
HORS-JEU

et autres nouvelles importantes

Sous la supervision de :
Omer NTOUGOU

BOUPENDZA
N'ÉTAIT PAS
HORS-JEU

et autres nouvelles importantes

Nous naissons seuls, nous vivons seuls, nous mourons seuls. Il n'y a qu'à travers l'amour et l'amitié que nous pouvons l'espace d'un instant créer l'illusion que nous ne sommes pas seuls.

Orson Welles

Ce n'est pas le moment de penser à ce que vous n'avez pas. Pensez à ce que vous pouvez faire avec ce que vous avez.

Ernest Hemingway

SOMMAIRE

PREFACE

Non, décidément, Boupendza n'était pas hors-jeu !

Le match Gabon-Burkina Faso du 23 janvier 2022, comptant pour les 8e de finale de la Coupe d'Afrique des Nations qui se jouait au Cameroun, a laissé un goût amer aux Gabonais.

Éliminés de la compétition au terme d'une rencontre aux multiples rebondissements et au bout d'une séance de tirs au but qui restera dans les annales, les Gabonais n'ont retenu cependant qu'une chose : les nombreuses erreurs d'arbitrage – souvent aux dépens de leurs joueurs – qui ont émaillé cette rencontre. Particulièrement, une action en fin de match, où le joueur gabonais Aaron Boupendza, pourtant dans sa moitié de terrain, a été sifflé hors-jeu par l'arbitre, ce qui l'a de fait empêché de voler littéralement vers le but adverse affronter le gardien du Burkina Faso.

Cette « *obstruction délibérée* » – aux dires des supporters gabonais – a déclenché une véritable campagne de protestation dans les réseaux sociaux. Le slogan « *Boupendza n'était pas hors-jeu* » a été testé à toutes les sauces, avec la constance cependant qu'il pointait une certaine injustice situationnelle ou sociale.

9

Alors non, définitivement, Boupendza n'était pas hors-jeu !

Mais qu'est-ce que cela a changé ?

Le monde entier a vu qu'il n'était pas hors-jeu, pourtant le monde entier a fermé les yeux et l'injustice a été socialisée.

Nous avons donc demandé à quelques amoureux de la plume de nous produire quelques clichés de ces injustices dont la société s'accommode si bien, qui sont tellement communs qu'on en arrive presque à les banaliser, à les dissoudre dans le quotidien.

Notre société est-elle devenue si insensible au beau et au précieux, que l'abject ne choque plus, que l'injustice peut faire rire ou que l'anormal peut perdre son préfixe à chaque énonciation, pour se fondre dans le justifiable et le compréhensible ?

L'imaginaire multiforme de la littérature nationale – ici questionné – nous revient de face avec un tableau multidimensionnel de notre société. C'est un bol de fraîcheur que de parcourir ces nouvelles, qui nous rappellent que la vie prend parfois des détours surprenants.

Consommez ici sans modération, au moins vous ne serez jamais hors-jeu !

Omer Ntougou

NON N'EST PAS LE DEBUT DE OUI !
(CLARISSE MABITI)

Le Colonel Mounguengui est furieux. En face de lui, trois de ses agents n'en mènent pas large. Les sergents Boloko, Mbaki et Mbomagua sont convoqués en conseil disciplinaire. L'affaire fait grand bruit dans la presse et la population est mécontente.

— Vous allez m'expliquer ce qui s'est passé, et très vite, hurle le colonel, furieux. Qui commence ? Sergent Bologo, c'est vous qui l'avez reçu ?

— Oui, mon colonel.

— Alors, expliquez-moi !

— Mercredi dernier à 7 heures du matin, une jeune femme très jolie et bien élégante est entrée précipitamment dans le commissariat de police. La bâtisse contient trois bureaux. La dame est entrée directement dans mon bureau.

Le Sergent Mbaki prend alors la suite du récit :

Moi j'étais dans le deuxième bureau. Je classais la documentation. Le Sergent Bologo l'a vu s'avancer, hésitante. Elle avait la mine défaite, elle semblait perdue, désorientée, contrariée.

— Prenez place, mademoiselle, lui a indiqué précipitamment le Sergent Bologo.

— Merci, monsieur !

— Bonjour. Alors qu'est-ce qui vous amène ici, madame ?

— Bonjour, monsieur l'agent. Je viens porter plainte.

Le sergent a acquiescé de la tête, puis il s'est levé et s'est dirigé vers une armoire. Il y a papoté quelques minutes et est revenu avec un document en main.

— Tenez ! Remplissez d'abord ce formulaire. J'écouterai ensuite votre déclaration.

La jeune femme s'est penchée sur le formulaire, c'était une fiche de renseignement. Elle a commencé à écrire, à cogiter un peu, puis elle a rempli le formulaire intégralement.

— C'est fait monsieur l'agent, a-t-elle dit, tremblotante, en lui tenant le document.

— Ok ! Ok ! a répondu, le sergent en parcourant la fiche. Alors mademoiselle Tsona, vous avez 25 ans et vous vivez à Akanda. Vous pouvez faire votre déclaration. Que vous arrive-t-il ?

— Eh… eh… bien… ! a-t-elle balbutié, hésitante.

— Oui, j'écoute !

— Le fait est que…

Elle a été subitement prise de panique. Elle stressait, elle transpirait. Elle ne savait ni par où ni comment commencer son récit. Les mots étaient bloqués dans sa gorge nouée.

— Allez-y, mademoiselle Tsona, vous usez ma patience ! a lancé le sergent en haussant un peu le ton. J'ai une longue journée, parlez et qu'on en finisse.

— Le fait est que…

— Ça, je l'ai bien compris. Venez-en à ce fait, dites-le, bon sang !

Mademoiselle Tsona était de plus en plus agitée, nerveuse. Ses mains étaient tremblotantes. Elle resserrait les flancs de sa robe sur ses genoux.

— Monsieur l'agent, j'ai été victime d'un viol !

Surpris, le Sergent Bologo s'est cabré sur sa chaise inconfortable.

— Un viol, vous dites ?

— Oui ! Un rapport sexuel non consenti !

— Je sais ce qu'est un viol, mademoiselle.

— C'est un crime, n'est-ce pas monsieur l'agent ?

Le Sergent Bologo s'est raclé la gorge avant de répondre.

— Oui, ça l'est. L'article 362 du Code pénal est clair : quiconque a volontairement porté des coups ou commis toute autre violence ou voie de fait sur une personne ayant entraîné des blessures est puni d'un emprisonnement de cinq ans au plus et d'une amende de 1 000 000 F CFA au moins.

— Moi, je pense qu'il faut plutôt viser l'article 359 du Code pénal qui dispose : Constituent des actes de torture ou de barbarie, la commission d'un ou plusieurs actes inhumains ou dégradants d'une gravité exceptionnelle qui dépassent de simples violences et occasionnent à la victime une douleur ou une souffrance aiguë, avec la volonté de nier en la victime la dignité de la personne humaine. L'article 360 précise même que l'auteur de tortures ou d'actes de barbarie est puni de vingt ans de réclusion criminelle et d'une amende de 20 000 000 F CFA au plus.

— Ah ! Mademoiselle potasse la loi ?

— Je suis étudiante en droit, monsieur l'agent. Le viol est un acte de torture et de barbarie.

— Eh bien, mademoiselle qui connaît le droit mieux que l'agent que je suis, vous devez savoir que pour l'établissement de la plainte, j'ai besoin des détails de l'histoire et si possible d'un témoin. Où, quand et par qui est-ce arrivé ?

— C'était au quartier Plein ciel, dans la nuit d'hier à aujourd'hui. C'est mon petit ami qui a commis cet acte ignoble.

— Votre petit ami ? a questionné le sergent, l'air étonné.

— Oui. Mon petit ami.

— Vous vous foutez de moi ?

— Je vous demande pardon, monsieur l'agent ? a répliqué la jeune femme, choquée.

— C'est votre petit ami qui vous a violée, même pas un inconnu, mais carrément votre ami intime ?

— Oui, puisque je vous le dis !

— C'est une blague ! a répliqué presque en riant le sergent.

Il s'est tourné ensuite vers moi et a crié :

— Mbaki ? Sergent Mbaki ? Viens voir ce que nous avons là !

J'étais donc occupé à classer de la paperasse dans l'autre pièce, même si en réalité j'écoutais attentivement cet entretien. Je suis venu m'encadrer devant la porte.

— Je suis là, c'est quoi encore ?

— Dites-le-lui, mademoiselle.

— Je suis venue porter plainte parce que j'ai été violée dans la nuit d'hier à aujourd'hui par mon petit ami. Nous étions chez lui, à Plein Ciel.

Nous, on a éclaté de rire. Désorientée et probablement honteuse, la demoiselle s'est certainement dit qu'elle aurait mieux fait de ne pas se rendre au commissariat.

— Comme c'est drôle ! lui ai-je dit. Elle est bien bonne celle-là.

Ma réflexion a attisé encore plus sa colère.

— Il nous faut connaître le récit des faits, a repris le sergent Bologo pour la calmer. Car nous devons juger si oui ou non, cela nécessite de monter un dossier contre votre petit ami. Alors nous vous écoutons.

— Vous pensez que je plaisante ? s'est-elle emportée.

— Nous n'avons rien dit de tel, mademoiselle. Mais avouez quand même que…

— Euhh… je… je préfère donc m'adresser à votre collègue, la dame assise là-bas dans l'autre pièce, s'il vous plaît.

J'ai presque regretté d'avoir laissé ma paperasse. Elle s'est levée et s'est dirigée directement dans le bureau du Sergent Sophie Mbomagua.

— Bonjour, Madame, je suis venue porter plainte. Votre collègue m'a fait comprendre qu'on doit d'abord prendre ma déclaration et qu'ensuite, sera établie la plainte si les faits le nécessitent et…

— Stop ! Venez-en au fait, mademoiselle, j'ai d'autres chats à fouetter.

— D'accord, madame l'agente. J'ai été violée par mon petit ami.

— Violée par votre petit ami ?

— Oui, oui madame, mon petit ami m'a violée.

— Qu'est-ce que je ne vais pas entendre ici ? Humm, racontez !

— J'étais chez lui hier soir, j'y dors quatre nuits par semaine. Nous avons regardé un film jusqu'à 23 h. Ensuite, je me suis levée, j'ai vérifié que toutes les portes étaient fermées et je suis allé me coucher. J'avais un programme chargé ce matin. Au milieu de la nuit, j'ai été réveillée par une main qui tentait de me caresser. Calmement, j'ai fait comprendre à mon petit ami que je n'étais pas disposée à me donner à lui. Il a insisté, m'a demandé de céder, j'ai dit « NON » ! Mais il a continué, il m'a brutalement dévêtue, m'a violenté. J'ai de nouveau crié « NON, NON ! » à plusieurs reprises. Pourtant, il a fait ce qu'il avait à faire. Je me suis défendue, mais il est physiquement plus fort que moi. Quand il a fini sa besogne, il s'est simplement endormi, me laissant dans un état de décomposition sans nom, humiliée et incompréhensive. J'étais horrifiée par ce qui venait de se passer. J'en ai perdu le sommeil. Je me suis sentie souillée, je pleurais, ruminais et je me suis cabrée dans un coin jusqu'à ce que le jour vienne. Ce matin, j'ai attendu qu'il se lève pour lui demander pourquoi il m'a fait cela. Je lui ai rappelé que je lui avais dit « NON » ! Il s'est mis à rire et m'a répondu que « dans un lit, non c'est le début du oui » ! J'ai été outrée et choquée. J'ai décidé de venir vous voir.

Le Sergent Sophie Mbomagua a noté consciencieusement toute la déposition. Puis elle s'est adressée à la plaignante.

— C'est tout ?

— Oui, c'est tout

— Avez-vous ressenti du plaisir ?

— Pardon ?

— Pendant qu'il était sur vous, avez-vous ressenti du plaisir ?

— Qu'est-ce que cette question vient faire dans ma plainte ?

— Vous ne pouvez pas ressentir du plaisir pendant qu'on vous agresse. Si son entreprise vous a satisfaite, pourquoi venez-vous nous déranger ?

La demoiselle Tsona semblait à ce moment incrédule et affolée en même temps.

— Madame, je vous affirme que j'ai été violée et vous me parlez de plaisir ? Vous pensez que j'ai fait tout ce chemin par plaisir ?

— Vous êtes-vous disputés ? A-t-il refusé de vous donner de l'argent ce matin ?

— Est-ce que vous êtes sérieuse, madame ? Je viens de vous confirmer que plusieurs fois, j'ai dit « NON » !

— Mademoiselle, c'est bien connu que dans l'intimité, un petit « non » est toujours le prélude à un grand « oui » !

— Non, madame l'agente : non c'est non ! Même dans l'intimité, non c'est non !

— Oh ! Vous savez, nous recevons ici de nombreuses personnes qui, sous le coup de la colère comme vous, prennent ce genre d'initiative pour se venger de leur partenaire. Généralement, tout se calme après une bonne séance de réconciliation au cours de laquelle la dame monte les enchères. Le système est bien rodé, jeune fille.

— À vos yeux, je ne suis donc qu'une menteuse ?

— Vous n'avez pas l'air de quelqu'un qui a été agressé. Aucun hématome, aucune bosse. S'il l'a fait de force et que vous vous êtes débattue comme vous le prétendez, il devait y avoir quelque chose de visible qui le prouve. Mais rien, je ne vois rien !

— Et ma meurtrissure émotionnelle, qu'en faites-vous ? Mon non-consentement, qu'en dites-vous ? Sur l'humiliation qui me mange actuellement tout l'esprit, que proposez-vous, madame l'agente ?

La demoiselle Tsona pleurait tellement que le Sergent Bologo a fini par les rejoindre dans le bureau.

— Eh ! Sophia, qu'as-tu fait à la demoiselle ?

— Rien du tout, je lui ai juste dit la vérité et apparemment, elle y est allergique.

— Comment ça ?

— Tiens ! Lis sa déclaration !

Il a pris la feuille, l'a parcourue en secouant la tête de la gauche vers la droite.

— À *di diambu* ! Que lui as-tu dit ?

— Que nous ne pouvons rédiger une plainte parce que rien ne prouve que tout cela est vrai. Elle n'a pas de bleus, rien.

— Mais quand même ! Relis un peu toute cette déposition. Cette jeune fille a subi quelque chose ! Elle en est toute retournée !

— N'importe quoi ! Si on accorde de l'importance à des déclarations aussi légères, il faudra enfermer la moitié des hommes de cette ville !

— Je pense qu'il faut quand même faire quelque chose, Sergent. Je crois qu'elle souffre véritablement.

— Tu es trop sensible, Sergent Bologo. Quand tu auras plus de métier, tu sauras qu'il faut toujours dissocier le vrai de la feinte. Tu m'as toi-même raconté l'autre jour que jeudi dernier, ta femme et toi êtes tombés dans les bras l'un de l'autre après une bonne bagarre, n'est-ce pas ?

— Oui, mais…

— Tu l'as donc violée ?

— Non, mais, qu'est-ce que tu racontes ?

— Alors, cesse d'être intimidé par de telles feintes. Elle veut faire passer un mauvais quart d'heure à son conjoint. C'est le lot de ces jeunes filles pilotées par les réseaux sociaux. Pour elles, seuls le paraître et les paillettes comptent. Elles ne savent plus ce qu'est un homme, un vrai. Tu les croiseras bientôt dans la rue, tous les deux, bras dessus-dessous et tu seras étonné de t'être mêlé de leur brouillette avec autant de fougue.

— Que faire maintenant, d'après toi ?

— Bah, la renvoyer chez elle.

— Comment ça me renvoyer chez moi ? s'est écriée la demoiselle Tsona.

— Comme vous l'entendez, mademoiselle. Nous ne pouvons faire prospérer votre plainte sans preuve concrète. *Dura lex, sed lex* ! a répondu le Sergent Mbomagua.

***

Le Sergent Mbaki arrête alors son récit. Son regard est perdu, comme accroché à un plafond invisible. Il a du mal à regarder le colonel dans les yeux. Ses deux collègues ont la tête baissée.

— La suite ? hurle le Colonel Mounguengui, les poings pliés, la colère décimant son visage.

— C'est là que tout a dérapé, mon colonel.

— Au fait, sergent, au fait !

Le Sergent Mbaki reprend son récit :

La demoiselle s'est levée comme en pleine crise d'hystérie et elle s'est écriée dans le commissariat :

— Donc, vous me faites comprendre que mon corps n'est qu'un objet de désir pour cet homme ? Que je n'ai pas d'intégrité physique ? Vous voulez me faire croire que je ne m'appartiens pas ? Vous ne le convoquez même pas ? Il ne sera pas inquiété ? Vous n'êtes même pas payés pour me protéger ?

— Calmez-vous madame, sinon je vous mets en cellule pour trouble dans un lieu public, lui a répondu le sergent Mbomagua.

— Donc en plus, c'est moi qui risque d'aller en prison ? On me vole ma dignité, on souille mon corps, on crache sur mon honneur et c'est moi qui vais en prison ? C'est un comble !

— Vous allez vous calmer, oui ou non ? l'a alors menacée le sergent Mbomagua.

Elle s'est subitement calmée. Elle nous a alors tous regardés, comme si nous ne faisions plus partie de son monde.

— Oui, je me calme, a-t-elle dit alors. Mais je vais vous prouver que ce corps est mien et que je peux en faire ce que je veux.

Le Sergent Mbaki arrête une nouvelle fois son récit. Le colonel s'impatiente :

— La suite, sergent ?

— Mon colonel, la demoiselle est sortie du commissariat la tête haute, comme si elle était fière d'elle. Quelques instants après, nous avons juste entendu un violent crissement de pneus : elle venait de se jeter sous les roues d'un camion.

À l'écoute de ces mots, le Colonel Mounguengui se tourne vers le Sergent Mbomagua, le regard rouge de colère :

— Vous êtes très calme Sergent ! Qu'avez-vous à dire face à ce récit ?

— Mon colonel, avec tout le respect que je vous dois, je pense avoir fait mon travail, répond-elle le regard lointain.

— Votre travail ? D'accord, ok ! C'est à moi de faire le mien maintenant !

LE TEMOIN DU MAL
(LAUREN GUISSINA)

Ceci n'est pas ma lettre de confession.

C'est juste une conversation avec moi-même, un moment privilégié d'auto-intimité dont vous êtes les témoins opportunistes.

Vous qui avez l'habitude de me côtoyer, qui suis-je, me demandez-vous enfin ?

Sous cette apparence angélique, je suis celui qui détruit.

Celui qui vous apporte la lumière, qui l'implante au fond de vous et la transforme ensuite en ténèbres.

Égoïste, ingrat, menteur, hypocrite, ambitieux, tels sont mes nobles attributs.

Sans moi, il y a longtemps que le monde n'aurait plus cette exquise saveur.

Si j'ai aimé ?

Bien sûr ! *Quelle question !*

Pourtant, aucune relation amoureuse n'a été plus forte que cet engouement, ce penchant qui est en moi, pour *le mal.*

Par ma faute, ma première relation viable était devenue hautement toxique. À la fin, c'était par sa faute, bien sûr.

Au bout de tout ce temps, trop de choses négatives nous liaient. À ce rythme, l'un de nous risquait de perdre la vie et nos enfants en auraient été perturbés pour le restant de leurs jours.

Quel genre d'homme j'ai été ?

Écoutez.

J'ai d'abord été ce gosse de riche qui aimait faire la fête : sexe et drogue, vous connaissez le duo infernal. J'organisais des soirées spéciales qui réunissaient toutes sortes de drogues et qui très souvent finissaient en Partouzes.

Je me suis tapé la plupart des filles, comme des dames, dont vous avez entendu parler. Et même celles que vous ne connaîtrez jamais.

Il faut reconnaître que comme je suis bourré de vices, je suis allé très loin. Je vous passe les détails. J'étais le playboy par excellence. Toutes les femmes voulaient de moi. Elles savaient bien que j'étais un Salaud, malgré ce beau visage et ce charisme, mais *peu leur importaient.*

Je vous le confie, gardez-le pour vous : certaines femmes n'hésitaient pas à me prouver leur amour en allant, sur mes ordres, coucher avec des grands à moi, qui pouvaient être mes oncles ou grands frères, et qui me rétribuaient en conséquence.

Vous voulez aussi savoir si j'ai eu des relations attirées ?

Bien sûr !

Mais j'ai toujours été très select sur mes choix.

Je ne prenais que le dessus du lot. Il fallait qu'elle sorte du commun des mortels ; qu'elle soit de bonne famille ; la préférée de ses parents ; élégante et surtout discrète : une perle rare.

Ça, c'était moi tout craché : Le CASANOVA de ces dames.

Jusqu'au jour où je tombe éperdument amoureux de Mélancolie. C'est elle que j'ai évoquée plus haut.

Elle était pure et naïve. Intelligente, promise à un bel avenir. L'inverse craché de son prénom.

Mélancolie n'avait rien de toutes ces grooveuses, vicieuses, et arrivistes que j'avais connues et pétries jusque-là.

Je m'étais convaincu qu'elle pouvait, qu'elle allait me changer. Bon, c'était plus un autodéfi qu'autre chose. Je l'ai compris juste après.

J'ai peiné pour l'avoir.

Non seulement nous étions dans des villes différentes, mais c'était aussi une jeune femme avec beaucoup de principes.

J'ai fini par la convaincre et elle a accepté de venir s'installer chez moi. Mes parents étaient prêts à tout pour me voir réussir. Et si cette jeune Femme pouvait contribuer et me ramener sur le droit chemin… Ils n'ont donc pas eu le choix : ils sont même allés jusqu'à financer ses études.

Dix années passèrent.

De cette union sont nés des jumeaux.

Vu de l'extérieur nous étions ce jeune et beau couple de cadres, envié de tous.

Mais à l'intérieur tout allait mal.

J'avais complètement détruit Mélancolie.

Dix années de violence.

Dix années d'infidélité.

Dix années d'addiction à la drogue.

On pouvait voir au fond de ses yeux du stress et de la Peur. Du mépris aussi pour ce que j'avais fait d'elle.

Ma Chérie était devenue une Junkie. Elle allait dans tous les sens.

Elle ne respectait plus les miens.

Hautaine, orgueilleuse et méprisante, elle rentrait tard et se tapait ses chefs. C'était devenu la garce par excellence.

Et mon égo en prit un coup, pourtant je savais qui était à l'origine de tout cela : *moi !*

J'avais créé un Monstre. Nos disputes étaient répétitives et je devenais encore plus violent.

Quel fut l'élément déclencheur ?

Je fus testé séropositif.

Alors, au-delà de l'avoir détruit, je lui ai arraché un espoir !

Lasse, désossée, presque moralement démembrée,

Mélancolie a fini par me quitter.

J'ai tout de suite plongé dans dépression.

Je glissais avec acharnement vers le suicide.

Mais comme souvent en pareil cas, heureusement que mes parents étaient là pour moi. Mes amis et mes proches aussi. Pour eux, je déprimais parce qu'elle m'avait quittée.

Mais c'était bien plus.

Mélancolie laissa les enfants chez ses parents et s'en alla s'installer définitivement à l'étranger. Comme pour mettre le plus de distance possible entre elle et l'objet de son malheur que j'étais. Elle voulait m'effacer définitivement de sa vue, de sa mémoire, de son univers. Elle voulait respirer un air qui ne contenait pas les résidus de mes expirations.

Et les Enfants ?

Leur grand-mère maternelle, courroucée, ne voulait rien recevoir de moi.

De mon côté, affronter mes ex-beaux-parents était aussi au-dessus de mes forces.

Lâche d'admettre que tout était de ma faute,

Lâche en tout et pour tout,

Lâche simplement,

Je me suis donc éloigné d'eux.

Deux ans d'un confortable désert.

Quand on est son propre juge, quand on fonctionne

avec ses propres règles, on réussit à se convaincre qu'on a toujours bien agi. On devient adepte de Rousseau : « *L'homme naît bon, c'est la société qui le corrompt* ». Oui, j'étais un homme bon, très bon même. C'est elle qui m'avait abandonné. Mélancolie n'était finalement que le reflet de son prénom.

C'est elle même qui s'était fourvoyée.

Pas moi. Pas Casanova.

Pour preuve, deux ans plus tard j'étais de retour. Cette fois plus mature, avec déjà beaucoup de cadavres dans mon placard.

Et dans mes nombreux déboires, je fis la rencontre de Merveille.

Elle alors…

Rien que son regard te disait : Ambition !

Prête à tout pour réussir ; rien ne la freinait.

Indépendante. Déterminée. Volontaire.

J'ai donc commencé à la fréquenter.

Son carnet d'adresses était bien rempli,

Et ça m'a plu…

Nous sommes devenus de bons complices.

J'ai donc commencé à me faire des idées. Je n'étais que ce gosse de riche devenu cadre d'entreprise. Elle par contre, s'est fait un Nom dans la société, bien aidée en cela par sa foufoune et propulsée par son Intellect.

Son apparence était parfaite pour moi. Je savais qu'elle allait convaincre mes parents.

Mon statut ? Pourquoi lui en parler ?

Nous avons convenu de mettre à la poubelle nos passés respectifs.

Quand une femme accepte un tel accord, c'est bien qu'elle est consciente que tout ce qu'elle risque de dire peut être retenu contre elle, tellement il y en a sous le couvercle de la marmite.

Au passage donc, un conseil gratuit : méfiez-vous des femmes. En matière de fourberie, elles ont toujours une longueur d'avance sur nous. Elles sont parfois le mal à visage humain, comme Mélancolie. Pendant dix ans, elles acceptent les pires humiliations et la onzième année, elles vous tirent dans le dos sans sommation.

J'appelle cela de la sorcellerie.

Aussi, prévoyant que Merveille était aussi sortie du même moule, j'ai pris mes précautions : *mes informations resteraient pour moi.*

Bien sûr, il y a eu des rumeurs. Bonnes et mauvaises. Tant de son côté que du mien. Le pays reste le pays. Nous étions comme deux animaux blessés qui avaient besoin de se soutenir mutuellement pour avancer.

Et pour moi, je savais qu'avoir une telle pointure, arriver à la dompter, faire d'elle mon épouse, allait me réhabiliter et me permettrait d'aller plus vite dans cette société cruelle.

Ce qui fut fait. Avec brio.

Qui suis-je aujourd'hui ?

Vous tenez vraiment à le savoir ?

Ne posez pas de questions dont vous n'oublierez jamais les réponses.

Je suis ce bel homme que vous croisez chaque jour dans la rue.

Chic et choc, maintenant marié et père de 3 enfants. Mes deux premiers enfants, arrivés à la majorité, ont cherché leur papa et m'ont retrouvé. Ils sont heureux de me savoir dans leur vie. Je leur ai expliqué qui était vraiment leur maman.

Je continue à tirer tout ce qui bouge.

Je suis le témoin du mal.

Mini Prix
(Marcel NGUIAYO EFFAM)

C'était un samedi ordinaire au quartier Trois-Métis. Stéphane s'était levé avec l'intention de boucler l'exploration de la ville de Port-Gentil. Voilà deux semaines qu'il avait débarqué dans la capitale économique, deux semaines qu'il foulait le sable de la cité pétrolifère avec l'intention d'en prendre possession. La bourgade était petite, rien d'égal avec Libreville. Il fit sa toilette, déjeuna debout devant la maison de son oncle. Il s'accoutumait aux ruelles ensablées, au Riz-Popo, à la cohorte de fous qui déambulait partout, aux bars sans w.c., à l'arrogance des pétroliers, aux femmes qui tapaient le godet au même titre que les hommes, ainsi qu'à leurs appels du pied à peine masqués. Il expira en se rappelant l'entretien d'embauche auquel il devait sa présence à l'île Mandji.

Lundi prochain, 8 heures. Il était attendu au siège de la société de prestation de services SNPS. Un poste était à pourvoir au sein d'une compagnie d'exploitation pétrolière. Ils étaient nombreux à lorgner sur le job, mais alors qu'il sillonnait à présent les quartiers, il éprouvait la satisfaction de l'aventurier au pied de l'eldorado. C'était son heure, pas de doute. La preuve par les signes : il était dans la ville qui l'avait vu naître ; le DRH de SNPS se prénommait Stéphane ; le rendez-vous se tenait un lundi, jour de sa naissance ; la mère de son garçon était métisse, et il logeait au Trois-Métis. On ne pouvait faire mieux en termes de garanties surnaturelles.

Chômeur depuis cinq ans, vivant de bricoles de maçonnerie, Stéphane tirait le diable par la queue. À 35 ans, célibataire, un garçon de 7 ans à charge, un père décédé et une mère diabétique, Steph se remémorait le chapelet de misères et le collier de déveines qu'il s'apprêtait à abandonner lorsqu'il pénétra le quartier Mini-Prix. Il effectuait des détours à tout hasard, bifurquait, contournait des sentiers, revenait sur ses pas et changeait d'itinéraire, affichant sa bonhomie ordinaire.

Au bout d'une piste délimitée par des habitations en planche, Stéphane entendit des lamentations d'un gamin, puis des vociférations qui provenaient d'une maison bornée de fleurs et de bambous. Une femme invectivait sa fille à propos du bâtard qu'elle ne parvenait pas à nourrir. On entendit le fracas d'un verre qu'on éclate contre un mur, des chaises qu'on renverse et des bruits d'échauffourées. Le sentier se révéla être une impasse lorsque Stéphane parvint au bout. Il se heurta à un puits d'une profondeur impressionnante. Fasciné par la question de sa mise en œuvre, il observa l'ouvrage et tenta d'en mesurer la profondeur à vue d'œil.

Cependant, à quelques mètres, la brouille familiale amplifiait. Au son de sa voix, le garçonnet ne cessait de gémir. Quelques voix d'hommes se firent entendre, lesquelles ne parvinrent point à apaiser les esprits. Une bouteille vola en éclat. Stéphane virevolta. La femme qui ramassait tout le monde semblait prise de furie. On n'avait guère besoin de la voir pour prendre la mesure de son hystérie. Des bruits sourds de corps qui tombent et des cris coupés d'une bouche qu'on écrase alertèrent l'explorateur librevillois. De part et d'autre du sentier, des voisins sortaient, commentaient à voix haute, ou dévisageaient l'inconnu avec malveillance.

Stéphane pressa le pas pour enlever son corps, quand un jeune garçon de 6 ou 7 ans surgit de la parcelle à palabre et vint se blottir contre lui. Le petit tremblait, larmoyait, bavait et lapait son rhume. Il n'était recouvert que d'un mini short. Le garçonnet serrait son protecteur désigné, tête levée, implorant son secours. Stéphane, prit de court, consola le petit avec un évident malaise. Au bout d'une minute, une femme mûre, vêtue d'un pagne noué autour des reins, d'un tee-shirt, pieds nus, la mèche déplacée, jaillit à son tour et se posta devant la palissade qui clôturait son logis. Une sexagénaire mal en point. Elle toisa l'étranger, s'en prit au gamin collé à ses pompes, puis lui intima l'ordre de regagner la maison. L'enfant s'agrippa à Stéphane et fit non de la tête.

— Bâtard va ! Si tu ne rentres pas tout de suite à la maison…

Le garçonnet éjecta : « Non je ne viens pas. Je reste avec mon papa. » Stéphane observa l'enfant avec étonnement.

— Bikini, qu'est-ce que tu dis ?

Lorsque le Librevillois leva les yeux vers la dame, il vit qu'elle l'examinait avec suspicion. Les voisins étaient presque tous au seuil de leur maison. Certains s'étaient approchés, ils ne tenaient la distance que d'un mètre. « Je reste avec papa », réitéra le petit. Stéphane tenta de se libérer, mais n'y parvint pas. Il sourit en direction de la femme qui le fusillait du regard.

— Vous riez avec qui ? C'est vous le père de cet enfant ?

Et avant que Stéphane ait le temps de répondre, la dame sollicita des personnes en citant des noms. Dans son dos apparurent trois gaillards baraqués comme des dockers, en combinaison noire, avec des chaussures de sécurité.

— Madame, il y a confusion. Je suis de passage dans le quartier. Je ne connais pas cet enfant.

— Papa ne me laisse pas, mémé va me taper.

— Mais non, petit, arrête de…

Stéphane tentait de se dégager des liens de Bikini.

— On dirait que l'enfant a reconnu son père, observa un docker.

Un murmure d'approbation gagna l'assistance. On entendit dire dans la mêlée qui entourait la scène « Le voleur a 99 jours », « La vérité sort toujours de la bouche des enfants » ou encore, « Quelle que soit la durée de la nuit, le jour finit par se lever ».

— Comment on vous appelle monsieur ? questionna un second docker.

— Stéphane. Je m'appelle Stéphane Am…

— Yvette ! s'écria la sexagénaire en se retournant.

« Maman », répondit une voix émergeant d'une des pièces de l'habitat.

— Viens nous dire ce qui se passe ici. Vos choses que vous faites en cachette vont se savoir aujourd'hui.

— Papa Stéphane ne me laisse pas avec mémé Antoinette.

— Bikini, tu vas me sentir aujourd'hui.

— Bon ça suffit, petit, rentre à la maison, s'agaça le Librevillois.

Une femme se présenta, la trentaine, visage boursouflé, les cheveux nattés, recouverte d'un pagne noué au niveau des aisselles. Elle fixa l'homme qui tentait de repousser son fils. Antoinette saisit le pagne qui enveloppait sa fille et déclara :

— C'est lui Stéphane le papa de Bikini ?

— Je vous ai dit que c'est un malentendu, madame.

Yvette examina l'assistance, sa mère, Stéphane et Bikini. Quelques langues fourchues déclarèrent à mi-voix « faire ça à sa mère, quelle honte ! », « une bordelle comme ça », « neuf mois de grossesse cadeau ! ». La femme oscilla négativement du chef, baissa les yeux et déclara : « C'est le papa de Bikini. » Un bruissement de voix s'éleva. On s'indignait, on crachait par terre, on pointait du doigt l'étranger et prenait Dieu à témoin. Stéphane demeura sans voix, le temps que des bras de docker empoignèrent sa ceinture et le col de sa chemise.

— Non, c'est une erreur. Je viens de Libreville. Je ne connais pas cette femme.

Bikini s'était réfugiée dans la maison pendant que

Stéphane se débattait pour sortir de l'étreinte qui l'enserrait. Antoinette fonça sur le Librevillois et lui asséna une gifle, puis une deuxième, sous les « hourras » des riverains. Du monde s'était entassé dans l'impasse. La nouvelle s'était propagée : « On a attrapé le père de Bikini. » Une frénésie s'était emparée des gens. Le goût de ça était palpable.

Antoinette se tourna vers sa fille.

— Maman, c'est lui qui m'a abandonnée à un mois de grossesse.

— Tu veux humilier ma fille après avoir humilié ma famille ? Quand tu la baisais, tu avais le goût non ? *Nènonna-nènon*. Je n'ai pas de mari. Je me débrouille avec mon maquis. Et cette bordelle ne veut pas travailler. Tu connais combien ton fils me coûte par mois ? Je ne sais pas ce que tu es venu…

— Yvette, vous aviez rendez-vous hein ?

— Non, maman. Je ne sais pas ce qu'il est venu chercher ici.

— Je suis de passage à Port-Gentil pour un entretien d'embauche…

Stéphane reçut une série de claques qui lui entaillèrent la lèvre inférieure. Ensuite, un des dockers lui dosa un coup de poing qui coupa son arcade sourcilière droit. Il chancela, se tordit de douleur. Les deux autres dockers maintinrent l'étranger debout, puis déchargèrent leurs démangeaisons sur lui. Stéphane s'effondra. Antoinette et compagnie le tabassèrent un moment. La foule en délire y mit du sien. Dans l'averse de coups qui s'abattait, Stéphane perdit l'usage d'un œil. Aussitôt, Yvette s'écria : « Le pauvre enfant ! » Et les dockers cessèrent de cogner. Antoinette se dressa contre sa fille, la réprimanda et lui promit un sort identique à celui du père de Bikini si d'aventure elle ramenait un second bâtard.

Enseveli de sang, de poussière, blessé, entaillé, cassé, mortifié, Stéphane gisait par terre. Un des dockers ramassa son portefeuille qui s'était échappé du pantalon. Antoinette s'en saisit, fouilla toutes les poches, n'en ressortit qu'une pièce d'identité qu'elle considéra. Puis elle examina le supplicié qui gémissait à ses pieds, ensuite se tourna vers sa fille.

— Yvette, tu m'avais dit que le père de Bikini était Fang. Bikini a maintenant deux papas ? Celui-ci s'appelle Stéphane Amalè. Est-ce que Amalè c'est Fang ?

Yvette recula devant sa mère qui approchait, menaçante, puis détala et s'enfuit à travers les maisons. Un chuchotement parcourut la multitude atterrée. Un à un, les riverains se dispersèrent. Antoinette avala une dose de salive, alla s'agenouiller auprès de Stéphane.

— Mon fils, comme ça ce n'est pas toi le père de Bikini ?

Stéphane entrouvrit l'œil, rouge de sang, dont il avait conservé l'usage et parvint à dire « Trois-Métis » avant de perdre connaissance.

LA TENTATION DU VIDE
(HERMINE MBANA)

Je veux juste marquer une pause.

M'arrêter un instant, même par mégarde, juste pour relire les pages de mon cœur.

J'ai longtemps marché le regard au sol, sans remarquer à quelle allure j'avançai. Je sais désormais ce qui est bon pour moi, reconnaître mes erreurs, après avoir longuement analysé chacune d'elles.

Je veux juste marquer une pause.

M'arrêter un instant, même par mégarde, juste pour relire les pages de mon cœur.

J'ai longtemps marché le regard au sol, sans remarquer à quelle allure j'avançais. Je sais désormais ce qui est bon pour moi, reconnaître mes erreurs, après avoir longuement analysé chacune d'elles.

C'est la preuve qu'un travail en moi s'est fait, car vois-tu, je me souviens d'hier. J'étais sur le point de compléter un an de plus sur la terre des vivants. Vêtue d'un haut rouge sans bretelle et d'un jean bleu, la coiffure usée, mais laissant des mèches noires traîner vers l'arrière pour recouvrir partiellement mes épaules, je fus accostée dans la rue par un homme assis dans son véhicule. D'un geste lent, je me retournai, ayant reconnu la voix d'un paternel. De sa main gauche tendue vers moi, il me remit une liasse de papier. Avec l'autre main, il m'orienta vers le destinataire de cette paperasse ; sans me questionner, je me dirigeai vers toi pour te les remettre. Je n'en connaissais pas le contenu, et pour dire vrai ça ne m'intéressait pas de le savoir. M'étant rapprochée, je t'adressai mon bonjour d'une voix calme et paisible. J'avais en face de moi un humain, un simple homme, pas plus.

Ma mission étant achevée, je regagnai la place où j'étais assise depuis le matin, à attendre un véhicule pour regagner la capitale. Après avoir passé un bon séjour auprès de mes grands-parents au village, des tours à la plantation pour les aider à entretenir leur broussaille, celle-là même qui m'alimentait depuis ma tendre enfance, je me devais de courir vers mon objectif du moment, achever mon cursus universitaire. Dans cette attente, mes bagages furent soudainement mis dans un Toyota Fortuner par un jeune homme trop excité à me mettre à la droite du chauffeur ; je voulais comprendre, mais il m'interrompit par un large sourire accompagné d'une phrase du genre « reste tranquille, c'est le big des bigs qui te conduira à bon port ». J'étais stupéfaite. Le rétroviseur m'aida à me regarder à nouveau, pour me persuader que je ne m'étais pas métamorphosée, que j'étais bien la même et que je n'avais rien de spécial pour attirer un regard particulier. Les minutes étaient désormais comptées, car je souhaitais regagner mon lieu d'habitation le plus rapidement possible. En tout cas, avant la tombée de la nuit, vu l'insécurité qui sévissait dans la capitale. Le véhicule s'étant rempli de passagers, une modique somme fut glissée aux chargeurs. Je découvrais ainsi le chauffeur. Comment était-ce possible ? Non, c'était bien lui le conducteur ? Une grimace se dessina sur mon visage et mes yeux rencontrèrent les siens. Je vis dans les minutes qui suivirent un homme intelligent, aux allures décontractées et trop fier de sa personne, maniant avec style la langue de Molière et maîtrisant la musique qui détendait l'atmosphère. Il mettait en avant son éloquence et d'autres critères de séduction pour constamment voler un sourire chez celle qu'il voulait apprivoiser. Au bout de 3 h de route sur la Nationale 1, il réussit à prendre mon contact. Je lui glissai un « au revoir » un peu timide.

Plusieurs jours passèrent. Puis il m'appela et m'invita chez lui, dans sa demeure. Belle bâtisse de quatre pièces, un véhicule, pas d'encombrement. Je fus d'ailleurs impressionnée par le calme qui y planait. Je voulais comprendre pourquoi un cadre jeune, beau et très intelligent, vivait sans compagne. Pas le moindre indice d'une vie de couple ou de famille. Sentant mon regard inquisiteur, il m'interrompit en me prenant la main, la caressa tout en évaluant la longueur de mes ongles. Il en profita pour vérifier que je ne portais aucune alliance. Il me demanda ce que j'aimais et ce que je détestais de manière générale. Une bouteille de Chenet accompagnait notre discussion. L'occasion était opportune, car c'était le soir de mon anniversaire. Il souhaitait que je sois à l'aise, que je me détende et surtout que je ne regrette pas cette soirée. Ma conscience, déjà en voyage, faisait parler ma bouche en déliant de plus en plus ma langue. Je pouvais m'entendre rire et répéter sans cesse « je suis folle, mdr ».

Était-ce devenu un jeu ? Pourquoi mon cœur avait-il accepté cela si vite ?

Un peu plus tard dans la nuit, je décidai de rentrer chez moi, pour me réfugier entre mes quatre murs de solitude. Il refusa de me raccompagner, sous le prétexte fallacieux qu'il était déjà tard. Je lui fis gentiment remarquer qu'il était véhiculé et qu'il n'y avait pas de couvre-feu dans la ville. Il refusa de le faire et promis de me déposer très tôt le matin, si j'acceptais de passer la nuit dans sa maison. Fatiguée de discuter sans la moindre chance de gagner cette partie, je me résignai à passer la nuit chez cet inconnu, qui était bien le même à qui j'avais remis des documents sans le connaître.

Cet homme avait le don de me faire fléchir, sans que je ne ressente la moindre forme de danger. Je m'appuyais sur mon sixième sens qui ne m'avait pas déçu jusque-là. Cet inconnu à qui j'avais remis clefs et confidences en si peu de temps s'empressa de me dévêtir le même soir. Après m'avoir déshabillé du regard et analysé mes formes, il caressa mes seins, ôta mes vêtements et m'embrassa longuement, goulûment. Je fis semblant de résister un moment puis je voulus m'abandonner l'instant d'une éternité. Ma devise me revint soudain à l'esprit : je ne me livrerai jamais le premier soir, même pas pour m'amuser. Je torturai donc mes envies, car il avait sérieusement réussi à m'allumer ; mais comme j'avais également réussi la même entreprise sur lui, je me dévoilai meurtrière en le laissant en pan au sommet de son désir, jusqu'au matin.

Ce fut une victoire pour moi, j'avais eu le dernier mot. Les heures s'étaient dissipées, mais mon cœur s'était indiscipliné, transgressant les règles que je lui avais imposées au départ. Au petit matin, l'inconnu se leva pour aller au travail, comme il devait le faire chaque jour. Il glissa quelques billets sur la table en guise de petit déjeuner et taxi-retour. Il me rassura. Je pouvais prendre le temps de dormir, mais en partant je devais laisser la clef à l'endroit indiqué. Ce que je fis. Et le jeu de séduction prit fin, car il m'avoua de suite qu'il avait une petite amie et qu'elle vivait à l'étranger. Et à moi de lui confier que j'étais déjà dans une relation compliquée. Sur ces mots, on se quitta.

On s'ignora pendant un temps.

J'avais peur, j'avais honte, j'étais tombée un peu malade, je ne me reconnaissais plus. À un moment, je me retrouvais à monologuer sans prononcer le moindre mot ; je dérivais complètement et il me fallait impérativement passer à autre chose, peu importe ce que cela allait me coûter. Rien de positif n'était envisageable dans une nouvelle relation, surtout si je devais porter le même titre, « la tchiza » ou « le deuxième bureau ». Pourtant, il m'arrivait d'être joyeuse en repensant à nos rires et blagues de quelques minutes, aux éclats de joie au cours de cette énigmatique soirée. Je sentais que je cherchais dehors l'amour que je n'avais pas reçu des miens, et aussi la liberté de vivre pleinement mes délires enfuis dans ce quotidien qui me pesait. Dans mon esprit tourmenté, cet inconnu représentait subitement le premier homme qui pouvait jouer ce rôle déterminant, car mon socle familial était biaisé par une relation mère-fille superficielle.

Soudain, je m'en voulus de n'avoir pas carrément baissé

la garde, de ne m'être pas laissé guider par mes émotions. Il était tard pour y songer, mais pas trop tard pour le revivre. Pourtant, je le trouvais trop fier et insolent, le genre de mec qui n'avoue ses sentiments que dans le geste, et jamais dans le dire. Le genre qui fait tout pour t'amener à l'aimer et qui finalement te laisse en plein vol sans parachute. C'est cela qui me poussa à l'imiter, à le rendre fol amoureux ce soir-là, au point qu'il ne puisse plus se passer de moi. Enfin, c'est ce que je m'étais dit, qui m'aurait dispensé de faire le premier pas vers lui.

Une éternité passa.

Je reçus alors des messages de lui, qui commencèrent à nourrir mon envie de croire en une histoire vraie. Mais entre le dire et le faire, il y avait un immense fossé, il fallait une volonté de fer pour le combler. Dans mes yeux brulaient les flammes de l'amour et sans le vouloir je fis grandir, mûrir en moi ce sentiment qui me faisait désormais souffrir et me poussait à couvrir ses défauts, à passer outre ses fautes.

J'acceptai de le revoir.

Pas parce qu'il me l'avait demandé, mais pour soigner mon cœur épris de lui. Cette rencontre lui donna l'occasion de poser ses lèvres sur les miennes. Je ne pouvais plus résister, car résister me faisait mal.

Un autre film s'installa entre nous.

Quand celle qu'il considérait comme sa titulaire rentrait au pays, il distançait nos conversations téléphoniques, mais trouvait quand même du temps pour me retrouver et passer des moments intenses avec moi. Je tentai à plusieurs reprises de mettre un terme à cette histoire, il trouvait toujours les mots justes pour que je demeure sa deuxième titulaire.

Le temps vint où, lassée d'être la seconde roue, je voulus m'éloigner. Il s'imposa alors comme un homme amoureux, sans pourtant le dire avec des mots. J'avais désormais les clefs de sa maison et je faisais des efforts pour respecter ma place. Chaque fois que je tentais de me rebeller, il me rappelait sans ironie qu'on ne change pas les règles au cours du jeu. J'étais de celles qui pensaient que quand on connaît sa propre valeur et qu'on maîtrise sa place dans le cœur d'un homme, on n'a pas besoin de s'agiter comme une puce en saison sèche. Je connaissais désormais tous ses amis, je connaissais sa première titulaire, puis qu'il l'affichait aux yeux de tous, même sur les réseaux sociaux. Ce que je trouvais étrange, c'est ce besoin qu'il avait de se justifier auprès de moi quand il s'apprêtait à l'afficher, comme une forme de permission obligatoire que je devais lui donner. Il me fit même rencontrer celle qui allait bientôt devenir la belle-mère de l'une d'entre nous, car officiellement je refusais d'être en rivalité.

De guerre lasse et me sachant dans une accablante et brutale réalité, je décidai alors de le mettre dans la liste noire de mon répertoire, celle qui avait pour objectif de m'éviter pour toujours tout contact difficile ou éprouvant. Désormais je m'appelais « célibattante endurcie », ne trouvant pas à ma pointure l'homme qui devait m'appartenir, à moi toute seule, et dont j'allais être fière de tenir la main lors de nos excursions.

C'est à ce moment, et aussi soudainement, que le signe mensuel qui nous rassure, nous femmes, que nos écarts du mois sont passés sous la trappe, décida de pointer aux abonnés absents. Mon réassureur du 28e jour, qui pourtant savait être régulier, n'apparut pas : j'accusais d'un retard biologique. Pile au moment où j'avais décidé de mettre fin à toute prise de tête, un véritable casse-tête se pointa encore ! Purée… C'est ainsi que je découvris que je suis en gésine de la personne que je venais de mettre dans la liste noire de mon répertoire. Avorter volontairement, pas question. Lui en parler, peut-être ; après tout, personne ne l'a désiré volontairement. Et s'y attendre serait le minimum quand on n'a pas réuni toutes les conditions pour éviter une grossesse.

À l'annonce de la terrible nouvelle, je vis l'homme se recroqueviller sur lui-même, puis se rétracter pour me dire qu'il n'était pas prêt à assumer cette situation, sans me donner plus d'explications. Lui seul connaissait ses raisons. Lui qui me promettait ciel et terre. Lui qui m'offrit les clefs de sa maison, lui qui disait chercher à stabiliser sa vie. Bon, je ne l'avais pas souhaité moi non plus, mais maintenant que c'était là, il était mieux de faire des concessions. En fait, rien ne l'empêchait d'assumer mon état, d'autant plus que cet enfant était de lui et il le savait.

Le plus dur fut de réaliser que toutes les personnes qui portent des costumes n'ont pas forcément des couilles. Beaucoup de garçons se perdent sur le chemin qui est censé faire d'eux des hommes. Ils laissent parfois leur dignité aux vestiaires et endossent sans vergogne le dossard des accusations, vu qu'ils ne sont jamais fautifs. En bonne Gabonaise, je finis par tout prendre sur moi. Si, si, mes sœurs qui m'écoutent, vous savez de quoi je parle. Beaucoup d'entre nous ont vécu ce moment humiliant, où on se demande pourquoi Dieu n'a pas permis que les grossesses se transfèrent, même l'espace d'un instant, du ventre de l'homme à celui de la femme. Ils feraient moins le malin, s'ils avaient à subir l'émergence de cette vie en eux.

Messieurs, sachez que des siècles d'humiliation nous ont endurci le moral. Chaque femme, arrivée à cet état, revit toujours ce que toutes les autres femmes du monde ont vécu avant elle. J'entrepris de gravir moi aussi ma montagne de pénitence. Toute seule, abandonnée avec un ventre qui commençait à pousser. J'essayais de me distraire par l'utile et prier le Bon Dieu pour garder un moral de fer dans l'impasse qui me saisissait, car on aura tous une histoire à raconter un jour à nos enfants. On vient tous de quelque part, me disais-je. Je me sentais prête à livrer une bataille contre le temps qui prenait un malin plaisir à glisser mes pas vers l'inattendu. J'avais à l'esprit que la véritable force d'une femme comme moi, se matérialise quand ses genoux sont au sol. Je décidai de toucher le cœur du Ciel par mes prières, car j'avais perdu assez de force pour continuer ma marche en solitaire.

Un jour, dans un magasin de la place, je le rencontrai main dans la main avec sa titulaire, celle à qui il promettait le mariage. Il poussait un gros chariot rempli de victuailles, le cœur en joie. Son visage respirait le bonheur. Insouciante, sa titulaire paradait dans le magasin, chargeant le chariot sans discontinuer. Je passais ma route avec mon gros ventre sans l'interpeller, en baissant même le regard. C'était le genre de situation qui vous capture tout votre moral. J'avais faim et froid. La fatigue s'empara de moi et se glorifia d'être à la hauteur. J'étais seule, abandonnée, livrée à moi-même. Je me suis alors demandé, en montant péniblement les longues marches d'escalier qui menaient à mon appartement :

« *Pourquoi dois-je lutter continuellement, si j'ai la possibilité d'abréger ces souffrances ? Après tout, je ne suis pas importante ! Aucune famille pour m'épauler. Devenue brusquement orpheline, avec un petit ami qui s'est volatilisé après avoir échoué dans sa tentative de me faire avorter. Il a jugé en son âme et conscience qu'il n'est pas prêt et que je suis une femme têtue, pour la simple raison que j'ai choisi de garder ce que l'opinion populaire appelle communément une ERREUR DE JEUNESSE. Alors, pourquoi lutter ? Pourquoi ne pas simplement me laisser glisser dans la douceur d'une mort paisible ?* »

Mais nous étions deux, dans cette lutte contre le monde. Il fallait affronter les regards de ceux qui ne comprenaient pas, qui jusque-là me considéraient comme une fille encore vierge, ceux qui avaient toujours cru que je n'avais d'yeux que pour mes études, ceux qui, horrifiés, me considéraient comme trop jeune pour avoir un bébé et qui ricanaient en chœur sur « les bébés qui font les bébés ». Je perdais parfois l'envie d'avancer, sans jamais me résigner pourtant. Certes, je considérais que j'avais échoué et le ciel sur ma tête était considérablement lourd et cruel pour que moi. Cependant, garder le courage d'affronter la vie dans toute sa nudité forgeait mon moral et rehaussait la couronne sur ma tête.

Je mis au monde cet enfant, qui ne se laissa pas prier plus longtemps pour libérer mon ventre. J'appris alors que l'auteur de mes déboires passait un court séjour aux frais de l'État, dans l'univers carcéral. Une fois sortie de la maternité, je pris le parti d'aller lui rendre visite à « sans familles » pour lui annoncer la nouvelle et lui dire que cet être nouvellement arrivé dans ce monde ne devrait pas être victime de nos erreurs, encore moins coupable de nos échecs. À césar son Têtard, à Jule son Radar, car on ne connaît pas demain. Surpris par mon attitude, il se redressa fièrement, un peu humilié quand même, car il s'attendait à des injures de ma part, après ses 7 mois d'absence, lui qui ne m'avait pas assisté dans l'évolution de ma grossesse, alors qu'il était cadre dans une Banque de la place.

Il justifia son attitude par mes incessants caprices de femme en début de grossesse, ce que je trouvai insoutenable comme argument. Pourtant fier d'avoir pour la première fois un héritier, il baissa la tête et me demanda pardon pour l'abandon et l'humiliation, pour m'avoir aussi méprisé et dévalorisé. Il confessait véritablement regretter son comportement. Je pris congé de lui, non sans avoir au préalable pris son acte de naissance afin d'établir celui d'un être innocent.

J'allai me cacher aux pieds de la grande marmite noire pour passer ma période d'allaitement et d'eau chaude. J'appris plus tard qu'il avait été licencié par son employeur et qu'il avait perdu tous ses privilèges professionnels. Par la même occasion, le succès est comme un aimant et l'échec comme un fumier, il perdit également toutes les personnes qui semblaient l'aimer au grand jour. Subitement devenu mendiant du jour au lendemain, lui qui fut le « Bill Gate », claqueur des billets violets, n'avait pas pensé à construire une maison ni à monter une affaire rentable malgré les nombreux conseils que je lui avais donnés. Il se retrouva en vérité tout seul, puisque l'argent qui calmait les maux et excusait les fautes avait disparu. Il déprima, et tomba malade. Ne voulant pas voir mon enfant devenir orphelin sitôt, je me rendis au moins à son chevet, apportant soins, affection et soutien.

Je n'avais donc pas fini d'endurer le pire.

Comment du jour au lendemain on passe des larmes de joie aux larmes de peines, de chagrins, d'amertume et d'ennuis, sans la moindre transition ? Je vis les photos sur son mur être décrochées pour orner les cartons, des accessoires de cuisines et autres casseroles être rangés, les meubles vendus pour libérer une maison dont le propriétaire était de l'Afrique de l'Ouest et réclamait ses loyers. Car l'homme qui était venu au chez nous par la nage développait mieux ses affaires sur notre propre territoire.

Assis dans le noir et sans issue, je l'aidai à se faire tout petit auprès des siens afin de trouver au moins un toit pour dormir, ce qui heureusement arriva. Il me fit la promesse de se relever le plus vite possible. Et cette promesse qui semblait prendre son temps finit par me frapper dans le dos quand enfin il décrocha un emploi.

Si vous pensez que l'aventure est dangereuse, essayez la routine !

Il ne m'annonça pas qu'il avait trouvé du travail. C'est un message whatsapp qui atterrit sur mon téléphone :

« *Ma tendre chérie. Aucune phrase ne pourra jamais t'exprimer ma reconnaissance. Tu as été là quand j'ai sombré. Ma reconnaissance t'est éternellement acquise. Vois-tu, je dois maintenant voler de mes propres ailes et prouver au monde que je vaux encore quelque chose. De plus, je ne souhaite pas devenir un poids pour toi. J'ai trouvé un emploi bien rémunéré en France, j'ai pris l'avion hier soir. Chaque fois que je pourrai, je t'enverrai de l'argent pour l'enfant. Prends bien soin de toi et trouve un homme qui te mérite. Adieu.* »

Je fus forcée de grandir.

Mais auparavant, je fus quand même internée pendant 10 jours. Il semble que ma tension était montée de façon vertigineuse. Des voisins affirmaient même qu'ils m'avaient vu sortir de mon appartement en pagne avec un couteau de cuisine, courant, hurlant comme une démente, jetant mon corps au sol et me frappant la tête contre les murs. Pris de peur, ils firent venir le SAMU. Je n'ai aucun souvenir de tout cela.

Je veux juste marquer une pause. Cette vie n'a-t-elle donc pas de pause ?

M'arrêter un instant, même par mégarde, juste pour relire les pages de mon cœur.

J'ai longtemps marché le regard au sol, sans remarquer

à quelle allure j'avançai. Je sais désormais ce qui est bon pour moi, reconnaître mes erreurs, après avoir longuement analysé chacune d'elles.

Ils se croyaient plus forts
(Cyrielle YENDZE)

La famille Memboua, une grande famille de barbares, vivait dans le village de Nvinvi.

De l'arrière-grand-mère aux arrières petits fils, ils avaient tous la marque de la panthère dans le dos. Ils avaient réussi à livrer bataille à toutes les autres familles de la contrée. Généralement sans aucune raison, ces garçons cherchaient à improviser une « casse » coûte que coûte, soit pour affirmer leur autorité, ou encore pour revendiquer un privilège auquel ils n'avaient pas droit.

Un simple cri d'enfants dans la cour, « mamaaa ! », suffisait à voir surgir en un éclair toutes les machettes, pilons et casseroles détenus par les chanvreux de chez les Membouas. Une petite étincelle et ça partait en vrille pour une journée d'insultes, parfois sur la base de rien.

Cette famille n'avait jamais connu de percée sociale. D'ailleurs, la grand-mère, Nan'Memboua, était la seule à « travailler ». Elle cultivait un petit champ de manioc, qu'elle seule était capable de localiser en plein milieu de la forêt sacrée qui cerclait la contrée. Quand elle pénétrait dans ce massif végétal, ce qu'elle faisait rarement et seulement à une heure précise de la nuit, au moment où la lune se calait au milieu du ciel sombre, son retour n'était prévu que quarante-deux jours plus tard. Alors, elle réapparaissait soudain, munie d'un panier plein à craquer de bâtons de manioc et de gigots de viande fumée ou salée. Pourtant, elle n'était accompagnée d'aucune autre personne qui aurait pu justifier le nombre impressionnant de gibier qu'elle capturait, fumait ou salait dans ce laps de temps.

Son retour de forêt était habituellement précédé d'un balai aérien et incohérent de corbeaux, qui indiquait le sens de son apparition. Les trois akassi ramassés sur sa tête toute blanchie apparaissaient au loin en premier, puis son corps élancé découpait l'horizon, drapé d'un vieux complet en tissu dur à l'effigie d'un parti politique des années 60.

Une de ses filles, l'apercevant, s'avançait alors vers elle en s'écriant « héééé Nan'memboua ! », pour attirer l'attention des autres. Il faut préciser que Nan'Memboua avait en effet deux filles, qu'elles étaient déjà devenues mères et avaient offert à la lignée une poignée d'enfants rebelles et dépourvus de tout sens moral.

Après la mort subite et inexpliquée de No-Ayong, l'époux de Nan'Memboua, les sages du village avaient subitement décidé de retirer du corps de garde toute mémoire le concernant. Mieux : depuis lors, ils s'abstenaient de donner des conseils à sa veuve et toute sa descendance, de peur de s'attraper un autre malheur. À dire vrai, No-Ayong avait été quelqu'un de bien, un jeune cadre d'une entreprise de la capitale, qui était tombé sur le charme de Nan'Memboua lors d'une partie de chasse nocturne avec ses collègues de travail. Les sages disaient sous cape, au corps de garde, quand personne d'autre ne les écoutait, que cette chasse nocturne bizarre avait scellé le destin de No-Ayong : le pauvre avait tiré sa propre vie au sort.

Ils se gardaient bien peu de divulguer aussi que Nan'Memboua avait sacrifié la pureté et l'innocence de son époux aux génies de la forêt, dans le cadre d'un échange pour libérer sa famille. En effet, il fallait passer par les cuisines de ce village de Nvinvi, pour entendre les vieilles mamans de la génération de Nan'Memboua prétendre que cette dernière, alors qu'elle était encore jeune et belle femme, avait été maudite par ses tantes maternelles jusqu'à la quatrième génération, au motif redoutable qu'elle les avait toutes humiliées et déshonorées en entretenant des relations innommables avec chacun de leurs époux. À bout de colère, les tantes prononcèrent des paroles de malédictions qui sortirent au rythme des larmes sous leurs yeux.

On disait que la première proféra des malédictions sur sa progéniture : « Tes filles vont accoucher à la vitesse d'une poule pondeuse et chacun de ces enfants aura un père différent, qui mourra par la suite au premier sourire de l'enfant ».

On disait que la deuxième déclara : « Tes petits enfants auront en horreur le chemin de la connaissance. Ils se perdront sur le chemin du non-sens et de la barbarie. Ils seront habités par l'esprit du guerrier des mondes de la nuit ».

On disait que la dernière se leva tôt le matin et alla cracher le compost nocturne de sa salive sur le pas de la porte de Nan'Memboua, déclarant par sept fois que sa vie serait aussi longue que celle des premiers hommes habitant la terre. Et que même arrivée au soir de sa vie, elle serait bloquée entre deux mondes, attendant que le tribunal des ancêtres traite son cas pour décider s'ils étaient prêts à l'accueillir dans l'au-delà. Sa vie sur terre allait se transformer en sursis de pénitence, pour qu'elle vive pleinement et le plus longtemps possible les horreurs qu'elle-même avait si volontairement causées.

C'est pourquoi, à chaque naissance d'un petit fils dans sa lignée, Nan'Memboua disparaissait avec le nouveau-né pour ausculter toutes les parties de son corps, afin de vérifier si le signe de la malédiction y était présent. Elle espérait secrètement qu'une autre génération allait changer cette donne. Mais non ! L'heure n'était pas encore à la libération ! Toute sa descendance arrivait avec le signe.

Le plus dangereux dans le présage était que le sort de la panthère était à double tranchant : la bagarre pouvait être déclenchée aussi bien avec des personnes extérieures qu'avec celles de la maison.

C'était tellement habituel dans le coin que cela n'étonnait plus personne : une bagarre pouvait surgir en plein milieu de la nuit ou soudain au lever du jour. Elle s'annonçait par un vacarme qui était semblable à un roulement de casseroles accompagné des longs cris d'effervescence. Très caractéristique, il suffisait que les villageois entendent ce signal pour que toutes les fenêtres du village se ferment d'un seul coup.

Cette fois, la brouille venait d'éclater entre les deux grandes filles de Nan'Memboua et leur famille respective.

Rosalie, l'aînée, sortit de la case à grand bond, avec entre ses mains une corbeille d'habits ; c'était les vêtements d'Evang, sa sœur cadette et aussi ceux des enfants de cette dernière. La furie au sommet du cuir chevelu, Rosalie décida de tremper brusquement cet amas de vêtements dans la grande marmite d'huile de palme bouillante que leur mère avait laissée mijoter.

Evang l'aperçut de loin. Elle courut pour tenter de l'en empêcher, mais trop tard, les habits avaient déjà subi le grand saut et étaient en train de muer vers l'orange. Bien remontée Evang cria à sa sœur :

— Ha, Rosa, commence déjà à réfléchir à ce que tu vas dire aux pères de mes enfants ; ce n'est pas moi qui t'ai dit de ne pas sortir avec de grands types ! La culotte bleu ciel là est celle de Maé, c'est son père qui le lui a acheté ; un grand adjudant-chef à l'armée de terre là-bas. La robe carrelée est à Medzo, son père est grand cameraman à TV plus ! Je ne parle même plus du papa d'Oyabi l'une des personnes ayant contribué à la création du chemin du Transgabonais dans le pays là…

— C'est justement sur les rails que tu allais t'accoupler avec lui et c'est aussi malheureusement la dernière fois que nous avons entendu parler de lui ! tué tué ! répliqua Rosalie.

Sa sœur bondit sur elle et lui fit manger une bonne quantité de poussière. Les yeux de Rosalie devinrent aussi gros que deux billes d'okoumé empêtrées dans la poussière du port d'Owendo.

Quand elle réussit à se dégager, Rosalie ordonna à un de ses fils :

— Mpopa, vite ! Débranche-moi leur câble du domino, je vais voir avec quelle lumière ils vont dormir aujourd'hui. Si ce n'est pas moi, Rosa, qui ai acheté le groupe électrogène là, vous m'enlevez mon nom !

Mpopa réussit à débrancher le câble, mais finit par être séquestré pas ses trois cousines, filles de Evang, qui trouvèrent comme résolution de l'attacher au tronc d'un arbre avec en face de lui une vielle roue de camion Caterpillar enflammée ; il inhalait désormais l'odeur toxique du caoutchouc calciné et la poussière qu'elle lui reversait sur le corps.

Nyamba, le frère aîné de Mpopa, se tenait debout à l'angle, observant tout cela d'un regard sans passion ; il allait enfin pouvoir rentrer en jeu, pour jouer sa partition au concerto familial. Les voisins apeurés, qui vivaient la scène par les trous de leurs cases, espéraient que Nyamba vienne enfin mettre un terme à ce grand vacarme, qui durait déjà depuis plus d'une demi-journée.

Pas très bavard, Nyamba s'avança en marmonnant, les deux mains levées au ciel :

— C'est le petit frère de qui que vous voulez crucifier sur un badamier comme un pompier ? Djiambi Tara ! Moi on me touche avec le bois ho, sinon je brule ! Parce que ce qui bouge dans l'herbe doit sortir ! De là à là ! Un cadavre doit forcément mourir ! Qu'est-ce qui vous trompe ici, Maé, pour faire comme vous faites ?

Il ruminait ces phrases en s'adressant à ses cousines et se rapprochant calmement du théâtre de la bagarre. Arrivée devant son petit frère, Nyamba s'accroupit tout près du feu et alluma son rouleau de Nkù, qu'il tira par trois fois en laissant sortir de ses oreilles et de ses narines une fumée blanche. Puis il s'en alla derrière les cases en terre battue de Evang. Il connecta la partie brulante de sa cigarette et la paille qui servait de toitures aux cases et le tout s'enflamma.

Evang voyant le feu sur les cases, se fendit d'un long cri, comme pour signifier qu'ils allaient une fois de plus repartir à zéro.

— Ekééééééééééh !

Sereinement Nyamba se redirigea vers son petit frère pour défaire les cordes qui le liaient à l'arbre tandis que sa tante Evang et ses filles, délaissant le combat, s'affairaient à éteindre ce feu qui indiquait qu'elles dormiraient ce soir-là à la belle étoile.

Et toute cette agitation se déroulait sous le regard non influant ou plutôt absent de Nan'Memboua, qui était assise à l'écart dans sa cuisine. Elle n'émettait ni cris ni soupirs !

*

**

C'était à une période relativement festive dans le village. Le groupe des anciens se préparait à une visite officielle des autorités administratives de la circonscription, pour la présentation des différents candidats aux prochaines élections.

Le jour de la cérémonie, les festivités se déroulèrent à merveille ; à l'ouverture, le gouverneur de la contrée fit son discours, puis il présenta le candidat qui à son tour fit aussi son exposé. La cérémonie se termina par la visite des stands et groupes culturels.

Avant leur départ, les autorités laissèrent une enveloppe pour motiver les troupes du village. La somme d'argent était très motivante et les quelques denrées alimentaires apportées étaient distribuées au prorata de la contribution de chaque famille.

Celle de Nan'Memboua reçu ½ carton de cotis ; une bouteille d'huile d'arachide ; six canettes de Régab et une somme de 37500f. Le partage se fit au vu et au su de toute la communauté, au grand désagrément d'Evang qui n'hésita pas à manifester son mécontentement. Il lui était impossible de comprendre pourquoi le partage ne pouvait se faire à parts égales. Elle s'adressa à l'une des femmes qui avaient distribué les denrées alimentaires :

— Ma Komba, vous avez partagé les choses sans tenir compte du nombre de personnes dans la famille ?

— Non, ma chérie. C'est en fonction de ce que vous avez apporté pour recevoir les autorités ; moi j'ai mis à disposition un panier plein d'arachides, dix paquets de folong et les deux régimes de bananes que papa Benoit a ramenés de sa bananeraie hier. En retour, j'ai obtenu

250.000 qui vont nous aider à nous prendre du petit matériel pour le prochain défrichage et…

Tsona qui l'écoutait aussi vint directement s'inviter à la conversation :

— Ma Komba tu as vu non, je te disais que cette affaire allait bien payer. Avec mes quatre porcs-épics, deux pangolins et quelques écureuils, je me suis fait 150 000 francs ! Ha dzembi, ces hommes-là aiment la viande de brousse, ha ma !

— Huuum, après c'est pour nous dire d'arrêter le braconnage, adié ça ne va jamais finir…

Mais tout cela sonna très mal à l'oreille d'Evang, qui se rendait compte que tout le monde avait contribué à la rendre la fête belle, excepté sa famille.

— Mais quand vous faites comme ça, est-ce que c'est bien, Ma Komba ?

— Wouho ! Comme ça comment ? répondit Ma Komba, surprise.

— Non, non, non… À qui avez-vous dit qu'on devait contribuer ? Ça, c'est le genre de chose que moi je ne n'aime pas avec vous ici. Ça ne va pas se passer comme ça ! Qui mange qui ne mange pas ?

Elle commença à s'affoler dans le corps de garde, comme à son habitude revendiquant un peu plus d'argent, mais le chef du village venait de lever la séance et personne de fit plus cas.

Alors Evang remonta chez elle toute humiliée, énervée. Elle ne tarda pas à faire un compte rendu biaisé à sa famille… Toute la communauté s'attendit alors à recevoir une action punitive en retour de leur part, comme une attaque nocturne ou on ne sait quoi d'autre. Mais rien ne se produisit ce soir-là.

Aucun bruit ne survint cette nuit-là, pourtant personne ne dormit profondément. Un calme qui plongea les notables du village dans un questionnement sans fin. Pourquoi n'étaient-ils plus revenus en masse comme d'habitude ? C'étaient-ils enfin résignés à emprunter le chemin de la raison ?

Une semaine plus tard, advint le jour des élections. Les notables du village organisèrent la journée de vote comme il était de coutume, dans l'une des plus belles salles de classe de l'école publique.

À 8 h précise, tous les membres du bureau étaient présents. Chacun fut invité à prendre place pour procéder au vote. Tout se déroula bien jusqu'en milieu de journée. Vers 13 h 30, la moitié du village avait accompli son acte de citoyenneté, quand soudain les Memboua firent leur entrée dans la salle. En tête de file il y avait Minko, le premier fils de Rosalie, qui venait d'être libéré de prison par grâce présidentielle. Il y avait été placé en détention deux ans plus tôt pour vol à mains armées et détention abusive de stupéfiant.

Minko avait le regard évaporé, comme quelqu'un qui appréciait la beauté d'une œuvre d'art plastique. Dans son ivresse intoxicante, sa tenue était indescriptible ; entre une combinaison sautée d'un côté et longue manche de l'autre. Il arborait bien le vieux fusil de chasse qu'il portait sur son épaule droite. Quand il marchait, il posait des pas calmes est bien espacés, en prononçant des mots bizarres comme : Lumière bleue ! Étoile filante ! Vaisseau spatial !

À l'écoute de ces mots, chacun dans la salle pouvait comprendre que la dimension venait de prendre une autre tournure. Il était suivi par tous ces frères et sœurs ; chacun d'eux avait au moins une arme blanche à la main. Ils prirent les reines de chaque poste et donnèrent à ce vote un sens différent. Minko tira une balle dans le plafond pour se faire entendre.

Le chef de village et d'autres notables voulurent résister à ce moment-là, mais Minko tira à nouveau une balle en l'air. Puis il se tourna vers le chef :

— Vieux père, tu ndemes ? Dans quelques heures vous saurez pourquoi le coq a eu le haricot qui lui est sorti de l'œil. Personne ne vote le parti au pouvoir ici, genre vous vous partagez les dos sans penser aux gens en mission, dans quoi ?

Les urnes étaient à moitié remplies, personne n'osait plus rien dire… le reste du vote de déroula sous l'influence de la famille Memboua. Tous les représentants étaient aux ordres et l'enclavement du village ne permettait pas d'alerter qui que ce soit. Quand tout le monde eu voté, ils fermèrent la porte de la salle de classe et Minko s'exclama.

— Allez, Nyambazo ! Nous allons enfin aider à procéder au dépouillement. Tous les votes pour le parti au pouvoir doivent automatiquement compter pour notre oncle Moudouma !

Le président du bureau de vote s'exclama :

— Comment ça, mon petit ?

— C'est une information, lui répondit Nyamba en grattant sa machette bien limée contre le sol. Alors tu boudes ou bien tu veux aller au tableau pour remplir les cases ?

Les autres représentants se tinrent à carreau.

Rosalie et Evang tenaient la garde dehors, toutes excitées. Elles balançaient des paroles lapidaires :

— Ce tour-ci, nous aussi on va gérer le pays-là !

Mais ironie du sort, au moment de l'établissement du procès-verbal, le président du bureau de vote se rendit très vite compte qu'aucun des membres du gang familial ne savait ni lire ni écrire. Alors il en profita pour rapporter les conditions macabres dans lesquelles le vote s'était déroulé. Il fit signer la fiche par tous les membres du bureau et les représentants des candidats.

— Hoo, dit Minko, vérifiez bien qu'il reporte les vrais résultats du vote sur les papiers, parce que c'est là que toute la fraude se passe souvent ! Djédjé, toi qui as au moins fait le CEP sept fois, lis bien ce qu'ils écrivent là-bas.

— Humm, Mink ! grommela Déjédjé. Ce qu'ils écrivent là, on dirait « stop » hein !

— Sérieux ? Stop comment ?

— Vrai de vrai, c'est pas bon, « stop » du panneau « stop » !

Minko se déplaça pour voir de ses propres yeux.

— Moi je vois comme un « i » hein, mais bon ce n'est pas trop mon truc la lecture, laissons-les faire leur travail.

Les résultats furent transmis au bureau central et noyés dans la masse des résultats du canton. Les descendants de Nan'Memboua ne surent jamais que le procès-verbal des résultats avait servi aux sages du village à rédiger en réalité une plainte contre eux, qui fut signée par tout le bureau et aussi par les représentants des candidats.

Minko ne comprit pas pourquoi la gendarmerie débarqua 3 jours plus tard et embarqua tous les hommes valides de cette famille.

Aux dernières nouvelles, ils étaient encore en prison.

LE SOLEIL NE VEUT PAS QU'ON LE DERANGE (RODRIGUE NDONG)

Chaque fois que je séjourne dans cette contrée, je me sens heureux. C'est le village de ma femme. C'est aussi le village préféré de Picasso. Le peintre y a une demeure au bout de la principale artère, qu'il occupe une partie de l'année, avec sa femme, Jacqueline. Ce village est d'ailleurs sorti de l'anonymat grâce à la présence de cet hôte de marque qui ne s'extrait de chez lui que rarement. Tomber sur lui dans la rue, chez le boulanger, au marché ou au milieu des joueurs de pétanque, constitue un événement. Pour ma part, je ne l'ai jamais vu autrement qu'à la télévision et dans quelques magazines spécialisés. Comme la plupart des gens, je ne connais son œuvre immense qu'à travers les médias.

Ma femme est née ici il y a trente ans. Mais elle n'y met plus régulièrement les pieds. Il serait même plus juste de dire qu'elle n'y vient plus depuis la mort de son père, un des musiciens d'Agnes Obel. Monsieur Ossa nous a quittés il y a bientôt dix ans. Pour l'avoir bien connu et parce qu'il me considérait comme le fils qu'il n'a pas eu, je lui avais fait la promesse de ne jamais abandonner la terre de ses ancêtres, son village, sa maison. Depuis une décennie, je passe un mois entier et plusieurs week-ends par an dans cette belle maison en bois et à deux niveaux. Musicien moi-même, j'en profite pour peaufiner mon jeu, mais aussi pour me reposer.

Le village de ma femme se trouve à quelques encablures de la mer. Il est en hauteur. Lorsqu'on se lance dans une randonnée pour se changer les idées, voir du pays, l'air marin ne tarde pas à se signaler. Il y a beaucoup de vent ici. Les gens sont la plupart du temps très couvert. Plus loin là-bas se présentent les falaises qui offrent une vue en plongée de la plage et du large, où quelques silhouettes de bateaux rappellent que ce peuple est majoritairement composé de pêcheurs, de père en fils.

Quelqu'un frappe à la porte, au moment où j'envoie un message à ma femme pour lui dire que je suis bien arrivé et convenablement installé. Qui cela peut-il être, tôt le matin comme ça ? Je ne suis arrivé qu'hier dans la nuit, après un voyage long et fatigant en voiture, alors qu'habituellement je viens en train. De plus, je n'avais signalé à personne que je serais là ce week-end. J'ouvre.

— Bonjour Paulin. Bien dormi ? Je t'ai vu débarquer hier soir. Bonne arrivée.

— Merci…

Giscard est un jeune homme. Un lycéen tout ce qu'il y a de plus courtois. Un garçon avenant et serviable. Il se montre toujours disponible, rend service à qui le lui demande, toujours avec plaisir. Il est connu de tout le village. C'est mon voisin le plus proche.

— Je peux entrer ? J'ai quelque chose à te demander.

Dans la cuisine, je dépoussière ici et là. Peu à peu, je me réhabitue à cet environnement. Je mets de l'eau à bouillir et réchauffe quelques croissants. Quand tout est prêt, je retrouve Giscard au salon. Il est jovial.

— Alors Giscard, quelles sont les nouvelles dans le bled ?

— Rien de spécial, Paulin. Tout est comme tu as laissé depuis ton dernier séjour.

— Les parents, ça va ?

— Oui, c'est tranquille de ce côté-là.

Giscard boit sa tasse de thé sans toucher aux croissants. Quand il boit, il me regarde, comme pour ne pas me perdre de vue. Je trouve aussi qu'il sourit beaucoup. Il m'intrigue.

— Giscard, tu disais que tu avais quelque chose à me demander ?

— Oui, Paulin.

— De quoi s'agit-il ?

— D'un exposé.

— Un exposé ?

— Oui, Paulin.

Il joue au mystérieux, le jeune homme. Je le regarde droit dans les yeux. Il fait de même, tout en portant de nouveau sa tasse de thé chaud à ses lèvres. J'entends le vent qui essaye d'ébranler les vitres de la maison. Giscard sourit. Je souris aussi, sans savoir pourquoi.

— Et si tu allais droit au but, petit ?

Il fait oui de la tête. Ensuite, il pose sa tasse et s'éponge la bouche avec le dos de sa main droite.

— J'ai un exposé. Je voudrais que tu m'aides.

— De quelle manière ?

— Le professeur d'histoire-géo nous a remis une longue liste de sujets à traiter. Au choix. J'ai retenu le sujet suivant : « Le fait divers comme source dans l'écriture de l'histoire locale. » Je voudrais que tu m'aides.

— Je ne vois pas très bien en quoi je pourrais t'aider, Giscard.

— Si, tu peux m'aider, Paulin.

— En quoi ?

— J'ai appris par mes parents que ton beau-père, monsieur Ossa, a perdu la vie dans d'étranges conditions. Ils m'ont dit qu'il est mort de chagrin et de dépit, parce que personne n'avait cru à son histoire sur Picasso. La presse, en ce temps-là, avait parlé de son suicide. Il s'était jeté dans le vide, du haut des falaises. En choisissant mon sujet, je me suis dit que, un de ces week-ends, si jamais tu venais

70

avant la fin de l'année, car nos exposés sont à présenter en fin d'année, tu m'aiderais sur quelques points, vu que tu l'as très bien connu.

Je me cale dans mon fauteuil. Giscard continue de sourire. Je me rappelle alors que ce garçon sourit toujours, car il est un peu niais, un peu attardé. Il n'agit ni ne pense à mal. Il se sert une autre tasse de thé.

Que lui répondre ? La presse avait convenablement fait son travail. Elle était allée à l'essentiel, s'occupant prioritairement des faits. Elle avait interrogé quelques villageois, recoupé les informations recueillies, puis avait donné à lire au pays tout entier ce fait divers parlant d'un homme qui soutenait une thèse sur Picasso et en laquelle personne n'avait prêté foi. Il fut seul à avoir vu Picasso faire ce qu'il avait fait. Personne ne l'avait cru. Il avait insisté, jurant au nom de son propre père. Rien n'y fit. Au contraire, il fut surpris un matin de s'entendre appeler, au marché, dans la rue, à la plage, partout, « Le mytho ». Il se terra. Cet homme frêle et si sensible, qui ne connaissait pas le second degré dans l'humour, qui ne savait pas relativiser, qui pleurait quand sa fille tombait malade ou se faisait un bleu, se mit à perdre les pédales. Il n'était plus rare de le voir passer des journées entières dans sa chambre, parlant seul, criant que demain est toujours lent à venir et tapant sur les meubles parfois. Et puis un jour, à la surprise générale, monsieur Ossa plongea dans le vide.

Giscard me salue respectueusement. Il prend congé et me remercie beaucoup. Il sourit toujours.

Évoquer ce passé m'a remué. Je ne vais pas travailler ce matin. Je ne suis pas bien dans ma peau. Monsieur Ossa me manque. Le chagrin s'empare de moi. Il faut que je me ressaisisse. Il faut que je sorte prendre l'air. Je vais me promener à la plage. À mon retour, j'irai saluer les villageois de ma connaissance. Question de leur faire un coucou et prendre des nouvelles.

La plage est déserte à ce moment de la matinée. Après une heure à errer ici et là, j'emprunte le chemin escarpé qui conduit au sommet de la falaise. Parvenu là, je souffle. La vue est magnifique, d'ici. J'ouvre mon sac à dos et sors ma longue-vue. Je m'assois sur l'herbe tendre. Je regarde les pirogues qui passent au large. Puis je m'étends, les bras en croix. Je ferme les yeux. Instant de grâce.

Quand je me redresse, je vois venir au loin, sur la plage, un homme et une femme. L'homme est torse nu. Il est basané, à la manière de ceux qui se bronzent. Il est chauve. Il est muni d'un bâton, on dirait une canne. La femme porte une marinière et un short blanc. Un chapeau au bord large couvre sa tête. L'un et l'autre marchent pieds nus, insouciants. Ils ne se parlent pas. Ils ont l'air de marcher pour le plaisir de marcher.

Soudain, l'homme se met à dessiner, au moyen de son bâton, sur le sable mouillé. Il dessine en marchant, d'un trait, sans que le bâton ne quitte le sol. Je me lève. Mon cœur bat la chamade. Je tremble. L'homme dessine un nu. Il a fini. La femme applaudit. Au moment de prendre mon téléphone pour immortaliser cet instant, une vague s'amène et efface le chef-d'œuvre.

Je suis sans voix. Monsieur Ossa ne mentait pas. Il avait bel et bien vu ce que je viens de voir. Picasso en chair et en os dessinant sur la plage mouillée, d'un geste continu, un nu de femme qu'une vague scélérate vient gommer l'instant d'après.

Monsieur Ossa ne mentait pas.

LA DENT !
(DEJANIRE ESMERALDA FOUTOU)

Il était très exactement 10 h 30, quand Ibouanga sentit une vive douleur sur une de ses dents de sagesse. Celle-ci, en plus de mal pousser, s'était donné un malin plaisir à se laisser envahir par la carie. La douleur était presque insupportable. Ibouanga, se dirigea donc vers la cuisine, à la recherche d'un célèbre comprimé effervescent. En ouvrant un placard, il trouva une boîte d'Efferalgan. Un léger sourire crispa son visage. Il ouvrit alors la boîte pour en sortir un comprimé. Malheureusement, il n'y en avait plus.

— Ça, c'est quel vampire encore ? s'écria-t-il.

Il fallait qu'il se rende à l'hôpital. Sentant qu'il ne pourrait pas supporter cette douleur une nuit de plus, il composa le numéro d'une Clinique pour une consultation en urgence. Il voulait avoir des informations sur le coût des soins, avant de se rendre sur place. Heureusement qu'il avait conservé le numéro d'un très bon cabinet médical. Il y'a longtemps, il y avait fait quelques soins. Il composa alors le numéro de la clinique et lança l'appel.

— Cabinet médical Girouétou, bonjour ! Comment puis-je vous aider ?

— Bonjour, je voudrais prendre rendez-vous pour une urgence. Et éventuellement, avoir le prix de la consultation.

— Excusez-moi, avez-vous un médecin traitant ici ?

— J'en avais un, mais c'était il y'a bien longtemps.

— D'accord. On tentera de retrouver votre dossier. Et donc, votre urgence, c'est dans quel domaine de la médecine ?

— Comment ça ? Ce n'est pas un cabinet dentaire ?

— Si, mais pour l'instant nous n'avons pas de dentiste.

— Ah ! ils sont tous en congés ?

— Non, pour le moment nous avons suspendu les consultations dentaires. Mais nous avons des consultations en ophtalmologie, gynécologie…

— Même vous-même ! Quand vous me proposez un gynécologue, alors que je suis un homme, vous êtes sérieuse ? Bref, merci bien. Bonne journée.

— Bonne journée, monsieur.

Ibouanga raccrocha son téléphone. C'était quand même bizarre ! Comment un cabinet dentaire n'avait-il pas de dentiste ? Ça n'avait pas de sens. Enfin, plus rien ne l'étonnait dans ce pays. Il décida donc de tenter sa chance avec la clinique où il avait l'habitude de se rendre pour ses soins médicaux.

Le téléphone sonna à l'autre bout du combiné. Une femme décrocha après quelques sonneries.

— Cabinet Médical de la Gloire bonsoir, que puis-je faire pour vous ?

— Allô, bonsoir Madame. J'appelle pour un renseignement.

— Que désirez-vous savoir ?

— Je voulais savoir le prix d'une intervention d'urgence.

— Dans quel domaine, s'il vous plaît ?

— C'est pour qu'un dentiste me consulte.

— Avez-vous déjà un médecin ?

— Non non, en fait, c'est…

— Excusez-moi monsieur, c'est bientôt l'heure de la pause. Venez vous-même sur place pour savoir. Si vous venez assez tôt, disons avant 14 h, ça va aller. On reçoit par ordre d'arrivée.

— Ah… mais…

La dame au bout du fil avait déjà raccroché. Ibouanga resta un peu hébété. Il grommela sa colère à haute voix :

— Je dis hein, mais les Gabonais sont impolis ! Ton boulot de réceptionniste c'est de me donner ces informations, mais tu fais comme si je devais les mendier ! Je t'appelle avec mon crédit téléphonique et c'est toi qui me raccroches au nez ! Mille nids de poule au carrefour Rio ! Tu es arrivé, ooooooh ! Tu as de la chance que je sois dans le besoin !

N'ayant pas la force d'aller à la pharmacie, il ouvrit de nouveau le placard et en sortit un comprimé d'une très bonne marque d'antidouleurs qu'il avait l'habitude d'utiliser. Surtout qu'il en avait pris la veille au soir et ce matin. Constatant que sa bouteille d'eau minérale était vide, il vérifia si la compagnie d'électricité et d'eau avait déjà réapprovisionné l'eau. Elle avait coupé l'eau dans le quartier depuis trois jours et Ibouanga commençait à ne plus avoir de réserves.

Heureusement pour lui, l'eau coula quand il ouvrit le robinet. Avec un grand soupir, il remplit alors deux bouteilles d'eau, avant de faire de même avec un verre et d'en vider le contenu. Il se disait qu'il pourrait remplir les autres bouteilles un peu plus tard. D'autant qu'il avait sérieusement sommeil. À cause de sa dent, il n'avait pas dormi de la nuit. Comme il avait encore trois bonnes heures devant lui, Ibouanga décida de faire une petite sieste de trente minutes.

À son réveil, Ibouanga tira son téléphone pour regarder l'heure. Il sursauta quand il se rendit compte qu'il avait dormi deux heures. Il ne lui restait donc qu'une heure pour arriver à l'hôpital.

— Tchuooooo mon Dieu ! hurla-t-il pour lui-même, les choses de la sorcellerie comme ça. Comment puis-je aussi dormir comme un inconscient, hein ?

Il sauta donc de son lit et fila à la douche. Il ouvrit le robinet, pas d'eau.

— Eh Dieu, cette compagnie d'électricité et d'eau, ooooooh ! Voilà que l'eau est de nouveau coupée. L'affaire de l'eau là, non ooooooh !

Ibouanga sortit de la douche et alla se chercher l'une

des deux bouteilles d'eau qu'il avait remplies, pour se rincer. Une fois terminé, il sortit de la douche et se dirigea vers sa chambre. Voulant repasser son tee-shirt, il brancha le fer à repasser. Une minute plus tard, Ibouanga se demandait pourquoi son tee-shirt avait toujours autant de plis. Son fer était-il cassé ? Il se redressa et s'approcha de l'interrupteur de sa chambre pour vérifier s'il y avait coupure. C'est en tentant de mettre la lumière qu'il se rendit compte qu'il n'y avait plus d'électricité.

— Non ! Non ! Non ! Non ! Non, hurla-t-il, cette compagnie me cherche des problèmes ! Vraiment aujourd'hui, c'est ma journée. Mais ça, c'est quelle vie ?

N'ayant plus d'autre choix, il porta donc son tee-shirt froissé, il enfila un jean et une paire de baskets, puis s'en alla. Son visage se défigura encore plus, quand il peina pour avoir un Taxi. Sa montre lui signalait déjà son retard. Il voyait bien que sa tenue froissée attirait les regards. À une dame dont le regard s'attardait un peu trop sur lui, il lança :

— Excuse-moi ma sœur, mais on ne fixe pas les gens comme ça ! Faut arrêter de critiquer les autres dans votre cœur. Vous ne savez pas pourquoi je suis habillée comme ça !

Comme si ça ne suffisait pas, quand il finit par avoir son taxi, sa joue déjà enflée, il affronta un embouteillage et deux contrôles de police. De quoi le mettre dans tous ses états. Assis à l'arrière du véhicule, il pestait contre le moindre conducteur qui osait ne pas respecter le Code de la route.

— Mais toi aussi, tu as vu ça où comme ça, pour couper la route ainsi aux autres ? Mais comment tu changes de file dans mettre le clignotant, espèce de… Chauffard, tu ne vois pas le panneau « cédez le passage » ? C'est pour les débiles mentaux ?

Il se calma enfin quand il arriva devant la clinique. À l'intérieur, plusieurs personnes attendaient déjà. Les uns à côté des autres. « Franchement, et les mesure barrière, c'est noyé dans Mama Régab ? pensa-t-il.

Il s'arrêta devant l'homme de la sécurité qui prit sa température.

— Monsieur, vous avez 37.8 °C, c'est un début de fièvre.

— Et alors ? Si vous ne le voyez pas, je veux entrer dans une clinique, justement !

— C'est un des symptômes du cov…

— Pardon, SGS-Man ! Faut pas commencer hein ! C'est parce que tu as des lunettes que ne vois pas que j'ai une rage dentaire ? Et cette douleur peut provoquer de la fièvre !

— Nous devons vérifier vos dires.

— Ce n'est que la dent. Ou bien une joue enflée est aussi un symptôme du Covid ?

— Non, monsieur.

— Mais alors ? Tu veux vérifier quoi, là ? De toute façon, je suis là pour ça, alors laisse-moi passer.

— Je ne fais que mon travail, monsieur. Je vois que vous avez de la fièvre…

— Ah oui ? Je ne me sens pas fiévreux, jeune homme. Et d'abord, as-tu pris ta propre température ? De nous deux, il me semble que c'est toi qui as plus de chance d'être malade !

Les gens commençaient à s'attrouper.

— C'est bon, c'est bon ! Vous pouvez passer, monsieur.

— Ah, finalement, hein…

Ibouanga se dirigea directement vers la réceptionniste.

— Bonjour, Madame.

— Hum… bonjour, répondit-elle d'un air las.

— Je suis là pour une consultation d'urgence. Je voudrais donc savoir combien ça coûte et si je peux être reçu aujourd'hui.

— Vous pouvez être reçu aujourd'hui, ça va dépendre de la vitesse à laquelle vont finir les autres consultations.

— Et pour le prix ?

— Est-ce que vous avez une assurance ?

— Oui, j'en ai une.

— Montrez-moi les papiers.

Ibouanga sortit donc les papiers de son sac et les remit à la réceptionniste.

— Hmmm, s'exclama-t-elle. Si c'est celle-là…

— Il y'a un problème ?

— Désolé monsieur, nous ne prenons pas cette assurance. Ça vous fera quarante mille francs, dans ce cas.

— Quoi ? Tout ça ?

— Vous voulez être reçu en urgence ou pas ?

— Oui, oui, en urgence.

— C'est quarante mille francs.

Ibouanga prit l'argent dans son sac en marmonnant dans sa barbe. Il paya et remplit les formalités. La jeune dame lui demanda de prendre place.

— Mais je suis en urgence, protesta-t-il. Pourquoi dois-je encore prendre place ?

— Tous ceux qui sont là avant vous sont aussi en urgence, monsieur. Et d'ailleurs, le médecin n'est pas encore rentré de sa pause. Donc prenez place, on vous appellera quand se sera votre tour.

À contrecœur, Ibouanga alla donc s'asseoir et patienta. Trente minutes plus tard, il commença néanmoins à perdre patience quand il constata que le médecin n'était toujours pas là. Pourtant, sa douleur dentaire, bien à l'heure, elle, tiraillait atrocement sur sa joue déjà bien traumatisée.

Une heure plus tard, le médecin se pointa enfin, Ibouanga pensa qu'il allait enfin voir le bout du tunnel. Une lueur d'espoir s'alluma en lui. Il recommença à ressentir la fameuse fièvre de tout à l'heure et sa dent tirait encore plus. Il se leva et alla à la réception.

— S'il vous plaît madame, j'ai sérieusement mal !

— Monsieur, vous n'êtes pas le seul dans cette situation. Tous ceux qui patientent là-bas avec vous sont aussi en urgence. Eux aussi ils ont mal. Donc, allez vous asseoir, on va vous appeler.

— D'accord.

Ibouanga retourna donc à sa place. Il n'en pouvait plus. Pourquoi fallait-il que tout ce monde se retrouve aux urgences le même jour que lui ? Il en arrivait à se demander s'il était vraiment aux urgences. Finalement, la standardiste appela le numéro juste avant le sien. Là encore, la consultation prit un temps infernal.

Ibouanga regarda sa montre, elle indiquait 16 h 45. Il commença à prier intérieurement qu'on ne le renvoie pas au lendemain. Il ne savait pas s'il pouvait encore tenir une nuit de plus. L'infirmière se leva soudain et s'approcha des patients restants.

— Nous sommes désolés, mais on être obligé de fermer. Vous passerez donc tous demain matin, dans le même ordre de passage, à partir de 9 h.

— Mais, il y en a qui ne peuvent pas tenir une nuit de plus.

— Monsieur, ce n'est pas moi le médecin. Je ne fais que suivre les ordres. Il est 17 h, nous devons arrêter les consultations.

— Mais c'est votre médecin qui était en retard, pesta Ibouanga, et c'est vous qui finissez à l'heure ? Ça, c'est quelle histoire encore ?

— Monsieur, vous aussi vous étiez en retard. Ce n'est pas le médecin qui vous a demandé d'attendre que la situation de votre dent s'aggrave pour qu'enfin vous vous décidiez à venir nous voir.

— Est-ce que je peux au moins avoir une ordonnance.

— Monsieur, quand vous me regardez, vous avez l'impression que je ressemble au médecin ? S'il vous plaît, nous n'allons pas nous écharper en plein 17 h. On a tous nos problèmes.

Outré, Ibouanga se leva et s'en alla. Comme il avait vraiment besoin d'antidouleur, il décida de faire un tour rapide en pharmacie avant de rentrer. Espérant que les vingt mille francs qu'il avait feraient l'affaire.

Au seuil de la pharmacie, il y avait également une longue file d'attente. Il en avait marre de ces longues files qui n'en finissaient plus. Sa douleur, cependant, acheva de le convaincre qu'il fallait attendre.

Quelques minutes plus tard, il se retrouva enfin devant une pharmacienne.

— Bonsoir, monsieur, je peux vous aider ?

— Oui, je voudrai un calmant cette douleur dentaire qui me terrasse.

— Elle est due à quoi ? Une dent de sagesse qui pousse, une dent cariée ?

— Une dent de sagesse qui pousse mal et qui est cariée.

— Ah !

— Elle me faisait mal depuis quelque temps. Mais là, ce n'est plus tenable.

— Et c'est maintenant que vous venez chercher les médicaments ? Hum…

— La joue s'est enflée aujourd'hui, en début d'après-midi. Et la douleur a empiré.

— En principe, une joue aussi enflée signale une infection. Quelle est votre appréciation du niveau de douleur entre un et dix ?

— Au point où j'en suis, je me retiens de pleurer. Je dirais quinze !.

— Vous avez pris quelque chose, depuis que ça a empiré ?

— Oui, j'ai pris les derniers antidouleurs qui me restaient.

— Excusez-moi monsieur, mais quand il s'agit de douleur dentaire avec infection, on ne prend pas d'antidouleur sans anti-inflammatoire. Je ne sais pas si les gens pensent qu'ils sont tous devenus médecins et qu'ils savent tout, quoi !

— Il fallait bien que je calme la douleur.

— Bien sûr, et voilà le résultat !

— Madame, s'il vous plaît. La journée a été longue. Donnez-moi ce qui peut calmer cette douleur.

— On va donc vous prescrire un antibiotique, un anti-inflammatoire et un bain de bouche. Ça vous fera trente mille francs seulement.

— Heu… seulement ? Madame, je n'ai pas autant d'argent sur moi !

— Monsieur, je vous présente ce qui pourrait vous calmer. Ici c'est la pharmacie. On ne négocie pas les prix. Sinon, il y'a toujours le paracétamol, juste pour vous aider à baisser la fièvre. Ça ne combattra pas l'infection. Faut vraiment que vous alliez voir un médecin au plus vite, monsieur. La pharmacie, ce n'est pas l'hôpital.

— Oui, madame. Merci. J'irai à l'hôpital demain.

— Faut partir… parce que là… Il est mieux que je ne parle pas.

Ibouanga paya son comprimé avant de rentrer chez lui. Il savait qu'il allait encore passer une très mauvaise nuit. Surtout qu'en rentrant à la maison, il y avait toujours coupure d'électricité.

Au moins, l'eau était revenue.

AU CŒUR DU PETIT LIVRE GRIS (SYMPHORA AYINGONE)

C'était le dernier samedi du mois. Sabine et son petit ami avaient pour coutume de s'offrir un diner au restaurant. À 18 h, son chéri sonna à la porte. Elle vint lui ouvrir. Il était toujours à l'heure.

Par contre, Sabine et les retards…

— Bonsoir, mon tendre, tu es en avance, je ne suis pas encore prête.

— Hmm Sab ! 18 h, c'est 18 h. Apprête-toi rapidement, s'il te plaît.

— T'inquiète, je fais vite, balança-t-elle en retournant dans sa chambre.

Il promena son regard dans toute la pièce de vie. Un salon modeste, mais bien tenu. Chaque objet était à sa place. Il vit un nouveau meuble qui servait de bibliothèque à Sabine. En se rapprochant, ses yeux agrippèrent, sur l'étagère du haut, un petit livre gris ouvert. La lecture était certainement entamée par Sabine. Il le prit, le retourna afin de lire le résumé. La lecture n'était point son fort, mais si le résumé d'un livre lui plaisait toujours, il était prêt à l'achever d'un trait. « *Adnan Legende, Cœuré, Scribes éditions. On parle du sacrifice de Jésus pour l'Église, celui de Roméo pour Juliette ou encore celui d'Orphée et*

Eurydice… sans oublier celui de Jack pour Rose. Si comme plusieurs d'entre nous, vous pensez que la femme ne se sacrifie jamais pour l'homme, Cœuré vous fera changer d'avis par le témoignage de Lémec. »

Ce descriptif attisa sa curiosité. Il s'installa dans le divan et commença la lecture, en attendant Sabine. Ce qui l'intriguait de prime abord, c'était le fait que le personnage cité avait le même prénom que lui : Lémec. Maintenant qu'il y pensait, Sabine avait peut-être acheté ce livre justement parce qu'elle avait aussi constaté que le personnage avait le prénom de son homme.

Mais surtout, il se demandait quel type de femme contemporaine se sacrifierait pour son conjoint. L'expérience lui prouvait surtout le contraire. Il n'y croyait pas une seconde, il avait donc hâte de découvrir ce mystère que l'écrivaine avait percé.

***

— Docteur, il n'y a donc plus d'espoir pour moi ?

— Hélas, jeune homme. Mais vous pouvez toujours vous en remettre à la foi, elle produit parfois des miracles. Et le plus tôt serait le mieux, car malheureusement votre compte à rebours est lancé. Vous savez, trois mois, ça passe vite. Je vous conseille de vivre pleinement le temps qu'il vous reste. Amusez-vous, réjouissez les cœurs de vos proches, faites ce que vous avez toujours voulu faire…

— J'essayerai de faire comme vous dites, docteur. Merci et bonne journée.

Lémec sorti du bureau, l'âme pâle. Cela était visible sur

son corps, qu'il tentait tant bien que mal de conduire vers son lieu de travail. Arrivé à la maison optique, il salua ses collègues et pris de suite le service. Il était proche de Dominique qui était devenu son ami, son allié, son confident. Il était d'ailleurs le seul à connaître son état de santé.

Quelques heures plus tard une jeune femme, Eolia, entra dans la structure accompagnée de son amie Ronica. Elles s'avancèrent vers le comptoir de Lémec et Dominique. Eolia présenta son ordonnance de lunettes à Lémec pendant que Dominique faisait visiter à Ronica les différents modèles proposés par leur maison optique.

— Où avez-vous fait cet examen ?

— À l'hôpital chinois de la ville.

— Mademoiselle, je crois qu'il y'a un problème avec votre ordonnance.

— Comment ça ? Je l'ai fait hier.

— Le problème n'est pas la date, mais les coordonnés. Les chiffres sont incohérents et cela faussera le choix de la qualité des verres.

— C'est urgent, vous savez.

— Retournez vous faire examiner dans une autre structure hospitalière, puis revenez. Je vous promets de suivre personnellement votre cas ici.

— Bien merci. À très vite alors.

Deux jours plus tard, elle revenait seule. Tout était

conforme cette fois. Elle choisit un cadre recommandé par Lémec, puis elle s'en alla. Une semaine après elle repassa avec son amie Ronica pour prendre sa paire de lunettes. Ça allait sans doute être la dernière fois qu'il voyait Eolia. Lui qui aimait rester professionnel avec les clients, n'était pas indifférent face au charme d'Eolia. Dominique l'avait senti. Alors lorsque les demoiselles furent sorties, il fit des signes à Lémec, comme pour lui dire de les rattraper afin d'obtenir le contact de l'une d'entre elles. Ce que fit son ami…

Lémec avait désormais le contact d'Eolia et celle-ci n'était pas réfractaire à ses avances. Tant mieux pour lui, qui n'avait pas le temps de respecter toutes les étapes et techniques de drague. Les jours qui suivirent, ils se mirent en couple. À deux mois du compte à rebours, Lémec comptait bien suivre les conseils de son cardiologue. Il lui arrivait de prier pour son état de santé, mais le reste du temps il revivait, surtout avec Eolia à ses côtés.

Ils allaient partout, ils ne rataient pas une occasion d'être ensemble. Elle était heureuse et il ne se plaignait point du bonheur qu'elle lui procurait. Ils ne parlaient jamais de mariage, enfant, logement. Aucun projet à long terme ne les intéressait, car ils avaient pour devise « Seul l'instant présent compte ».

Mais qu'est-ce que cela cachait ? Pourquoi semblait-elle d'ailleurs adhérer aussi vite à leur aventure ? Quand Lémec comptait-il lui avouer les causes de ce laisser-aller ?

Pourtant Ronica disait à son amie qu'elle allait briser le cœur de Lémec, car rien ne garantissait qu'elle serait encore en vie dans deux mois. De son côté, Dominique conseillait à son ami de préparer sa compagne à la vérité sur sa malade, afin d'atténuer le choc. Car elle finirait bien par le savoir un jour.

Il faut vous avouer que les deux tourtereaux avaient le même problème : un diagnostic cardiaque sans espoir : chacun d'eux avait urgemment besoin d'un cœur disponible et compatible aux fins de transplantation. Les conseils donnés par le cardiologue de Lémec étaient certainement les mêmes qu'avait reçus Eolia par le sien.

Si Lémec pensait être le seul à profiter d'une belle aventure sans lendemain, Eolia aussi en tirait grand plaisir. Voici deux amoureux inconscients qui, sans le savoir, agissaient en toute déloyauté et malhonnêteté l'un envers l'autre. Au fond, ce n'était pourtant pas par méchanceté qu'ils se cachaient la vérité. Vivre avec un chrono vital n'est pas du tout aisé. Rien que l'idée de penser qu'un de ces jours on aura plus droit aux belles choses de la vie est démoralisante.

À un mois de l'échéance, ils s'étaient de plus en plus s'attachés. Pourtant, emportés par de forts et véritables sentiments, ils commençaient à culpabiliser. Mais à quoi bon ! La fin est certaine se disaient-ils. Comment se projeter dans l'avenir, sans traitement ni transplantation à l'horizon ?

À trois semaines de la fin du décompte, Eolia bénéficia miraculeusement d'un cœur compatible, d'après les résultats des examens. Elle était si heureuse ! Cette nouvelle lui donnait le courage d'affronter Lémec, afin de lui avouer la vérité sur sa santé fragile. Elle voulait lui dire qu'ils pouvaient désormais envisager un avenir ensemble, qu'elle était désolée de lui avoir caché cette vérité, qu'elle voulait l'aimer pour toujours… Elle chercha à le joindre en vain toute la journée. Elle se rendit à son lieu de travail, mais elle ne trouva que Dominique qui, à vue d'œil, était triste.

— Bonjour Do, tu vas bien ? Je n'ai pas des nouvelles de Lémec, son téléphone est éteint. Ce n'est pas dans ses habitudes de pas donner des nouvelles, t'as une idée ?

— Je lui avais pourtant dit de tout te dire avant…

— Me dire quoi, Do… ? Où est-il, que se passe-t-il ?

Dominique se retint de pleurer, il conduisit Eolia à quelques pas de la maison optique, où se trouvaient des bancs publics. Et là, il lui raconta toute l'histoire.

Elle ne comprit pas tout, juste ce qu'il fallait pour qu'elle se rende immédiatement à l'hôpital où il se trouvait. Dominique la suivit, après avoir fermé les locaux.

Arrivée la première à l'hôpital, elle demanda à voir le cardiologue en charge du dossier de Lémec. Elle était tout essoufflée, des palpitations cardiaques lui donnaient des vertiges. Le cardiologue accepta de lui faire état de la situation, vu que Dominique qui l'avait suivi avait confirmé la nature de la relation entre la jeune femme et son patient.

— Lémec est dans un état critique. Cette fois j'ai bien peur qu'il ne s'en sorte pas. Vous savez qu'il n'y a pas de traitement et malheureusement nous n'avons toujours pas trouvé de cœur, malgré toutes nos recherches ici et à l'étranger.

— Docteur, j'ai un cœur donnez-le lui.

— Quoi ! s'exclamèrent le cardiologue et Dominique en même temps.

Elle n'avait pas réfléchi à deux fois avant de proposer un cœur, le cœur, son cœur le seul disponible qui était censé servir pour son opération à elle. Dominique l'amena dans un coin du couloir.

— Eolia qu'est-ce que tu racontes ?

— Do… j'ai exactement le même problème que Lémec. Moi aussi je souffre du cœur et je le lui ai caché, pensant mourir avant lui. Mais par la grâce de Dieu, j'ai pu trouver un cœur et la date de l'opération est dans deux jours. C'est ce que je voulais lui dire, mais il était injoignable. Je ne savais pas qu'il m'avait précédé…

— Non ! Ne dit pas ça il est encore parmi nous.

— Oui et il le restera, car je lui donne ma vie.

Elle retourna vers le cardiologue en larmes.

— Docteur, donnez-lui mon cœur, je vous en prie.

Lémec ferma le livre. Inspirant profondément dit à haute voix « elle ne le fera pas, c'est une pure fiction » avant de l'ouvrir à nouveau.

— Mademoiselle si vous y tenez vraiment, mettez-moi tout de suite en contact avec votre cardiologue. Ainsi on sauvera si possible la vie de votre petit ami, mais vous allez perdre la vôtre. En êtes-vous consciente ?

— Consciente ou pas, donnez-lui mon cœur. Si on ne peut pas vivre tous les deux, il faut au moins qu'une personne survive. La mort ne peut pas nous tuer tous les deux.

— Vous savez mademoiselle, rien ne vous oblige à faire cela. Nous allons tous mourir, pourquoi précipitez-vous votre jour ? Que diront vos proches ? Vous n'avez aucun engagement avec mon patient, pourquoi une pareille dévotion ? Vous n'avez rien à prouver ici, je vous assure. On saura probablement à quel point vous l'avez aimé, mais lui, il continuera sa vie avec le cœur qui vous était destiné, il ne mourra pas pour vous retrouver dans une union des belles âmes…

— Docteur voici les coordonnées. Discutez avec mon cardiologue, mettez-vous d'accord et respectez ma décision, s'il vous plaît, donnez-lui mon cœur.

Ni Dominique ni le cardiologue ne comprenaient la position d'Eolia. Peut-être allait-elle trouver un autre cœur. Mesurait-elle le sacrifice qu'elle était en train de faire ?

Les cardiologues se retrouvèrent des heures plus tard ils ont trouvé Eolia très courageuse, mais aussi majeure pour signer ce transfert. Elle n'avait rien dit à ses proches et Ronica était impuissante face à la décision de son amie. Elle avait cependant demandé à être présente lors de la transplantation, ce qui lui fut exclusivement accordé.

Après l'opération elle passa toute la nuit à pleurer. Elle

était certes fière de son acte, mais combien elle trouvait la vie injuste. Elle appela Ronica et lui remit une lettre.

— J'ai écrit cette lettre la nuit dernière, elle est pour Lémec. Lorsqu'il ne saura pas par quel miracle il rouvre les yeux, il me cherchera. S'il te plaît mon amie, donne-la-lui afin qu'il soit plus ou moins en paix.

— En paix tu dis ! lorsqu'il apprendra tout il fera une crise cardiaque. Pourquoi tu fais ça ? Qu'est-ce qui te motive à agir ainsi ? Dis-moi je ne répèterai à personne.

— L'amour Ronica, l'amour. Lémec m'a fait vivre les plus beaux jours de ma vie. Je lui suis si reconnaissante. Tu ne peux pas comprendre jamais je ne me suis sentie aussi heureuse auprès d'un homme. Le goût du risque, l'avenir incertain, les secrets, les folies… oublier un tant soit peu mon sort dans ses bras… Fais comme je te dis chère amie, je t'aime ne l'oublie pas je l'aurai aussi fait pour toi…

L'après-midi même lorsqu'elle rentra chez elle, son cœur s'arrêta.

***

— Chéri, je suis prête.

Lémec, effondré sur le divan les mains scotchées sur le petit livre gris, regardant sa petite amie, l'air tristement joyeux, dit : — Elle l'a fait Sab… elle l'a fait !

— Qui a fait quoi ? demanda-t-elle ironiquement.

— Mais la fille dans le livre.

— Oui elle l'a fait, pouvons-nous y aller maintenant ?

— Non ! Je n'ai pas terminé. Au moins, tu as lu toute l'œuvre, enfin je crois. Il me reste encore quelques pages.

— Alors, ferme le livre et je te propose de trouver une suite à ce texte à partir de ton inspiration propre. Vu que je connais déjà la fin de l'histoire, je te laisse la redéfinir à ton goût.

Elle s'assit tout près de son homme et ce dernier commença à lui partager ses propositions.

— Si je devais continuer cette histoire, là où je me suis arrêté... Mon homonyme se réveille, il lit la lettre, il fait son deuil comme il peut, puis il refait sa vie et par reconnaissance, il donne plus tard le prénom Eolia à l'une de ses filles. Suis-je sur la bonne voie, ma chérie ?

— Je ne sais pas... continues.

— Ou encore, il se réveille, lit la lettre. Il est si reconnaissant et amoureux qu'il décide d'aller doter le cadavre de sa bien-aimée. Puis il donne son nouveau cœur à quelqu'un d'autre, afin de retrouver son amour dans l'au-delà où ils vivront une union de belles âmes comme Novalis et Sophie...

— C'est vrai que nous sommes en Afrique, mais cette théorie engage des pratiques plus que sorcellaires déclara Sabine... puis d'un ton plus sérieux elle continua : Lem, je t'entends, mais je ne t'écoute pas. Je veux ta théorie, la vraie. Si tu étais le Lémec du livre et qu'à ton réveil tu apprenais que moi, ta Sabine t'ai légué ce cœur, quelle serait ta réaction ?

Lémec comprit à ce moment que Sabine cherchait à lui soutirer une information. Mais laquelle ? Il prit aussi un air sérieux et dévoila les tréfonds de sa pensée :

— Très bien Sab, tu as gagné. Tu veux ma version, la voici : nous sommes dans la vraie vie, on se connaît depuis moins de trois mois. Nous souffrons secrètement d'une maladie cardiaque. Je chute, je me réveille et apprends ton geste, je serai déçu. Parce qu'il est inconcevable pour moi d'accepter un tel sacrifice venant de quelqu'un, une femme avec qui je n'ai aucun engagement. Je n'ai rien demandé, alors je trouve méchant de ta part que tu meures et m'obliges à t'être reconnaissant toute ma vie. Ce sera un cauchemar pour moi que de vivre avec une telle dette, une sorte de gratitude imposée par une copine qui voulait jouer aux héroïnes dans le but de balayer quelques préjugés…

Elle le regardait développer son argumentaire avec cette conviction qui donne de la force aux hommes. Une conviction d'homme imbu de lui-même. Quand il s'aperçut qu'elle ne réagissait pas, il se tourna vers elle.

— Sab… tu vas bien ? Je te donne mon opinion et tu ne dis rien. Je suis sur la bonne voie c'est ça ?

Elle le regarda droit dans les yeux, se rendant compte que son discours n'était pas loin de celui du Lémec du livre. Elle le lui avoua :

— Lem… c'est étrange, ce qui est en train de se passer. Tu raisonnes comme ton double du livre, mais en pire, car lui au moins aimait Eolia. À son réveil, il a exprimé son désarroi de manière modérée et respectueuse envers sa compagne disparue. Il a respecté son choix. Et je vais te révéler la suite : Lémec ne s'est plus jamais mis en couple. Quelques mois après son réveil il a écrit un livre, dans lequel il racontait leur histoire insolite. Trois ans plus tard, il mourra d'une crise cardiaque. Par contre, ce sont Dominique et Ronica qui vécurent heureux et eurent beaucoup d'enfants.

— Sab chéri… je pense que tu prends tout ceci trop à cœur. Et tu m'embrouilles au final avec ton livre. Moi c'est moi, toi c'est toi le reste c'est juste de la fiction. Tu sais que je peux être ingrat, imbu, orgueilleux et tout ce que tu veux. Je ne le cache pas, mais tu sais aussi que je sais être loyal et reconnaissant.

— Les livres dévoilent parfois qui nous sommes, tu sais. Et tu viens de m'en faire l'éclatante démonstration.

Elle se leva du divan, prit le petit livre gris des mains de Lémec avant de lui dire froidement :

— Le Lémec du livre vient de mettre à nu le Lemec de la vraie vie !

— C'était un autre de tes tests ? Ce livre tu l'as mis en évidence ce soir pour que je le lise afin de tirer tes conclusions ?

— Pas du tout. Je l'ai acheté il y a quelque temps. En lisant le résumé à la 4e de couverture, j'ai été saisie par le scénario. De plus, il y'avait ton prénom. C'était comme un signe. Je l'ai lu et depuis je cherchai comment obtenir ton avis, mais l'occasion ne se présentait pas. Et ce soir… bref, j'ai plus envie de sortir. Vas-y seul si tu veux.

Elle prit la direction de sa chambre à petits pas, sans se

retourner, le laissant à nouveau seul sur ce divan témoin de la soirée.

TONTON LA MAITRESSE
(RODRIGUE NDONG)

Le repas de famille est prévu pour treize heures. Madame Makaya a mis le paquet pour sa réussite. Il y a une raison à cela. Son fils, l'aîné de ses quatre enfants, lui a téléphoné en début de semaine pour lui apprendre la nouvelle. Il lui a fait savoir, un trémolo dans la voix, qu'il avait enfin trouvé chaussure à son pied et souhaitait donc présenter sa compagne aux siens et leur annoncer son intention de se marier. Ravie, madame Makaya lui a promis de mettre les petits plats dans les grands pour le succès de cette rencontre.

Depuis la fenêtre de leur chambre, Christine et Christelle, les jumelles, regardent leur grand frère ouvrir le portail. Elles sourient. Elles ont vu la promise de l'aîné. Le couple évolue, main dans la main, sur l'allée recouverte de pavés. Denise, la benjamine, qui occupe la chambre laissée par l'aîné depuis qu'il vole de ses propres ailes hors de la maison, est aussi à la fenêtre, derrière le rideau. Elle aussi sourit.

Quand le couple parvient devant la porte centrale, madame Makaya les reçoit avec force gestes de sympathie. Elle embrasse chaleureusement l'un et l'autre. Puis, elle lance :

— Les filles, où êtes-vous ? Le couple est là !

Les jumelles sortent de leur chambre. Elles ne sont pas particulièrement joyeuses. Elles bougonnent. Elles tombent sur Denise dans le couloir. Elle non plus n'a pas l'esprit à la fête. Elle a une mine de mauvais jours.

Depuis le salon où madame Makaya les a priés de prendre place, l'aîné, Samuel, et sa compagne, Justine, entendent les trois filles arriver. Justine appréhende un peu ce moment. Elle sait que son homme l'aime et ne jure que par elle depuis qu'il en est tombé amoureux. Mais rencontrer les membres de la belle-famille se révèle parfois une épreuve, tant on veut plaire et faire bonne figure.

Madame Makaya dépose un plateau rempli de plusieurs types de boissons. Elle est vraiment contente de voir son fils heureux. La décision de ce dernier d'épouser sa compagne l'a emballée. Elle assure le service, puis se redresse et s'éloigne. Samuel se lève et va allumer le lecteur de CD. À ce moment précis, Justine entend une voix dans le couloir qui dit :

— Lui aussi il a suivi quoi-là ?

Son sang ne fait qu'un tour. Son cœur bat. Denise et Christine apparaissent.

— Ah, mes sœurs adorées !

Samuel les embrasse tour à tour. Il se tourne vers Justine, qui ne s'est pas levée. Il fait les présentations, sans remarquer que Justine a perdu son sourire.

Christelle a fait un tour aux toilettes. Elle est là, une minute plus tard.

— Ah, voici la dernière de mes sœurs. L'autre jumelle.

Justine la salue d'un geste de la tête. Elle se parle à elle-même, elle se dit que ça ne peut pas être elle qui a prononcé cette phrase désobligeante. C'est l'une des deux autres. C'est-à-dire l'autre jumelle ou Denise.

Madame Makaya est là. Elle se sert un verre et chambre Denise. Puis, elle s'adresse à Justine, demande qui sont ses parents, ce qu'ils font dans la vie. Justine répond du mieux qu'elle peut, la plupart du temps la tête baissée. Elle s'efforce d'évacuer la boule qui lui obstrue la gorge. Elle ne souhaite pas laisser voir qu'elle est émue, qu'elle a été affectée par la phrase lancée depuis le couloir à son endroit.

Lorsque Denise et Christine s'expriment, Justine redouble d'attention. Elle cherche à reconnaître le timbre vocal avec lequel la phrase perfide a été prononcée. Elle éprouve toutes les difficultés du monde pour y parvenir. Elle a beau se concentrer, elle fait chou blanc. C'est que Denise, Christine et Christelle ont exactement la même voix. Elles ont les mêmes tics de langage. Leur gestuelle est également semblable. Même leur façon de rire et de froncer les sourcils est identique. On jurerait qu'elles sont des triplées, bien que Denise soit la cadette de ses sœurs de deux ans.

À table, madame Makaya s'occupe de Justine. Elle lui remplit l'assiette avec un peu de tout. Elle est ravie et ne le cache pas. Samuel, assis au bout de la table comme le chef de famille qu'il est devenu depuis la mort du père, est fier de sa mère. Quant aux trois sœurs, elles sont à leurs affaires, se parlent entre elles de temps en temps, dodelinent de la tête à l'écoute des morceaux joués par le lecteur de CD.

Justine mange en silence. Elle a pris sur elle de faire bonne figure à table. Mais au-dedans d'elle, ça bout. Elle enrage de plus en plus.

Madame Makaya parle. Elle raconte son enfance, sa rencontre avec l'homme qui allait devenir son mari et le père de ses enfants. Elle prodigue des conseils à sa future bru. Elle lui recommande la patience, la fidélité, la solidarité et la compréhension. Elle ajoute que la vie de couple n'est pas facile tous les jours, qu'il y a des hauts et des bas de temps en temps. Elle finit en disant qu'il faut embrasser la famille, qu'il faut apprendre à accepter et aimer chacun comme il est.

Samuel approuve de la tête. Les trois sœurs regardent alternativement leur mère et Justine, le front plissé. Cette dernière reçoit les conseils de madame Makaya tête basse, affichant l'air de la belle-fille soumise et obéissante. Elle acquiesce à chacune des recommandations de sa future belle-mère.

Mais elle fait semblant. Elle songe que tout cela n'est qu'hypocrisie. Elle s'est convaincue depuis un moment que ses belles-sœurs la détestent et que leur mère joue un rôle de composition. Elle voudrait parler, crier sa rage, mais se retient.

Madame Makaya se lève. Elle demande à Denise de l'aider à débarrasser la table. Samuel se dresse à son tour. Il dit qu'il va fumer à l'extérieur. Justine se lève et le suit.

Depuis la fenêtre de la cuisine, madame Makaya s'étonne de ce qu'elle voit. Justine a l'air fâchée et semble parler fort à Samuel. Elle est en furie, visiblement. Elle se demande ce qui se passe, inquiète.

— Calme-toi, chérie. Ne considère pas ça. Peut-être que celle qui parlait ne s'adressait pas à toi.

— Ah oui ? Tu le prends sur ce ton ?

— Je t'en prie. Ne gâchons pas la journée. Si tu veux, on en reparlera à la maison.

Justine se tait. Elle fulmine. Elle tremble.

— Dis-moi, Samuel, est-ce comme ça que tu vas me défendre une fois mariés ? Est-ce en me calmant que tu vas toujours résoudre les problèmes qu'on me suscitera ? Es-tu si ingrat ? Es-tu si oublieux que ça, Samuel ?

— Que veux-tu dire, Justine ?

— Lorsque je t'ai recrutée dans mon école maternelle, comment t'appelaient les enfants ?

— Tonton la maîtresse.

— Cela te faisait-il plaisir quand les mêmes te nommaient ainsi en public, dans la cour ou devant le portail de l'école, dans la rue ?

— Non.

Des souvenirs peu glorieux reviennent dans l'esprit de Samuel tout à coup. Il se souvient de tout cela comme si c'était hier. Nanti de son diplôme, il avait postulé dans une dizaine d'écoles maternelles avant d'être retenu par Justine, fondatrice et directrice de son école. Partout où il avait déposé un dossier, on s'étonnait de ce qu'un homme voulût enseigner dans un préscolaire. Dans son dos, on le raillait même. Lorsque Justine lui donna sa chance, les bambins ne surent pas aussitôt comment l'appeler. Ils y allèrent donc d'un « tonton la maîtresse » qui faillit s'imposer. Grâce à la réaction vigoureuse de Justine, une jeune femme énergique et cassante avec ses employés, les tout-petits apprirent à dire « monsieur Samuel ».

Samuel se rend à la cuisine. Madame Makaya s'enquiert de la situation. Elle demande s'il y a un nuage.

— L'une des filles a manqué de respect à ma future femme. Je veux qu'elle se dénonce et présente ses excuses.

Madame Makaya n'en revient pas. Elle interroge Denise du regard. Denise répond que c'est Christelle qui a sorti cette phrase malheureuse.

Samuel sort. Il va trouver les jumelles. Face à cette accusation, Christelle nie. Elle jure qu'elle ne sait pas de quoi on lui parle. Christine ne dit rien. Elle affecte l'attitude de celle qui ne souhaite pas enfoncer le clou. Elle a compris que Denise veut faire porter le chapeau à sa sœur jumelle.

Madame Makaya s'emporte. Elle arrête la musique. Elle réunit tout le monde au salon et procède à une reconstitution de la scène. Elle tonne et menace ses filles de représailles sérieuses si la coupable ne se dénonce pas pour présenter ses excuses.

Denise et Christine ne se reconnaissent pas comme les auteures de cette phrase. Elles sont formelles. Christelle, qui ne sait vraiment pas de quoi il s'agit, demeure bouche bée. Tous les regards sont sur elle. Madame Makaya la somme immédiatement de présenter ses excuses.

— Mais, maman, je ne sais même pas de quoi il s'agit. Pourquoi aurais-je dit une chose pareille, voyons ?

— Je ne veux plus rien entendre, Christelle ! hurle madame Makaya. Tu t'excuses tout de suite !

Penaude, Christelle baisse la tête, puis présente ses regrets. Après quoi, elle quitte le salon en pleurs et fonce dans sa chambre.

Samuel n'est pas content de la tournure prise par les événements. Il annonce qu'il prend congé. Il s'excuse et s'en va, suivi de Justine.

Dans la voiture, au moment de mettre le contact, Justine pose sa main sur l'avant-bras de Samuel. Elle a les yeux grandement ouverts. Elle a une illumination.

— Samuel, Christelle n'y est pour rien !

— Pardon ?

— C'est, ou Denise, ou Christine. C'est l'une de ces deux qui a prononcé cette phrase.

— Comment ça ?

— Christelle n'était pas dans le couloir avec les deux autres quand j'ai entendu la voix. Elle était aux toilettes…

LE PRINCE DES FAUBOURGS
(DAISY-PATRICK M.)

Nzang était assise sur le pas de la porte de la chambre « entrée/couchée », qui était maintenant sa demeure, la main sur la joue. Elle racontait son histoire au vieux Dikambou, un sage des faubourgs de la ville qui l'avait recueilli. Perdue dans ses pensées, elle écrasa une larme. Devant elle son fils unique, Oloun, jouait avec les enfants des autres habitants de la concession. Elle vivait dans une cour commune.

Le petit Oloun débordait d'énergie et de fougue, mais surtout d'amour pour sa tendre maman. Du haut de ses cinq ans, c'était déjà un petit bout d'homme, très protecteur et présent pour Nzang. Cette dernière, par ailleurs, ne regrettait pas d'avoir choisi la vie de son fils, au détriment de son mariage et des richesses de son époux, Ondo, qui jusque-là lui refusait toujours le divorce.

— Il faut que tu me racontes tout, ma fille, dit vieux Dikambou. La vérité ne doit pas mourir dans les mémoires. Elle doit voyager de bouche en bouche.

Nzang ferma les yeux. Elle était lasse, épuisée et écrasée par tous ces souvenirs. La douleur lui tenaillait encore l'estomac. Elle repensa à son époux Ondo. Les problèmes dans leur couple commencèrent sept ans plus tôt, lorsque Odang, la fille aînée d'Ondo, qu'il avait eu dans sa jeunesse, rentra s'installer définitivement au pays, après ses brillantes études de médecine à fala. Nzang ne reconnut plus le comportement de la jeune femme qu'elle avait pourtant élevée dès son adolescence.

Le mariage de Nzang avait été scellé alors qu'elle n'avait que quatorze ans. Bien que très jeune, sa beauté et ses formes attiraient déjà les regards. Ce qui ne laissa pas de marbre le jeune Ondo, lors de son séjour vacancier à Enieng, village natal de sa mère Mwui. Au vu de son statut de jeune cadre prometteur au ministère des Finances, ce ne fut pas compliqué pour lui de convaincre le vieux Nkoghe de le laisser épouser l'aînée de ses filles. Ce dernier se sentit même honoré, que le choix de l'un des hommes les plus brillants du village se porte sur sa maison.

Les choses allèrent très vite entre les deux familles, une date et une liste de la dot vinrent couronner le tout ; après moult réjouissances, et une fois l'union scellée, le jeune couple regagna la capitale et s'installa dans la maison de fonction d'Ondo. Tout alla pour le mieux, l'amour était au rendez-vous ; le quotidien de Nzang était très chargé ; elle s'occupait de son homme, assumait les tâches ménagères. Elle recevait constamment les deux familles, qui multipliaient les visites dans leur demeure afin de solliciter le jeune homme, qui était alors considéré comme l'un des cadres les plus riches du village.

Mais un nuage vint bientôt assombrir ce beau tableau.

Le jour du 15e anniversaire de Nzang, qui coïncida avec la célébration de ses six mois de mariage, elle était affairée à organiser une surprise romantique à son cher et tendre époux, quand sa belle-sœur Medza débarqua, accompagnée d'une jeune dame très en colère flanquée d'une gamine qui tenait à peine sur ses deux jambes. De nature très douce et respectueuse, Nzang ne broncha pas lorsque Medza se mit à crier et à la bousculer en entrant dans la maison. Elle pensa en elle-même : « il est presque l'heure du retour de mon mari, à quoi bon s'agiter, il va arranger tout ceci ».

En effet, Ondo ne tarda pas à regagner son domicile. Il brulait toujours d'envie de retrouver sa « petite femme forte » comme il se plaisait à l'appeler. Elle était si douce et si accueillante, avec un sourire qui ne quittait presque jamais ses lèvres ; de plus, elle savait l'entretenir dès qu'il franchissait la porte d'entrée : elle lui lavait les pieds, lui massait les épaules et lui dressait une table bien garnie, dans un vrai havre de paix.

En arrivant donc chez lui tout joyeux ce jour-là, Ondo eut un mauvais pressentiment lorsque son épouse ne vint pas l'accueillir au seuil de la porte comme à l'accoutumée et qu'elle répondit simplement à son appel par un « oui » lointain et fébrile. En entrant dans son salon, quelle ne fut pas sa stupeur lorsqu'il vit sa sœur aînée, « Song Medza », assise à côté de Pemba, une jeune fille avec qui il avait eu une aventure saisonnière deux ans auparavant, lorsqu'il était encore étudiant. Il se souvient alors de ces vacances-là. Il était descendu chez sa sœur aînée Medza, qui était amie aux parents de la jeune Pemba. À force de se croiser lors de repas et barbecues les week-ends, les deux jeunes gens eurent une aventure et décidèrent d'un commun accord d'en garder le secret, vu qu'Ondo devait repartir

111

dans l'hexagone pour terminer sa formation. Quand il revint au pays, quelques mois plus tard, Pemba et sa famille n'étaient plus dans le quartier, et il se murmurait que cela était dû à un scandale. Ondo se contenta de ces « ragots » de quartier, et de toutes les façons Pemba n'avait été pour lui qu'un coup d'un soir, même s'il lui avait promis le mariage pour l'avoir dans son lit.

Pour l'heure, le jeune marié chassa ce passé révolu de ses pensées.

Il n'avait pas encore posé son sac et ôté sa veste que déjà Pemba se leva, s'avança vers lui et lui administra une gifle magistrale. Elle était en rage et se sentait trahie, anéantie, humiliée... Après avoir donné sa virginité à Ondo, dont elle était rapidement tombée éperdument amoureuse, et juste quelques jours après son départ, elle commença à ressentir des malaises, de fortes nausées et de gros coups de fatigue. Puis à la date normale, ses menstrues ne furent pas au rendez-vous. La nouvelle fut sans appel : Pemba était enceinte ; Ondo quant à lui était retourné en France.

La déception des parents de la jeune fille fut à la hauteur de leur surprise, d'autant qu'elle refusait de délier sa langue pour leur avouer qui était l'auteur de cette grossesse. Pemba avait pris sa décision : assumer et subir seule la foudre des adultes pour protéger Ondo, et afin que rien ne perturbe ses études. Il devait rentrer bientôt, la retrouver et l'épouser afin qu'ils vivent avec leur enfant et forment la famille dont elle rêvait. Ses parents pourtant ourdirent d'autres plans pour elle, au vu de cette situation. Pour préserver la réputation de leur fille et la leur, ces chrétiens pieux, qui étaient radicalement contre l'avortement, l'isolèrent en Afrique du Sud en guise de punition, afin que personne ne s'en rende compte. Ils finirent par déménager du quartier, pour éviter les questions.

Ainsi, Pemba vécut sa grossesse, accoucha et passa une année de plus loin des regards indiscrets, en rêvant chaque jour à son retour au pays et ses retrouvailles avec son premier amour. Deux ans après cette nuit fatidique, quand elle fut de retour au pays, elle apprit le mariage d'Ondo avec une « gamine » de son village. Son sang ne fit qu'un tour, sa douleur et sa déception n'eurent d'égal que la haine qu'elle vouait désormais à Ondo. Elle devait tout avouer, et il allait assumer ses responsabilités. Il était hors de question qu'elle subisse et hypothèque sa vie pour un enfant dont le père se la coulait douce. Malgré les protestations de ses parents, Pemba revint dans son ancien quartier et déballa son infortune à Medza. Cela arrangeait bien les plans de cette dernière.

Pour des raisons qu'elle ignorait elle-même, Song Medza jalousait la relation fusionnelle entre son cadet Ondo et leur mère Mwui ; elle estimait qu'il aurait dû être plus proche d'elle-même, vu que c'est elle qui avait assuré son éducation et qu'elle le considérait comme son fils. De savoir qu'il avait épousé une femme de la contrée de leur maman la mettait en rogne ; il y avait des choses que seules sa mère et elle maîtrisaient, une sorte de guerre profonde et silencieuse entre les deux femmes, depuis belle lurette. Les révélations de la petite Pemba étaient une occasion en or de déstabiliser cette union et par ricochet attrister Mwui, dont cette bru était la fille d'une amie proche.

C'était donc de gaieté de cœur qu'elle poussa la porte de son frère, suivie de Pemba et la petite Odang.

Nzang, la jeune épouse était donc occupée, l'instant d'avant, à préparer un diner aux chandelles. Gâcher ce moment était jouissif pour Song Medza, qui entra sans saluer et s'installa d'autorité. Elle invita de suite la jeune Pemba à faire de même ; Ondo n'allait pas tarder à rentrer. On racontait partout que le type ne traînait plus dehors. Qu'après son service, il se précipitait chez lui retrouver son épouse. À chacune de ses sorties, elle était accrochée à son bras, telle une sangsue. Ce jour, s'en délectait Song Medza, leur complicité allait être mise à rude épreuve, et peut-être même que ce mariage allait prendre fin, vu ce que Pemba avait prévu de faire.

Lorsque Ondo tourna posa son regard sur sa grande sœur, juste après que Pemba lui eut asséné cette maîtresse gifle, ce qu'il vit dans le regard de cette dernière n'augurait rien de bon. Il comprit qu'il était dans de sales draps. Cependant, par respect pour son aîné, il s'assit et invita Pemba à faire de même. C'est toute haletante que la demoiselle prit place, et de derrière son fauteuil sortit une petite frimousse identique à son père. Dès qu'Ondo la vit, il comprit la situation, plus aucune explication n'était nécessaire. Il demanda à Song Medza ce qu'elles comptaient faire toutes les deux en débarquant chez lui avec cet enfant. Quel était leur objectif ? Pemba lui répondit qu'elle en avait assez fait. Elle était venue lui déposer sa fille. Puis elle sortit de la maison sans se retourner, plantant ainsi tout le monde.

114

Pour sauver les meubles, Song Medza tenta de raisonner son frère. Ce dernier ne voulait rien savoir. En proie à une sourde colère, il s'approchait dangereusement de la petite dans l'intention de la chasser de la maison pour qu'elle aille rejoindre sa mère. Contre toute attente, Nzang anticipa le geste de son époux et porta la petite dans ses bras. Pour la première fois depuis le début des hostilités elle ouvrit sa bouche :

— Song Medza, « *Edzing dzam* », écoutez-moi ! Un enfant est une bénédiction, un sujet de réjouissance. Si sa maman ne veut plus d'elle, je suis là et je vais jouer ce rôle. Je suis l'aînée de ma fratrie, j'ai déjà eu à m'occuper d'un enfant de cet âge.

Ondo et sa sœur n'en revenaient pas. Nzang ajouta ensuite en se tournant vers son époux :

— L'amour que j'ai pour toi ne se limite pas à ta seule personne, il englobe tout ce qui est proche de toi. Cet enfant est le tien, il devient aussi le mien. Remercions Dieu qui nous gratifie d'un premier enfant, juste six mois après notre union ! Ne vous en faites pas, je vais lui donner un bain, puis à manger.

Elle se leva et alla dans la chambre à coucher avec la petite, en tirant la valise que sa maman avait apportée.

Ondo et sa sœur Medza étaient abasourdis par la réaction de la jeune femme. Autant de sagesse, d'amour et de maîtrise de soi émanant d'un si jeune être les laissaient pantois. Couverte de honte et de remords, Song Medza s'en alla. Ondo était assis, la tête entre ses deux mains, se demandant ce qu'il allait bien pouvoir faire pour que sa femme lui pardonne. Lorsque cette dernière sortit de la chambre avec la petite en riant aux éclats, ses doutes se dissipèrent, et il réalisa qu'il avait épousé la meilleure femme du monde. Le fameux diner aux chandelles en amoureux se transforma en un repas de famille, entre fous rires et gloussements de la gamine, qui semblait déjà très attachée à Nzang.

Les jours et les mois suivants furent sans ombrage. Nzang demanda à son époux, qui le lui accorda, d'adopter cet enfant. Ils modifièrent l'acte de naissance, Nzang devenant officiellement la mère. La petite grandissait et recevait beaucoup d'amour de la part du couple Ondo ; néanmoins, Nzang ne connaissait toujours pas la joie de porter un petit être en son sein ; les langues commençaient à polluer l'atmosphère, on la traitait de stérile. Son époux ne la lâchait pas, ce qui avait le don d'exaspérer leur entourage, Song Medza en tête. Malgré les années qui passaient, elle n'arrivait toujours pas à digérer cet affront que son frère lui avait asséné, en épousant une proche à leur mère. Elle était prête à tout pour se venger. De fait, un matin elle se décida à aller chez ce féticheur lanceur de sort réputé : elle voulait que Nzang n'enfante jamais, afin que son époux la répudie ou en épouse une autre, le résultat espéré étant de la faire mourir de chagrin.

Du côté de la famille Ondo, il y'avait des moments de joies, de troubles, mais l'amour était au-dessus de tout. Ondo protégeait sa femme envers et contre tout. Il ne laissait personne la critiquer ni lui reprocher de ne pas faire d'enfant ; en sus, il était formel : il ne prendrait pas une seconde épouse. Pour lui, il avait déjà un enfant, et si Dieu avait décidé que là était leur limite, ils allaient s'en contenter. La petite Odang était une élève brillante, elle eut un parcours primaire et secondaire sans faute, puis son baccalauréat l'âge de seize ans, elle s'envola poursuivre ses études universitaires aux USA.

De son côté, Pemba décrocha un bon emploi, en rentrant d'Afrique du Sud où elle avait étudié jusqu'au doctorat. Elle refit sa vie, mais avec en fond d'esprit l'idée de se venger de la trahison d'Ondo. Son travail lui ouvrait les portes du monde. Elle voyageait beaucoup. Lors d'un colloque à Washington DC, elle chercha puis retrouva et s'approcha de sa fille Odang, sans cependant lui signaler qu'elle était sa mère. La petite ressemblait tellement à son père ! Elle prit son contact, sans lui donner sa véritable identité, en lui recommandant fortement de l'appeler une fois de retour au Gabon. Odang tomba sous le charme de cette dame élégante, gabonaise comme elle et experte en RGPDD (Régime Général de la Protection des Données). Elles étaient toutes les deux dans le même domaine.

Pemba et Song Medza étaient restées bonnes amies. Elles cherchaient toujours à organiser un coup bas contre Ondo. Elles avaient maintenant l'intention de le brouiller avec sa fille. En effet, l'instinct maternel de Pemba s'était réveillé. Elle était fière de la trajectoire qu'avait suivie sa fille et voulait en profiter, faire désormais partie de sa vie. Elle était consciente que le couple Ondo ne la laisserait pas revenir aussi facilement dans la vie de leur fille. Sa dernière alternative consistait à appliquer le plan de Song Medza, un plan machiavélique qui consistait d'abord à révéler à Odang que Nzang n'était pas sa mère biologique, ensuite brouiller le couple en insinuant à l'oreille de Ondo que son épouse Nzang entretenait une relation extra-conjugale avec le pasteur de cette église qu'elle s'était mise à fréquenter assidument, dans l'espoir que DIEU se souvienne enfin d'elle et lui donne un enfant biologique.

Odang revint de ses études et entra de nouveau en contact avec cette charmante dame qu'elle avait rencontrée à Whasington. Elles convienrent d'un rendez-vous.

Nzang, de son côté, suivait des sessions de délivrance dans son église, dans l'espoir d'enfanter enfin. Un à la fin d'une session de prière avec ses frères en Christ, le pasteur la fit venir dans son bureau. Tandis qu'elle était assise en face de lui, il se leva de sa chaise, la contourna pour se placer derrière elle. À l'instant où il posa les mains sur ses épaules, et juste au moment où elle se rendit compte de l'incongruité de ce geste et songeait à le repousser, Ondo fit irruption dans le bureau, suivi de Song Medza. Nzang fut tétanisée par le regard que lui lança, à cet instant, son époux. Ce dernier la regarda juste, sans dire mot, se retourna et s'en alla. Des mots, des choses, se bousculaient dans sa tête : « Et si ma sœur avait raison, et si depuis le départ ma femme me trompe avec ce prétendu homme de Dieu ? Et si, lasse d'attendre que je lui fasse un enfant, elle était partie voir ailleurs ? » Toutes ces questions trottaient dans la tête d'Ondo, et malgré tout l'amour qu'il vouait à sa femme, le doute s'était installé en lui. Song Medza avait réussi à semer la graine de la zizanie dans ce foyer. Rien ne fut plus jamais pareil. Désormais, les époux ne se parlaient plus.

Song Medza organisa ensuite les retrouvailles de Pemba avec sa fille Odang, dans un restaurant de la capitale. Quand la jeune fille arriva au rendez-vous, elle fut surprise de voir que sa tante Song Medza était présente à leur table ; les deux dames l'attendaient et lui expliquèrent la situation en lui montrant son premier acte de naissance établi en Afrique du Sud. Ils lui firent croire ensuite que ses parents avaient usé de leurs relations afin de la tenir éloignée de Pemba, menaçant cette dernière à chacune de ses tentatives de se rapprocher de sa fille légitime. La jeune fille était anéantie, tout son monde s'écroulait… En rentrant chez ses parents ce soir-là, elle déballa tout, fit un tapage sans précédent et prit ses affaires afin de se réfugier chez sa tante Song Medza.

Ondo se déconnectait de la réalité. Il noyait son chagrin dans l'alcool ; il en voulait de plus en plus à sa femme, au point de la tenir responsable du départ de sa fille. Dans un excès de colère, il lui dit un soir : « Tu as tout fait pour que MON enfant parte de la maison, car tu es incapable de faire le tien. Et si tu n'avais pas provoqué ma grande sœur avec ton infidélité, elle n'aurait pas laissé sa mère s'en approcher et lui dire toute la vérité sur sa filiation ».

Ce fut la phrase de trop. Le vase déborda.

Face à toutes ces accusations, Nzang partit du domicile conjugal pour ne plus jamais revenir, même pas quelques temps plus tard lorsqu'elle se rendit compte qu'elle portait en elle la grossesse que son mari avait tant voulue. Elle demanda le divorce et il refusa de lui accorder, car il l'aimait malgré tout. Il entreprit de la chercher partout. Pour le fuir, elle alla se cacher dans les faubourgs de la ville.

C'est là que, sous la protection du vieux Dikambou, le sage des faubourgs qui la prit sous son aile, elle donna naissance à un garçon. L'acte de naissance précisait qu'il s'appelait Oloun et qu'il était né de père inconnu. Le petit grandit au milieu de la solidarité des sans-abris, sa mère vendait des tomates au marché. Les années passèrent.

De très longues années passèrent.

En haut de la ville, Ondo se reprit en mains, avec l'aide de sa fille. Il devint un entrepreneur prospère, créant la société de construction NZANG en mémoire d'une femme qui hantait son esprit chaque jour.

En bas de la ville, Les sans-abris, organisés en communauté autour du patriarche Dikambou, se cotisèrent des années pour que Oloun puisse faire de bonnes études. Le petit le leur rendit bien : il était brillant. Il eut son bac à 15 ans, s'envola en Europe pour des études de notariat, qu'il acheva en 4 années. Il revint juste à temps pour enterrer décemment sa mère, qui mourut d'un cancer. Le petit était terrassé. Mais avec l'aide du vieux Dikambou, qui partait lui aussi sur ses derniers jours, il ouvrit un cabinet de notaire et eut très rapidement pignon sur rue. Dans la ville, il devint très vite un notaire de renom.

Un matin, la porte de son cabinet s'ouvrit. Un riche propriétaire souhaitait se faire accompagner d'un notaire sérieux pour protéger ses biens.

— Vous êtes au bon endroit, monsieur, lui répondit Oloun. Comment vous appelez-vous ?

— Mon nom est ONDO. Je suis veuf et j'ai une fille.

— Pas d'autres femmes et pas d'autres enfants ?

— Non.

Ils sympathisèrent très vite.

Le soir en rentrant chez lui, Oloun raconta au vieux Dikambou, les détails de sa rencontre du jour. Au lieu d'être ravi, le vieil homme commença à tousser et à se sentir mal à l'aise.

— Fiston, dit-il subitement, il est temps que je te raconte une histoire triste que ta mère m'a confiée alors que tu n'avais que cinq ans. C'est l'histoire de ta vie, c'est l'histoire de ta famille.

LES COTISATIONS
(OMER NTOUGOU)

Le village Ezomobele se situait à quelques encablures de la ville de Mitzic, dans la province du Woleu Ntem. Encore bien ancré dans la tradition à l'ère des indépendances en 1960, ce grand village de près de 1600 mètres de long s'était progressivement vidé de ses jeunes, presque tous partis dans les grandes villes du pays pour y chercher leur avenir. Au début des années 90, la surface du village ne s'étalait plus que sur près de huit cents mètres en deux rangées de cases bordées par deux corps de garde.

Ces dernières années, les jeunes du village avaient mis sur pieds une association baptisée « *Ezomobele éternelle* », à travers laquelle ils entendaient maintenir allumée la flamme fraternelle. Un groupe WhatsApp « *Ezomobele éternelle* » fut créé. Ils s'échangeaient des informations usuelles, programmaient des rencontres, se soutenaient. Au fil du temps, l'association avait fini par réunir presque tous les ressortissants de ce village à travers le monde.

Simon Jacobin Essiane, haut cadre dans la fonction publique gabonaise, comptait parmi les anciens qui faisaient la fierté de ce village. C'était le natif qui avait réussi dans la grande ville. Ingénieur des ponts et chaussés, diplômé d'une des plus prestigieuses universités françaises, il avait derrière lui une brillante carrière administrative, ce qui lui avait permis de construire une imposante bâtisse dans son village Ezomobele. Il n'y emmenait sa famille que pendant la période des congés, généralement tout le mois d'août.

Ayant passé de nombreuses années en France, Simon Jacobin Essiane y avait épousé une métisse martiniquaise, Marie France Letoulay, qui lui donna trois beaux enfants. Son mode de vie, que les parents de son village qualifiaient de « trop occidentalisé », imposait une certaine distance entre lui et ceux que Marie France appelait « la meute du village », ces parents qui ne savaient rendre visite qu'aux heures des repas, de préférence les fins de mois. Avec le temps, les composantes de cette « meute » avaient fini par comprendre qu'il fallait prendre Simon Jacobin Essiane et sa femme comme ils étaient et s'en accommoder sans faire d'histoires.

Car au demeurant, Simon Jacobin Essiane était généreux. Il considérait que c'était un devoir d'aîné de contribuer financièrement chaque fois qu'un ressortissant de son village le sollicitait. Il faisait toujours déposer une enveloppe aux mariages, décès, naissances et autres événements importants qui frappaient la communauté villageoise et il prenait toujours le soin de le signaler dans le forum, afin d'inciter les autres à faire de même. On pouvait donc toujours compter sur les cotisations du « *Gnamoro Essiane* », comme l'avaient affectueusement surnommé les jeunes.

La mère du Gnamoro Essiane, Nina Mengue, était déjà bien âgée. Certains au village murmuraient qu'elle avait plus de 90 ans. Elle était née à une époque reculée, où l'administration n'était pas implantée dans toute la colonie. Elle était donc « *née vers…* ». Ce qui était par contre certain, puisqu'elle en parlait avec force détails, c'est qu'elle avait traversé l'époque de la Seconde Guerre mondiale, celle des indépendances et les turbulences des années 90. Son époux, Tsira Essiane d'Ezomobele, fils du fondateur éponyme du village, a vécu une très belle vie d'agriculteur, avant de s'éteindre vingt-cinq ans plus tôt. Ils eurent quatre enfants. Trois ne survécurent pas aux turbulences de la vie. Seul le tout dernier, Gnamoro Essiane, était encore en vie. Nina Mengue était restée au village de son époux après le décès de ce dernier. Un temps, elle avait continué à entretenir les champs de la famille. Mais l'âge pesant, elle s'était assagie.

Un matin, épuisée par une si longue vie, Nane Mengue fut retrouvée morte paisiblement dans son lit. Son fils sitôt alerté envoya les pompes funèbres d'Oyem, la grande ville septentrionale, récupérer le corps et le traiter. Il programma de suite la veillée et l'enterrement pour la semaine d'après. Il passa les communiqués dans la presse et aussi dans le groupe WhatsApp.

Les condoléances vinrent de partout. Il faut dire que Simon Jacobin Essiane était connu. Le principal quotidien du pays emplissait des colonnes entières de condoléances. Des amis envoyèrent des enveloppes, des collègues se cotisèrent et remirent leur contribution.

Le jour prévu pour la veillée, la maison mortuaire fut chargée d'aménager la salle mortuaire dans la maison de

Gnamoro Essiane au village. Ce dernier, sa femme et ses enfants prirent la route la veille de Libreville, la capitale du pays, pour réceptionner le corps à Oyem. Ils descendirent ensuite au village Ezomobele à la suite du corbillard.

Le cortège entra dans le village à 11 heures. Gnamoro Essiane fut surpris de constater que le village était vide. Personne ne l'attendait, pas même les anciens. Sa maison était attenante au premier cops de garde, juste à l'entrée du village. Les agents de la maison mortuaire déposèrent le corps comme prévu et s'en allèrent.

La famille Essiane s'installa, espérant que les gens allaient affluer vers le domicile mortuaire. Mais rien ne se produisit.

Six heures passèrent ainsi.

Gnamoro Essiane sortit dans la cour. Elle était vide. Il regarda à gauche, il regarda à droite : le corps de garde à l'autre bout du village était plein d'hommes qui jouaient au Songho. Personne ne le regardait, personne ne venait vers lui. Personne ne semblait se soucier du malheur, de la peine qui le frappait.

Il réintégra son domicile et alla s'asseoir dans son salon, en proie aux feux de l'incompréhension. Voilà des énergumènes qu'il avait toujours soutenus, dont il avait accompagné le parcours, qui le laissaient en pan dans leur village ! Des ingrats !

Autour de 18 heures, le vieux Bidzo, chef du village, partit du corps de garde du chef de regroupement, pour rejoindre le domicile de Gnamoro Essiane. Il parcourut donc tout le village dans sa longueur, sous les regards de tous les villageois.

Il entra dans le salon qui faisait office de salle mortuaire. Le silence était pesant. Aucun bruit, pas de pleurs, personne au sol pour gémir. Le cercueil était au centre d'une pièce vide, sans âme accompagnatrice. Une grande photo de la défunte était posée à même le sol, adossée contre le support du cercueil. Une belle photo. Nina Mengue y était pleine de vie, coiffée d'un de ces chapeaux chics à larges bords, qui rehaussent la beauté du visage. Quatre bougies étaient disposées de part et d'autre du catafalque, donnant à la pièce une ambiance très solennelle.

Sans s'approcher du cercueil, le vieux Bidzo traversa la pièce par son angle gauche, pour rejoindre le petit salon, où la famille Essiane s'était retranchée. Gnamoro Essiane, visiblement très abattu, était affalé dans un large fauteuil. Son épouse était assise à ses côtés, tentant de le convaincre de boire un thé qu'elle venait de lui préparer. Les trois enfants jouaient à un jeu de société dans un coin.

— Gnamoro Essiane, commença le vieux Bidzo au seuil de la porte, je n'ose imaginer la peine qui vous saisit en ce moment. Nina Mengue était comme une mère pour nous tous ici. Je suis ici pour vous transmettre les condoléances de tout le village.

Gnamoro Essiane porta un regard lourd sur le chef du village. Ses yeux n'avaient aucun éclat, ils étaient sombres comme la douleur et la colère qui s'y mélangeaient. Il plissa légèrement les paupières, avant de dire tout doucement :

— Tsira Bidzo, tu me permettras d'être surpris par

l'attitude des gens de ce village. J'ai maintenant la preuve que l'ingratitude est consubstantielle à la nature humaine. Vous savez tous ici que j'ai perdu ma mère, cet être si cher dont vous-même reconnaissez l'immense bonté. Il n'y a pas un seul fils, une seule fille de ce village qui n'a pas à ce jour, reçu mon soutien quand il était en difficultés. C'est mon tour aujourd'hui et vous m'abandonnez. Je suis certes surpris, mais je suppose que vous avez une explication à me donner ?

— Gnamoro Essiane, répondit le Tsira Bidzo toujours debout, en réalité personne ne vous a abandonné. Depuis une semaine, tout le village s'est mobilisé pour se cotiser. Ainsi, Mengome a mis dans la caisse le produit de toutes ses ventes du mois. Ossong Ndong a tué du gibier en abondance, qu'il est allé vendre jusqu'à Bitam, bravant pour cela les agents des eaux et forêts ; Tsira Mfoulou Mengame, le chef de regroupement a fait vider deux étangs sur la route de Sam. Tous les poissons ont été vendus à Oyem. Les enfants des familles Minko, Meboune, Ossok, Nsem Alé, Aboum, Okoss Ella, Mimbang Mi Mfa et Ekoura Messe ont tous envoyé d'impressionnantes contributions, par le biais de l'association. C'est le total de ces apports que je suis aussi venu vous remettre. Nous avons récolté six millions de francs.

— Parce que vous pensez qu'en ce moment, c'est d'argent dont j'ai besoin ? Vous envoyez de l'argent et vous pensez que c'est cela, assister quelqu'un ?

— Nous faisons comme vous, Gnamoro Essiane.

Gnamoro Essiane se leva, furieux, malgré les appels à la

tempérance de son épouse.

— Pardon ? Comme moi ? Ai-je déjà détourné mes yeux d'une requête d'un enfant de ce village ?

— Mais vous n'avez jamais assisté aucun d'entre nous, Gnamoro Essiane. Depuis que vous êtes un grand type, vous n'envoyez que vos cotisations chaque fois que nous avons un problème. Vous ne vous êtes jamais déplacé. Jamais. Personne ne vous a vu à une veillée, à une messe ou au domicile de l'un d'entre nous. Nous ne voyons que la couleur de votre argent. En reconnaissance, tous les ressortissants de ce village vous rendent l'immense considération que vous leur accordez. Sans plus, sans moins.

Le vieux chef Bidzo déposa sur la tablette, une grosse enveloppe kaki contenant les cotisations de tous les ressortissants du village. Gnamoro Essiane était effaré par cette attitude. Sa douleur l'empêchait de reconnaître que c'était un juste retour des choses.

— Tsira Bidzo, tu es en train de me dire que personne ne viendra m'assister cette nuit ?

— Personne, Gnamoro Essiane. Voilà seulement 15 jours qu'on sort de la veillée consécutive au décès du vieux Etoune Bitome. On ne vous y a pas vu.

— ... que personne n'assistera à la messe demain matin ?

— Personne, Gnamoro Essiane. Il y a un mois, nous avons célébré une messe en la mémoire de Ngale Essandiang. Nous l'avons publié dans le forum. Vous n'êtes pas venu.

— … que personne ne viendra m'aider à porter ce cercueil en terre ?

— Personne, Gnamoro Essiane. Il y a trois semaines seulement, on mettait en terre Tsira Etamndomae. Une belle cérémonie, à laquelle nous espérions vous voir assister. En vain.

— … que personne n'assistera à la palabre qui s'en suivra ?

— Personne, Gnamoro Essiane. Personne.

Toujours debout, Tsira Bidzo renouvela sa compassion au Gnamoro et demanda à prendre congé.

Toujours stupéfait, Gnamoro Essiane plongea dans un mutisme réprobateur. Il ne regardait même plus son invité.

— Où sont-ils tous, d'abord ? demanda-t-il.

— Chez Tsira Mfoulou Mengame, le chef de regroupement. Vous pouvez venir, si vous voulez, nous…

— Venir où ? Vous vous foutez de moi ? C'est moi qui suis en deuil et c'est aussi moi qui dois me déplacer pour vous rendre visite ? Jamais !

— Mais c'est justement que…

— Jamais, j'ai dit !

Soudain, il se leva et s'enfonça dans le couloir qui menait à l'arrière de sa demeure en disant :

— Faites comme vous voulez ! De toutes les façons, il n'y a que des ingrats dans ce village. On verra bien si vous obtiendrez encore quelque chose de moi. Je n'oublierai pas ! Et je vais de ce pas vous priver d'électricité. C'est mon groupe électrogène qui vous alimente tous alors maintenant, ça suffit !

Tsira Bidzo sortit de la maison et retraversa tout le village. La nuit commençait à prendre possession des lieux. Les ombres chassées en matinée par le soleil revenaient s'imposer sur toutes les façades. La lune se montrait déjà, se faisant belle comme tous les soirs où on pouvait la voir. Le village était plongé dans le noir, Gnamoro Essiane ayant mis sa menace à exécution.

Au domicile du chef de regroupement Tsira Mfoulou Mengame et au corps de garde qui y était attenant, c'était l'affluence. Tout le village s'était passé le mot. Les hommes s'étaient regroupés au corps de garde. À la cuisine et au salon, les femmes préparaient des victuailles et du café pour passer la nuit. Comme l'électricité ne venait pas, des bougies et des lampes tempête disséminées ici et là éclairaient la zone.

Tsira Bidzo arriva au corps de garde. Tous les anciens du village y étaient réunis. Tsira Mfoulou Mengame était lancé dans un discours :

— … et donc ce matin-là, Nina Mengue s'en alla au marché de Mitzic comme chaque jeudi. Elle acheta un poulet de ferme et revint au village. Dans son immense cuisine traditionnelle, elle mit une grosse marmite au feu de bois. Quand l'eau fut bien chaude, elle y plongea le poulet encore tout emplumé, quatre oignons entiers, cinq tomates non pelées et tout un sachet de sel. Tout ce micmac mijota dans cette grande marmite jusqu'à l'arrivée de son mari, Tsira Essiane d'Ezomobele. Ce dernier revenait de ses champs, affamé. Il s'installa au salon et cria vers la cuisine : « femme, apporte-moi à manger ! » « Viens te servir toi-même », s'entendit-il répondre. Furieux, il fonça vers la cuisine, avec l'idée bien arrêtée de déjeuner, puis de dire sa façon de penser à cette femme. Il ouvrit la grosse marmite et pan ! Une nuée de plumes sur de l'eau saumâtre ! « Qu'est-ce donc ceci ? » s'écria-t-il. « Quand tu auras appris à respecter la femme que je suis, répliqua Nina Mengue dans son dos, alors je recommencerai à te faire convenablement tes repas. Mais si jamais tu me parles encore comme tu l'as fait ce matin, tu t'occuperas toi-même de ton diner ! »

Ils se mirent tous à rire, se remémorant les exploits de cette forte dame. « Elle était la première féministe de notre village ! Tsira Essiane d'Ezomobele ne l'a plus jamais sous-estimé ! »

Tsira Bidzo prit place à la droite du chef de regroupement. Ce dernier le questionna, sous les regards inquisiteurs des autres :

— Comment ça s'est passé, avec Gnamoro Essiane ?

— Très mal, comme on s'en doutait. Il n'a pas rendu l'argent, mais il a mal pris le geste. Il ne comprend toujours pas.

— Ce n'est pas grave. Nous allons veiller Nina Mengue ensemble ici, dans la simplicité et l'amour, comme elle a vécu avec nous et comme nous avons passé tous les autres deuils avec elle ici. Qu'il fasse comme il veut dans son orgueil et sa vision unilatérale de la communauté.

LE REVE BRISE
(ORNELLA BINDANG)

Située au bord du fleuve Epongue, L'École de Gestion de l'Avant (E.G.A.) était une institution prestigieuse. Cet établissement supérieur était reconnu comme le meilleur de la ville d'Evila, capitale politique du pays Amongo. De nombreux bacheliers se battaient pour y rentrer, car on y formait les meilleurs gestionnaires et les futurs cadres de l'administration de la capitale.

Laure Ntsale, alors âgée de 15 ans, nouvellement bachelière et ayant fait un parcours sans faute depuis l'école primaire, rêvait d'intégrer cette prestigieuse École Supérieure pour son cursus universitaire. Chaque matin à son réveil, elle s'imaginait dans une de ces classes, à suivre un cours de comptabilité avec attention. Son Père, Edmond Ntsale la regardait et s'émerveillait d'avoir une fille aussi brillante. Edmond n'hésitait pas à motiver sa fille :

— Laure, ma fille, je peux te promettre que contre vents et marées, tu iras dans cette école.

Laure esquissait un sourire et lui répondait, confiante :

— Papa, par la grâce du Bon Dieu, je serai admise aux concours d'entrée à l'E.G.A. !

— J'ai confiance en toi, mon Amour.

Au premier chant du coq ce jour-là, Laure se réveilla un peu anxieuse. C'était le jour du concours d'entrée à l'E.G.A. Elle prit rapidement sa douche, s'habilla décemment et prit aussitôt son petit déjeuner.

Son père là déposa à l'établissement. Elle était tout excitée de voir enfin cette École dont elle imaginait la grandeur. Il y avait une multitude d'élèves venus d'horizons divers. Au premier retentissement de la sonnerie, Laure s'installa dans la classe où son nom figurait, conformément à l'organisation du concours. Puis vint le tour des épreuves. Laure était sereine. Avant de commencer à répondre aux questions, elle fit une petite prière, puis elle s'élança. Après six heures d'horloge, elle acheva toutes les épreuves. Son père vint la chercher et ils rentrèrent.

Quatre jours plus tard, jour prévu pour la fin des délibérations, elle retourna à l'établissement, toujours accompagnée de son père. L'attente fut longue. Son cœur battait très fort, on aurait cru qu'il voulait s'envoler.

Après 5 heures d'attente, les résultats furent enfin affichés. Le nom de Laure était en premier dans la liste des admis au premier tour. Elle serra très fort son papa :

— Papa, j'ai réussi Dieu soit loué !

Sur le visage de son père, se lisait cette fierté qui animait les parents heureux, qui illuminait leurs yeux en les inondant de gratitude.

Deux semaines plus tard, c'était la rentrée des classes. Laure vint à l'établissement pour procéder aux formalités administratives et choisir sa filière. Elle s'inscrivit en comptabilité, car elle était persuadée d'y avoir plus tard de nombreux débouchés professionnels.

Sa salle de classe était climatisée, avec toutes les commodités qui permettaient de bien y étudier. Il y avait 15 étudiants. Laure fit la rencontre d'Ursula, avec qui elle devint très complice. Elles partageaient le même rêve d'accéder, après leurs études, à un poste dans une entreprise de la place ou une administration de la capitale d'Evila. Toutes les deux étaient très assidues et intelligentes. Elles se démarquaient dans toutes les matières. Pour elles, les études étaient, pour une femme, le chemin le plus « propre » pour atteindre l'autonomie financière. Le père de Laure était en effet proche de la retraite. Il fallait absolument qu'elle réussisse, pour mieux l'accompagner dans le parcours qu'il lui restait à effectuer sur terre.

Laure et Ursula passèrent la deuxième année avec maestria. Arrivées en troisième année licence professionnelle en Comptabilité Audit, elles obtinrent les 120 crédits exigés par le nouveau système universitaire LMD (licence, master Doctorat). Pour valider cette licence, il fallait passer un Stage professionnel dans une entreprise de la place. Laure réussit à trouver un stage dans une PME nommée Voyage Loisir, dont l'activité principale était le transport urbain des passagers dans la ville d'Evila. Elle fut affectée au service comptable. Elle avait pour chef madame Oyé, une femme charismatique et très professionnelle, très pointilleuse dans son travail. Ainsi qu'elle le disait avec conviction, « le métier de Comptable exige d'être méticuleux dans les chiffres ». Cette femme impressionnait Laure.

Durant son stage, Laure était assidue. Elle était matinale, ponctuelle à son poste et très réactive dans les tâches que lui confiait Madame Oyé. Tout le service comptabilité était satisfait du comportement de la stagiaire.

Après ses trois mois réglementaires de stage, elle rédigea son mémoire, pour lequel elle obtint la note de 17 avec mention très bien. Sa licence professionnelle validée, Laure décida, de concert avec son amie Ursula, de continuer en master 2. Elles s'acharnaient au travail et deux ans plus tard, elles décrochèrent le sésame, ce diplôme convoité de Master professionnel en Comptabilité Audit.

Ursula décida de continuer en doctorat à l'extérieur du pays, car elle venait d'obtenir une bourse de coopération de la République de Mbire. Laure par contre voulait absolument entrer dans le monde du travail, pour soutenir financièrement son papa très faible et maintenant retraité.

Elle déposa ses demandes d'emploi dans de grands cabinets de la Capitale. Hélas ! elle ne reçut aucune réponse favorable. Par pur réflexe, elle alla déposer son dossier dans la société *Voyage et loisirs* où elle avait effectué son stage de licence et de Master. Une réponse favorable lui parvint immédiatement, qui comportait cependant une condition : elle devait accepter d'être intérimaire. Son contrat de travail allait être renouvelé chaque mois.

Elle n'avait pas d'autre choix, elle accepta cette proposition.

Trois années passèrent. La carrière professionnelle de Laure n'évoluait pas. Son maigre salaire, qui ne correspondait pas à son niveau d'études, restait le même. Son statut était toujours précaire, elle était confrontée à la triste réalité du marché du travail. La majorité des sociétés ne recrutait plus, mais avait recours au système d'intérim renouvelé, pour contourner la loi. Laure s'était fait piéger dans cet engrenage sans issue de sortie et elle n'avait pas le choix, car la santé de son père se dégradait. Sa modeste pension ne pouvait pas assurer ses besoins quotidiens. Elle était obligée de le suppléer financièrement, ce qui exigeait qu'elle eût une source de revenue stable.

Deux années plus tard, la société *Voyage et loisirs* fit face à un contrôle fiscal, à la suite duquel l'administration fiscale jugea que des erreurs avaient été commises sur la base d'imposition de l'entreprise. Une imposition supplémentaire fut exigée à l'entreprise, assortie d'amendes et de pénalités liées au fichier des écritures comptables, non-reversement des cotisations sociales et à la mauvaise foi constatée par les vérificateurs. Un redressement fiscal de plus 2 milliards de francs fut assigné à l'entreprise.

Face à cette situation, la société *Voyage et loisirs* décida de fermer boutique. Laure se retrouva du jour au lendemain sans emploi, recevant pour solde de tout compte, un montant totalement dérisoire.

Elle était anéantie.

En arrivant à la maison complètement abattue, son père la réconforta. Laure était inquiète, car l'emploi devenait difficile et la santé de son père se dégradait.

Chaque matin à la première heure, elle achetait le journal et passait en revue toutes offres d'emplois. Au bout de quelques semaines, elle tomba sur une société d'énergie qui cherchait une assistante comptable. Le poste ne correspondait pas à son profil, il était peu qualifié. Pourtant elle postula.

Le lendemain, par un temps pluvieux, elle se rendit à la société *Energie-Plus* pour passer l'entretien. Durant cette demi-heure, Monsieur Essong, le Chef Comptable, était totalement administratif à la fois de son parcours universitaire, de son attitude et de sa maîtrise des rouages de la comptabilité.

Elle obtint le poste.

À sa grande surprise, Laure se retrouva confrontée au même travers que sur le poste précédent. On lui proposait un CDD renouvelé tous les mois et un salaire minimum. La jeune femme n'en revenait pas. Elle était entrain vivre les dures réalités du marché du travail.

Cependant résignée, elle signa le contrat.

Après ses six mois de CDD, Monsieur Essong l'appela à son bureau :

— Laure, lui dit-il, depuis ton arrivée au service Comptabilité d'*Energie-Plus* nous avons eu le plaisir de constater que tu es excellente, sérieuse et très professionnelle.

— Merci, Monsieur.

— Le directoire propose de te faire passer en CDI.

Laure était à la fois surprise et tout excitée par cette reconnaissance. Enfin, après toutes ces années, elle allait pouvoir mieux organiser sa vie, sans anxiété aucune. Pouvoir faire des projections sur l'avenir, avoir des projets…

— Il y a cependant une condition, Laure.

— Une condition ? Laquelle, monsieur ?

— Ne sois pas si crispée, Laure. Il va falloir que tu me donnes un peu de toi et aussi que tu intègres notre groupe de pensée. Ainsi on formera une véritable famille. On se comprend ?

Cinq ans passèrent.

Ce matin-là, Ursula gara sa voiture, un SUV flambant neuf, aux abords du grand marché de la capitale. La jeune dame en sortit et verrouilla les portières. Elle était resplendissante, parfaitement coiffée, impeccablement maquillée, une montre, des bijoux et des chaussures hors de prix lui donnaient de l'éclat et de l'allure. Elle prit une allée secondaire qui menait à la section du marché où les vivres frais étaient vendus et s'arrêta net devant un étal de piment. Elle étouffa un juron, releva ses lunettes de soleil pour bien constater qu'elle ne rêvait pas et elle s'écria :

— Laure ! Oh, mon Dieu, Laure ?

Derrière l'étal, une femme en train de ranger ses cartons de piment leva la tête. Elle reconnut son amie.

— Bonjour, Ursula.

— Laure, seigneur ! Mais que fais-tu là ?

— Comme tu vois, je vends du piment, Ursula.

— Tu vends du… du piment ? C'est une blague ou quoi ? Depuis que je suis rentrée il y a deux ans, je te cherche sans succès. J'ai appris le décès de ton père tout à fait par hasard. Mais qu'est-ce qui t'est arrivé, Laure ?

— C'est la vie, Ursula.

D'autorité, Ursula contourna l'étable et s'assit à côté de son amie. Laure sentit leur vieille amitié l'inonder de nouveau, comme si le temps passé venait de s'évaporer. Une larme coula sur sa joue, témoin des moments difficiles qu'elle avait certainement traversé. Lasse, elle posa sa tête sur l'épaule de son amie.

— Parle-moi plutôt de toi.

— Je suis rentrée définitivement il y a deux ans, j'ai un bon boulot et je vais bientôt me marier !

— Mais voilà de bonnes nouvelles, répondit Laure, qui sentit sa bonne humeur revenir.

— Tu ne crois pas si bien dire, puisque tu seras ma demoiselle d'honneur. Mais tu ne t'en tireras pas si facilement. Qu'est-ce qui t'est arrivée ?

— Ohh, tu sais, c'est si loin maintenant. J'avais un emploi prometteur. Au moment où tout devait se concrétiser, ils m'ont fait des propositions que je ne pouvais accepter. Elles violaient mon intégrité physique et spirituelle.

— C'est quoi ce charabia ?

— Je t'en dirai plus, un jour. Mais dis-m'en plus sur tes projets, Ursula.

— Eh bien, je suis directrice financière d'une entreprise dont je vais épouser le DGA.

— Ahhhh, ma copine, tu fais fort ! Dis-moi, dis-moi !

— Tu le verras, je vais te le présenter. Il s'appelle Essong. C'est lui qui m'a embauché à *Energie-Plus*, la boîte dans laquelle je suis maintenant DF. Il y a fait toute sa carrière. C'est un monsieur charmant, tu l'apprécieras, ma chère future demoiselle d'honneur ! Notre mariage est programmé dans deux mois. Heureusement que je suis tombé sur toi !

Laure ferma les yeux et tomba en sanglots.

TOI-MEME FAUT VOIR !
(AUDREY GNAGNEMBE)

Lembe est couchée sur une natte, dans sa minuscule chambre. Elle paraît suffoquer. La chaleur semble à son paroxysme. Elle essaye tant bien que mal de s'éventer avec le tee-shirt qu'elle portait et qu'elle a ôté en pénétrant dans la pièce. La fièvre la tenaille de plus belle. En se réveillant ce matin encore, elle était pleine d'entrain. Elle a pu vaquer à ses occupations domestiques, comme à l'accoutumée. Mais, dès que le soleil a fait son apparition dans le ciel, une baisse soudaine d'énergie s'est fait ressentir, lui donnant au passage le tournis, impossible à dissimuler. Encore heureux que les enfants ne soient pas là, ils s'inquiéteraient davantage. Les enfants ne sont guère dupes, ils soupçonnent leur mère de traîner un mal depuis un certain temps.

L'argent fait défaut dans la maison. Ngombi, le seul pourvoyeur, rencontre lui aussi quelques problèmes financiers et a drastiquement réduit le budget qu'il consacre mensuellement à sa maison. Lembe n'a rien pour se rendre à l'hôpital pour y recevoir des soins. Elle ne peut que s'en remettre au Tout-Puissant pour recouvrer sa vitalité. Depuis que son ciel s'est obscurci, elle devient de plus en plus croyante.

Ngombi est au travail. C'est à savoir s'il y est vraiment. Pas plus tard que ce week-end, son patron lui faisait encore la leçon sur ses absences répétées et injustifiées. Lembe est malade. Ce mal qui la ronge, ronge non seulement son corps, mais aussi son esprit et surtout son cœur. Son mari Ngombi a une autre femme dans sa vie. Tout le monde le sait. Ce n'est un secret pour personne. Il fait régulièrement son éloge, lorsqu'ils se disputent.

Lembe, jeune trentenaire, sans emploi, vit maritalement avec Ngombi. Son bureau c'est sa maison, aime-t-elle se vanter auprès de ses proches. Elle a quitté sa famille dès qu'elle a connu Ngombi. En à peine, six mois, ils étaient devenus un couple très amoureux, au point où tous les deux se languissaient l'un de l'autre dès qu'ils étaient séparés. Ce dernier l'a fiancée devant sa famille pour mieux vivre leur amour et avoir la bénédiction de leurs parents respectifs.

Pour la famille de Lembe, quand une fille n'a pas fait de longues études, elle se doit au moins de trouver un mari. Telle est leur devise familiale. L'école n'a jamais été le fort de Lembe, par contre, elle connaît comment se comporter dans un foyer. Elle a appris cela auprès de sa maman, grande gardienne d'une tradition ancestrale qui enseigne les connaissances requises pour le maintien d'un foyer harmonieux. Elle a toujours su ce qu'il fallait faire dans un ménage. Ses problèmes avec Ngombi viennent de son infidélité caractérielle, de son machisme, et surtout de sa famille qui ne l'a jamais véritablement aimée. Pour elle, leur enfant méritait mieux, il méritait une femme instruite et capable de mettre du beurre dans les épinards.

Ngombi et Lembe ont un enfant, Léonce, quatre ans. Cependant, Lembe, elle, est devenue mère plus tôt. Elle a eu deux enfants bien avant lui. Gédéon et Léa, huit et sept ans, de pères différents. Sa naïveté envers la gent masculine l'a mise dans cette situation. Elle a toujours accordé sa confiance au premier abord. Résultat, deux enfants sans qu'elle n'ait eu le temps de vraiment se poser, de devenir adulte et de fonder un foyer. À la suite de ces mésaventures amoureuses, elle s'était juré de tomber à nouveau enceinte dans un foyer. Ce que lui offrit Ngombi. À voir le caractère qu'il affichait de prime abord, Lembe avait trouvé chaussure à son pied, son mari et un compagnon pour toute la vie.

Malheureusement, le bonheur ne lui sourit guère bien longtemps. Passé le cap festif et jouissif de la relation amoureuse à distance, des sorties en amoureux, des premiers jours d'une vie à deux. La triste réalité de la vie commune a vite fait son apparition, pour ce jeune couple. Aujourd'hui, ils sont quasiment des inconnus l'un pour l'autre. Un fossé s'est creusé entre eux, au point où, Ngombi l'ignore en tant que femme, partenaire de vie, mais lui reconnaît à contrario une place de domestique. N'ayant pas beaucoup fréquenté l'école, elle est reléguée au second plan dans l'existence de son mari. Lui seul donne un avis sur tout. Quel argument pourrait-elle bien avoir et avancer quand il s'agit de prendre des décisions concernant la famille ? À moins de cuisiner de bons repas et se soumettre au lit.

Ngombi, un quadra ventripotent, sans aucun ménagement, règne en maître absolu dans la maison qu'ils occupent, à titre locatif, dans un quartier populaire de la ville. Il est employé dans une société exportatrice de véhicules. Simple manœuvre, pourtant, son habileté à déplacer des voitures de la société lui a donné un super pouvoir auprès des femmes, le voiturage. Il flâne ainsi à bord de superbes et puissants bolides dans les rues de la ville, charmant au passage, quelques jolies demoiselles, pour lesquelles il pérore. Beaucoup n'ont que faire de ce beau parleur, d'autres n'y résistent pas et sont emportées par la verve taquine et la vue de ces scintillantes mécaniques. Le réveil est toujours brutal pour celles qui se laissent captiver par cette supercherie, lorsqu'elles découvrent qu'il n'est qu'un simple employé et qu'il utilise ces engins uniquement pour les séduire. Le reste ne suit toujours pas.

Ngombi entretient une relation sérieuse avec une femme autre que Lembe depuis quelque temps. Cela s'est fait le plus naturellement. Comme à son habitude, en charmant des demoiselles, l'une d'elles s'est accrochée à lui, telle une puce sur la peau d'un chien. Une jeune et belle étudiante partage désormais sa vie, au détriment de sa relation avec Lembe, qui subit les affres de cette relation extra-conjugale de plein fouet. Désintérêt, mensonge, rabais d'argent de la popote, disputes pour un rien, sont désormais le lot quotidien de Lembe. La belle amante, quant à elle, consciente des difficultés de la vie estudiantine, prend ce que la vie lui offre. Elle se contente de ce que Ngombi lui donne et est prête à demeurer avec lui, tant que sa condition d'étudiante n'a pas pris fin. Ngombi est tellement entiché de cette dernière qu'il envisage même un avenir avec elle. Elle ferait une bien meilleure épouse et a plutôt un brillant avenir, selon lui.

Malgré sa libido débordante, Ngombi a toujours eu des problèmes de santé. Enfant, il était déjà en embonpoint. Cet état ne l'a jamais quitté, en dépit de quelques esquisses de régimes et des sporadiques pratiques de sport sans réelle motivation. Son poids ne lui permet pas de se mouvoir convenablement. Il s'essouffle au moindre effort. Plusieurs fois, il a eu des malaises, qui l'ont conduit à l'hôpital. Les toubibs lui ont même conseillé une certaine hygiène et quelques restrictions. Rien n'y fait. Ngombi aime les gueuletons. C'est un bon vivant qui ne lésine pas sur les moyens quand il s'agit de bouffe et de boisson. Son corps ne le supporte plus, mais son esprit, oui. Tout est question de mental, aime-t-il répéter.

— Lembe, Lembe, tu es la ? Donne-moi à manger, femme !

Ces appels qui semblent lointains tirent la dormeuse de son rêve agité. Elle reconnaît la voix de son mari. Que peut-il venir faire à la maison à pareille heure ? Remettant son tee-shirt, toute en sueur, elle émerge de son dortoir. Heureusement qu'elle a pu mettre des aubergines au feu, sinon ça aurait été sa fête. Ngombi n'a jamais supporté rentrer à la maison et ne rien trouver sur la table. Il n'a que faire de son mal. Une femme est faite pour faire la bouffe et faire des enfants. Point barre.

Ngombi avale goulûment son plat sans-façon et prend une grande rasade d'eau. Ce qui accentue un peu plus sa bedaine, en laissant échapper un reurrh de sa bouche huileuse.

— Qu'est-ce qui t'amène si tôt à la maison ?

148

— Suis-je censé te rendre des comptes, hum, madame ? Tout de même, sache que je ne me sens pas bien depuis le matin et j'ai demandé la permission de rentrer. Le patron a juste hoché la tête et moi j'ai pris ça comme un oui. Donc je suis venu. Ça vous va madame ?

À ces mots, Ngombi empoigne la télécommande de la télé et jette son corps sur le canapé. Lembe hoche les épaules et retourne s'allonger. Elle n'a rien à faire près de lui et le tournis de ce matin ne la quitte pas non plus.

Elle ne reconnaît plus son mari, cet homme qui pourtant partage sa vie depuis un temps. Lui si attentionné auparavant, est devenu un étranger pour elle. Ses gestes et actes sont si mécaniques et empreints d'insensibilité, qu'elle se demande ce qu'il peut bien penser d'elle à présent. Va-t-elle encore recommencer une autre histoire d'amour, repartir de zéro, à l'allure où vont les choses avec Ngombi ? À ce constat, sa poitrine se soulève de chagrin et de douleur.

— Maman réveille-toi, papa ne bouge plus ! Maman ! maman !

— Hein ! Hein !

Lembe sursaute à l'annonce de cette nouvelle. Elle accourt et trouve Ngombi inerte sur le canapé, la télécommande au sol. Elle l'empoigne et le secoue comme un cocotier. Aucun signe. Les yeux de Ngombi sont entrouverts et la bouche suinte d'une bave jaunâtre. Prise de panique, elle redouble d'efforts dans sa tentative de réanimation. Aucune réaction. Les larmes se mettent à couler de ses yeux révulsés par l'angoisse et l'étonnement.

— Allez-y chercher un taxi, on l'emmène à l'hôpital. Trouvez aussi quelqu'un qui peut nous aider à le soulever, crie Lembe à l'endroit de ses enfants, tous aussi en pleurs.

Lembe se change en toute hâte et enfourne les papiers médicaux qu'elle trouve dans son sac, qu'elle saisit à la volée. Elle tente de soulever Ngombi quasi immobile. Il est très lourd à porter, mais les voisins accourus par les cris de panique des gamins le soulèvent d'un coup. Le taxi démarre en trombe et essaye tant bien que mal de se frayer un chemin à travers les routes encombrées de la ville.

Lembe, muette, que le flou habite désormais, a les idées confuses durant le trajet, qui paraît interminable. Seule sa poitrine hoquète vertigineusement. Son visage paraît tout froissé. Une double douleur l'accable, celle de son mal et maintenant celle causée par l'état de Ngombi. Elle souffre intérieurement le martyre. Deux voisins l'accompagnent. Il règne un silence pesant dans le taxi.

L'hôpital ne fait que constater le décès de Ngombi, survenu une heure et demie plus tôt. Il aurait fait une attaque cardiaque. Les gestes de premier secours ne lui ayant pas été administrés, il aurait succombé à son attaque.

La nouvelle se répand comme une trainée de poudre. Toute la famille de Ngombi accourt à l'hôpital.

— Peux-tu nous expliquer ce qui se passe ici ?

— Lembe, Lembe !

Lembe n'écoute plus, elle est paralysée par ce que vient de dire le monsieur en blouse blanche, qui a reçu Ngombi aux urgences. C'est un coup de foudre qu'elle reçoit en plein cœur. Incapable de se tenir debout, elle s'effondre à même le sol. Un attroupement se constitue autour d'elle. Quelques mains essayent de la relever, en vain. C'est le trou noir. La cacophonie s'est installée autour d'elle, un tohu-bohu indescriptible l'assourdit, quand elle revient à elle. Chacun tente de la questionner sur ce qui vient de se produire. Lembe pleure à chaudes larmes, elle veut bien répondre aux questions de tous, mais sa gorge fortement nouée ne laisse passer aucun son, seuls de gros sanglots s'en échappent.

Le domicile est noir de monde. Les deux familles sont réunies. En qualité de veuve et de seul témoin, elle est invitée à raconter ce qui s'est passé, ce qui a conduit

Ngombi de vie à trépas. Elle essaye de s'exprimer. Malgré le chagrin qui l'habite, elle donne sa version des faits, une fois, deux fois, trois fois, une énième fois. Lembe est épuisée, mais elle se doit de continuer. À chaque fois, qu'un membre de la famille arrive, elle doit relater l'histoire, au point où sa bouche s'est asséchée par tant de racontars. La salive asséchée, s'est muée en de particules blanchâtres qui ornent les coins de la bouche.

— Toi-même faut voir ! si tu lui avais fait ne fut-ce qu'un petit massage cardiaque, on n'en serait pas là aujourd'hui !

— Si si, tout à fait !

— Le médecin a dit que s'il avait reçu une aide, il aurait continué de vivre ! Mais toi, que faisais-tu à ce moment-là ?

Paf !

Tout le monde se retourne. C'est la grande sœur du défunt qui vient d'asséner une grosse claque à la veuve. L'assistance s'échauffe. Les mots d'oiseaux fusent de part et d'autre, la rixe générale n'est pas loin. La veuve est appelée à se confiner dans sa chambre. Mais, de là où elle se trouve, elle entend absolument tout ce qui se passe dans la grande salle.

Tous lui reprochent d'avoir abandonné son homme à un moment critique. Alors qu'il luttait entre la vie et la mort, il n'a reçu aucune aide de sa femme. Tout le monde s'accorde à le dire : c'est de sa faute !

Les parents ne savent pas et ne comprennent pas qu'elle était tout autant affaiblie, quand le drame s'est produit. Elle aussi était malade, sans énergie et n'était pas près de lui, quand il a eu son attaque. Que pouvait-elle y faire alors qu'elle ne maîtrise guère les gestes de premier secours ? À quoi bon se justifier ? Qui l'écouterait ? Qui l'entendrait ? Et surtout qui la croirait ?

Le courroux se lit sur tous les visages et dans toutes les paroles prononcées à son endroit. Elle se retrouve au milieu des fauves. Il ne manque plus qu'ils la découpent en morceaux et la dévorent crûment. Sa famille l'a abandonnée. Elle ne fait pas le poids, face aux parents de Ngombi, très menaçants et en surnombre.

— C'est une fainéante ! j'imagine que si elle se débrouillait ne fut-ce qu'un tout petit peu, elle aurait aidé son mari à faire vivre la famille, au lieu de ça, c'est d'un boulet qu'il s'est colliné toute sa vie.

— D'ailleurs, mon frère a construit sa maison, seul, donc elle n'est pas à elle !

— En plus, cette bonne à rien n'a donné qu'un seul enfant à Ngombi, les deux autres, ce sont des bâtards qu'elle traîne avec elle.

— Je n'ai jamais aimé cette femme, quand je vous disais, aujourd'hui, vous me donnez raison !

— C'est ça qu'elle voulait non, que notre fils meure !

— Elle l'a bien ensorcelé au point où il vient même mourir dans ses bras !

— Ah Seigneur, mais qu'est-ce qu'on t'a vraiment fait ? Ngombi, tu nous laisses avec qui ? Ta femme ? Je ne veux même pas la sentir !

— Elle doit bien pleurer tous les dindons que Ngombi lui achetait là !

— Et même là, ils n'étaient véritablement pas mariés, il l'a juste fiancé. Donc, c'est pas sa femme !

— Après l'inhumation, qu'elle parte, on ne veut plus d'elle ici.

Lembe, à travers ses larmes abondantes, couchée à même le sol, avec pour seul vêtement un pagne noué à la poitrine, vomit ainsi toute la douleur enfouie et emmagasinée tout au long de cet épisode de sa vie, quasi chaotique. La tristesse, l'aigreur, la honte, l'amertume se sont transformées en grosses perles liquides qui roulent mécaniquement le long de ce visage émacié par la souffrance que lui inflige sa belle-famille. Les images de sa vie avec Ngombi défilent en boucle dans sa tête.

Durant le deuil, le calvaire, son esprit s'est détaché de son corps, pour la protéger. Les insultes, les reproches, les menaces subis quotidiennement ne lui parviennent plus que faiblement. En un laps de temps, elle a tout subi. Quelles douleurs peuvent encore lui admonester ses beaux-parents ? Son esprit a appris à minimiser la douleur, il entretient un certain détachement, ce qui l'empêche de commettre l'irréparable. Il lui permet d'entrevoir une petite lueur.

Tout a été dit. Elle doit quitter la maison de Ngombi. Léonce sera recueilli par son oncle, elle n'a pas à s'en faire pour lui.

— Toi-même faut voir !

— Toi-même faut voir ?

— Qu'y aurais-je bien pu voir, quand tous s'accordent à dire que je ne sais absolument rien et que je suis si inutile ?

Lembe esquisse un faible sourire, regarde une dernière fois cette maison, son ancienne vie, puis se retourne et hâte le pas. Gédéon et Léa la suivent lentement.

Reve-Alite
(Marcel NGUIAYO EFFAM)

Bernard Otoliwa sortit chancelant de la chambre à macchabées, où se trouvaient les corps de son épouse et de ses deux enfants. Deux internes l'avaient soutenu au moment où, crurent-ils, il allait s'effondrer, mais il avait tenu debout. Ils l'avaient ensuite laissé seul une poignée de minutes – le temps estimé du passage du dénie à l'acception – puis ils l'avaient amené chez le psychothérapeute. Une fois seul dans le cabinet du praticien, Bernard s'était enfoui sitôt les internes hors de portée. Lorsqu'il fut dans le hall d'entrée, il prit son trousseau de clefs dans sa poche, fit profil bas et quitta l'établissement militaire sans se faire remarquer. Il se précipita dans son véhicule et aborda la route principale à toute vitesse. Il était 18 heures.

L'embouteillage qui partait du lycée Djoué Dabany le contraint à ralentir. Il avait chaud. Il fit monter les vitres automatiquement, mit l'air conditionné et tenta de se rappeler ce qu'il faisait là. Il était à bord de son SUV, roulait en direction de… où allait-il au fait ? Non, là n'était pas la question. D'où sortait-il ? De l'hôpital. Oui, il s'en souvenait. Pourquoi ? C'est là qu'il entretint un rapport complexe avec sa conscience. Ce matin-là, il s'était levé le premier. Pauline l'avait rejoint à la douche trente minutes après. Ils avaient fait l'amour sous les jets d'eau. Puis ses deux garçons s'étaient levés à leur tour. Il avait préparé le petit déjeuner pendant que madame s'habillait. Ils venaient de fêter, il y a deux jours, leur cinquième anniversaire de mariage. La veille, ils avaient pris la résolution de contracter un crédit afin de s'acheter une parcelle de terre, et d'envisager des travaux de construction d'une maison à long terme.

Noëlle Eya attendait le taxi depuis près d'une heure. Sur le trottoir qui jouxtait le portail du lycée D. Dabany, elle commençait à prendre racine. Professeure d'anglais depuis peu, la jeune prof cogitait à propos du moyen le plus efficace de gagner la SNI, son secteur de résidence. Elle tenait des classes au premier et au deuxième cycle. Fort appréciée des élèves et du personnel enseignant pour son empathie, Noëlle considérait tous les jours la chance qui était la tienne depuis sa titularisation. Pour l'heure, sa préoccupation était de rentrer, de corriger les copies, de cuisiner et de recevoir son fiancé, de retour d'un voyage d'affaires à Port-Gentil. La file de véhicules ne cessait de s'étirer, et dépassait à présent le niveau de l'hôpital des instructions militaires.

Otoliwa transpirait. Les deux mains accrochées au volant, il avançait par à-coup, brusquement. Pauline, sa chère et tendre Popo, alias Caterpillar venait de… mourir ? Non. Impossible. Un coup d'accélérateur. Et les garçons, ils étaient où ? Ils étaient avec leur mère au moment de l'accident sur la route de l'école. Non ! Un coup de frein. Non, tu racontes n'importe quoi ! Toujours toi avec tes rêves bizarres. Tu crois que je ne sais pas que je suis endormi ? Tu ne m'auras pas esprit malin. D'où que tu sois, tu ne réussiras pas cette fois à me lever brusquement. Je dors. Dès que j'ouvrirai les yeux Popo, et ses grosses fesses, sera à mes côtés en train de ronfler. Son ronflement là, tu ne peux pas. Voilà pourquoi je l'appelle Caterpillar.

Mais qu'est-ce que je fous dans cette voiture à cette heure ? Les corps de Pauline et des enfants étaient vêtus comme j'ai souvenir de les avoir vus se couvrir ce matin. Mais si nous sommes aujourd'hui, cela signifie que j'ai été au travail, que le coup de fil que j'ai reçu n'était pas un songe… Hum, les deux hommes qui m'ont conduit chez le psychologue n'étaient pas réels, la preuve est qu'ils ont disparu quand je suis entré chez le spécialiste. Et le docteur n'était pas présent. C'est louche. Et puis les visages de mes garçons étaient changés. Non, ils ne sont pas comme ça, mes enfants. Certes, les dépouilles étaient coiffées comme mes petits, habillés comme ce matin ils étaient, mais… Au nom de Jésus ! Esprit malin, tu es hors-jeu. Je n'ai pas mal. Ceci est un cauchemar. Les sorciers du village sont en train de me chercher. Ça doit être mon beau-père. Ce centenaire qui refuse de crever et collectionne les tombes de ses petits-enfants derrière sa maison. S'il touche à un cheveu de mes garçons, je jure devant Dieu que je descends au village pour lui faire la peau !

Cependant que Bernard conjuguait avec sa conscience, la circulation se fluidifiait. Le ciel prenait une teneur clair-obscur. Noëlle sentait les fourmis dans les pieds. Aucun taxi, quand il disposait d'une place vide, n'acceptait sa proposition. Et plusieurs d'entre eux étaient pleins. L'heure de pointe valait son expression, songea-t-elle lorsqu'une idée lui traversa l'esprit. Oui, pourquoi pas.

Nombre de véhicules banalisés ralentissaient devant elle. Les chauffeurs, des hommes, lui jetaient des regards de chasseur. Quelques-uns clignaient de l'œil ou tiraient la langue dans sa direction. Quant aux conductrices, elles ne lui accordaient pas plus d'une seconde d'attention. Elle songea aux tâches ménagères qui attendaient à la maison, à la correction des copies, à ce qu'elle désirait manger, mais, avant tout, à la tête de son homme lorsqu'elle lui annoncerait qu'ils allaient avoir un enfant. Une semaine que la barre sombre du G-test avait confirmée. Elle n'en pouvait plus de garder la bouche close à ce sujet.

Je ne peux, je ne veux pas imaginer vivre sans... Sans Caterpillar je fais comment ? Non. Dieu a un plan pour moi, pour ma famille. Je ne sors pas de l'hôpital. Je suis dans un rêve. Popo que j'aie vue morte c'est une folie de mon inconscient. Non, c'est la sorcellerie de mon beau-père. Il ne s'est rien passé de tragique. La preuve par... Bernard fronça les sourcils et frappa des mains le volant. Il ralentit davantage et observa la femme qui tendait la main vers lui. Elle est folle ou quoi se dit-il, je ne suis pas taximan. Et puis, non. C'est un rêve de toute façon. Si elle m'appelle, c'est qu'elle doit jouer un rôle dans ce cauchemar. Qui sait ? Peut-être que c'est un esprit venu pour me protéger du vampire de mon beau-père.

Bernard freina sur la chaussée, essuya des klaxons de protestation, baissa la vitre de son auto et attendit que la femme vienne à lui.

— S'il vous plaît, est-ce que vous pouvez me sortir d'ici ?

— Montez.

L'autostoppeuse monta à bord, à l'avant-côté passager. Sitôt le véhicule accéléra pour rejoindre la file d'autos qui s'ébranlait.

— Merci beaucoup monsieur.

— Je vais à la SNI. Et vous ?

— C'est mon jour de chance. Je vais au carrefour SNI.

— Comme par hasard. Qui êtes-vous ?

— Je suis mademoiselle Noëlle Eya. Je suis professeure d'anglais à LDD.

— Dites-moi ce que je dois faire.

Noëlle jeta un œil à ce type à manches retroussées, chemise ouverte en dépit de la climatisation, qui lui adressait la parole sans la regarder, les yeux fixés sur la route. L'embouteillage s'était dégagé. Bientôt 19 heures.

— J'aimerais que vous me conduisiez jusqu'au carrefour SNI, si possible, sinon jusqu'à Awendjé. Cela dépend de vous.

— Vous voulez dire que vous êtes réelle, c'est ça ?

— Pardon ?

— Vous n'êtes pas dans mon rêve, vous êtes une vraie femme dans la réalité, qui souhaite se rendre au carrefour NSI ?

— Oui, monsieur. Pardon, mais, j'ai l'air d'une personne irréelle ?

Bernard se mit à rire d'un éclat bref. Ils traversaient le pont du Pk5. Le véhicule tourna à gauche et s'engagea dans la voie express. Noëlle s'interrogea. Quelque chose dans le regard fixe du chauffeur l'effrayait. Puis elle songea que c'était peut-être une technique d'approche destinée à attirer son attention, qu'il allait bientôt jouer cartes sur table. Elle avait l'habitude. Elle se détendit en songeant qu'à quatre-vingts pour cent des cas, le chauffeur qui prend une autostoppeuse finit par la draguer.

Otoliwa avait repris ses démangeaisons psychologiques. La femme n'était pas là pour le secourir, elle jouait dans le camp adverse. Mais il n'était pas dupe. C'était son rêve à lui, son véhicule à lui, son corps à lui ; lui seul devait échapper au mauvais sort qui planait sur sa famille. Ce cauchemar, on tentait de le lui imposer. Il devait résister, riposter à temps, autrement à son réveil, à l'heure qu'ils auraient décidé, après lui avoir fait incorporer leur réalité mystique, il serait damné. Pas de doute. Ils passeraient une journée ordinaire, mais ne seraient plus que des ombres, des coquilles vides. Un accident de la route se produirait. Pauline et les enfants mourraient sur-le-champ. Un coup de fil l'en informerait. Il se rendrait dare-dare à l'hôpital militaire, arriverait trop tard et irait identifier les dépouilles. C'était à lui de sauver les siens, de prendre les choses en mains.

Noëlle songeait, en regardant le paysage passer, qu'elle s'était trompée à propos du chauffeur. Non seulement il ne la draguait pas, mais à peine lui accordait-il son attention. « Enfin un type qui ne considérait pas que les femmes n'attendaient que la moindre occasion pour se faire prendre en voiture. » La rapidité avec laquelle le paysage circulait l'alarma. IAI s'était à peine éclipsé qu'ils étaient sous le pont d'À-droite. Elle se tourna vers Bernard et fut saisie par le sourire qui marquait son visage.

— Monsieur ?

— Ah, on se décide enfin à parler. Oui, je vous écoute.

— Est-ce que vous pourriez rouler moins vite ?

— Pourquoi, vous avez peur ? Allons, un peu de sérieux. Nous savons tous les deux que tout ceci n'est pas réel.

Noëlle sentit son cœur battre.

— Je ne vous suis pas. Je vous demandais simplement de ralentir.

— Je ne sais pas qui vous êtes et comment vous avez fait pour entrer dans mon rêve, plutôt mon cauchemar. Mais sachiez que vous ne gagnerez pas.

Noëlle prit peur. Elle détourna son visage du conducteur et s'employa à déconsidérer ses propos incompréhensibles. Ils roulaient à vive allure, slalomant entre les voitures qu'ils dépassaient. Dans une poignée de secondes, ils traverseraient le pont Nomba. Elle posa sa main sur son ventre, et serra les dents en s'agrippant sur la ceinture de sécurité.

— Je ne sais pas qui vous êtes, répéta-t-il, ni qui vous envoie, mais vous ne m'aurez pas, bande de sorciers ! Il est temps que je me réveille.

Bernard manœuvra brusquement à quelques centimètres du pont et la voiture fonça dans le vide.

Mekui et le pouvoir du patriarcat (Maïta N'negue Mezui)

Comme le dit la romancière belge, Amélie NOTHOMB : « *La sagesse des autres n'a jamais servi à rien. Quand arrive le cyclone – la guerre, l'injustice, l'amour, la maladie, le voisin –, on est toujours seul, tout seul, on vient de naître et on est orphelin.* »

C'est ainsi que Marie Mekui m'Ondo a connu une existence assez tourmentée et malheureuse, du fait de sa condition d'orpheline et de l'absence d'un homme pouvant les défendre, elle et les siens.

Allons-y découvrir ce qu'a vécu cette jeune fille Mebane, de mère Bekwegn et en mariage chez les Nkodje.

Elle est née très loin de la ville de Oyem dans le nord du Gabon, en Afrique Équatoriale, précisément à Minkong-Ebou où vivait un richissime homme polygame, Ondo Eto'o, son père.

Ce dernier, pour des raisons qui nous sont méconnues, voulait accroître sa notoriété.

Il décida de se rendre de village en village, à la recherche d'une nouvelle femme. C'est ainsi qu'il se retrouva dans un village du canton Nye, Abang-Medoulou chez les Bekwegn. Il y trouva une femme avec qui il souhaita terminer sa vie. Il prit alors en nouvelle noce, une jeune préadolescente qu'il emmena chez lui, en terre Mebane à Endama.

Des années passèrent et, la préado devient puberte, puis femme au milieu de ses coépouses et surtout des enfants de son mari avec lesquels elle était pratiquement de la même génération ! Certains étaient quand même des aînés à elle et d'autres ses cadets.

Devenue femme, son mari Ondo Eto'o dû consommer leur relation avec elle. Chance ou malchance du destin, la jeune femme tomba enceinte. En sa qualité de primipare, elle devait être encadrée par ses coépouses et d'autres femmes dans le village. Elle garda convenablement sa grossesse, qui arriva sainement à terme. Elle donna naissance alors à une petite fille, Mekui m'Ondo.

Le sort du destin fit qu'elle ne survécut point à cet accouchement, hélas…

La mère de Mekui étant morte, l'enfant fut confié à une de ses sœurs aînées de même père, Okome dit Nkemeyong. Les bonnes langues soufflaient à qui ne voulait pas l'entendre, que jusque-là, cette dernière n'ait jamais connu la joie d'une maternité, ni même la sensation d'une grossesse.

À cette époque, Nkemeyong était en mariage chez Ongone Nkou, du village Endomo — Alene en territoire Nkodje, à Ebom'Assi. Elle se rendit donc dans son ménage avec Mekui, sa petite sœur de même père, déjà orpheline de mère. Elle l'éleva comme sa fille, au milieu de ses rivales et de leurs enfants et avec l'accord de son mari.

Les années passèrent.

Nkemeyong, ainsi que l'indique son sobriquet, n'était pas une femme stable. Elle allait de ménage en ménage, refusant après coup les hommes qui la prenaient pour épouse, car estimant être très belle et mieux pour eux. Du coup elle sortait d'un mariage pour entrer dans un autre, tel fut son quotidien. C'est ainsi que, comme il fallait s'y attendre, au bout d'un temps Nkemeyong refusa aussi son union avec Ongone Nkou. Une nuit, elle prit la fuite, laissant derrière elle Mekui, sa petite sœur.

Lassé du comportement de sa fille et ne voulant rembourser la dot, ni la proposer à un nouveau foyer, craignant aussi pour la rupture de son alliance avec des Nkodje influents et aisés dans la province, Ondo Eto'o conclut une alliance nouvelle avec les patriarches Nkodje, pour apaiser leur colère et calmer le courroux de son beau-fils Ongone Nkou, époux légitime de sa fille Okome dit Nkemeyong.

Ce nouveau contrat marital visait à remplacer Okome par sa petite sœur Mekui, cet enfant qu'ils gardaient déjà là-bas à Endomo. Ainsi, les alliances demeureraient et le mariage aussi. Ongone Nkou cependant, voyant sa différence d'âge avec la petite Mekui, décida de la donner comme troisième épouse à un de ses frères cadets, Mezui Nkou, qui était de la même génération que ses fils et qui se retrouvait encore sans descendance, bien que déjà polygame.

Une fois devenue femme sur les terres de Ebom'Assi, Mekui fut conduite dans la demeure de Mezui Nkou. Elle devient donc femme de la famille de Essono Meye, dit Nkou Meye, en terre Nkodje. De cette union avec Mezui Nkou naquirent Angue, Zouga et Zang. Elles ne connurent malheureusement pas vraiment leur père, car, comme le tracé du destin de Mekui était parsemé d'éclats de tragédies, Mezui mourut et Mekui connut de nouveau le revers de la vie. Elle se retrouva veuve avec 3 orphelines à élever, sans une mère sur qui s'appuyer et sans sa grande-sœur en fuite.

Au regard de son jeune âge, du refus de la restitution de la dot par son père Ondo Eto'o et du fait des enfants qu'elle avait déjà en terre Nkodje, Mekui ne pût regagner son Minkong-Ebou natal. Elle fut presque abandonnée par sa famille maternelle Bekwegn, qui ne revendiqua jamais rien d'elle ni pour elle après le décès de sa mère, dont le nom demeura méconnu de sa descendance.

Du coup, le sort de Mekui fut tranché par les Mebane, sa fratrie paternelle, celle du corps de garde. Essono Ongone dit Biyang, fils de Ongone Nkou, qui fut désigné pour la prendre comme épouse, refusa catégoriquement de consommer ce mariage. Ce refus était justifié par ce dernier du fait des orteils de Mekui qui étaient endommagés du fait d'une maladie infantile qu'elle avait contractée jadis. Serait la poliomyélite ? Par contre, il récupéra sa coépouse, seconde femme du défunt Mezui, une jolie fille Odzip de Andome nommée Angue Engueng. Elle était de loin l'aînée de Mekui. Les autres prétendants, de peur d'affronter Biyang, car c'est lui qui avait des droits sur Mekui, refusèrent aussi de la prendre.

Ainsi, si jeune, Mekui se retrouva dans un mariage sans

mari, avec ses trois filles.

C'est ainsi qu'un homme du village, Ezima Nguouare dit koup ke bign, parent de la troisième génération ascendante de son défunt mari, donc de la lignée de feu Mezui, prit son courage et demanda à prendre Mekui pour épouse.

Peut-être, cette fois, un brin de bonheur dans l'existence torturée de Mekui.

Mais cette entreprise ne fit pas long feu, car le courageux Ezima Nguouare dit koup ke bign encaissa une fin de non-recevoir de la part Essono Ongone, qui lui refusa le droit d'épouser Mekui convenablement. Ce fut une nouvelle peine dans le quotidien de Mekui m'Ondo, qui ne put donc pas entrer dans un nouveau ménage, à cause de l'égo de Essono qui estimait qu'elle était femme de sa cour, mais qui pourtant refusait de la prendre comme épouse, comme le prescrivait la coutume.

Mekui et Ezima Nguouare vécurent alors leur idylle comme des adolescents, sans la concrétiser et de manière presque cachée, bien qu'elle fût connue de tous.

Cette relation engendra plus de 5 enfants, qui furent tous déclarés comme étant ceux de Essono, conformément au droit tacite coutumier Ekang. Il considérait en effet Ezima Nguouare comme « N'nom koup[1] ».

Dans une basse-cour, un coq n'est propriétaire de rien. Tout appartient à la poule, autrement dit, au propriétaire

---

[1] le coq

de la poule. Mekui, était perçue comme une poule, propriété de Essono. Ezima n'était alors que le coq volage de la basse-cour. Les poussins, c'est-à-dire les enfants qui naissaient de cette relation étaient à Essono.

Le malheur siégeant au cœur de son quotidien, Mekui perdit plus de deux enfants de ceux qu'elle eut avec Ezima. Il ne resta alors comme enfants de cette relation que Nguema, Ada et Obiang. Dans la même lancée, sa fille aînée, Angue, devenue femme, donna naissance à deux garçons sans être mariée. Biyang réclama la paternité de ces enfants aussi, conformément à la coutume.

Auparavant, Zouga dit Andoung, deuxième fille de Mekui avec son défunt mari Mezui, fut donnée en mariage dans son enfance. Elle fut dotée sous l'ordre de Biyang, pour rembourser une dette contractée par un homme de la famille suite à un match de poker que celui-ci perdit à Mendoung-Essangui.

La troisième fille de Mekui, nommée Zang dit Awoue, donna naissance à des enfants sans être mariée aussi, que Biyang réclama aussi comme étant les siens.

Sa première et sa troisième fille allèrent, quant à elles aussi en mariage et Biyang put jouir de ses droits de père en prenant ces dots.

Lassé de ce traitement, Ezima en a eu mare et prit ses distances dans sa relation avec Mekui. Mekui se retrouva de nouveau seule avec ses enfants et petits-enfants… en ayant Biyang comme autorité masculine et paternelle au corps de garde.

C'est ainsi que Mekui m'Ondo passa sa vie de larmes en lamentations, en peines douleurs, décès sans mère, père, frère, sœur et mari n'ayant que ses enfants.

Et, ce ne fut que le début du calvaire de Mekui m'Ondo.

LE PROFESSEUR
(EDNA MEREY APINDA)

Mon père a été enterré il y a deux mois et je n'ai pu faire le déplacement, car j'étais loin, à des milliers de kilomètres de Libreville, interne dans un hôpital du Poitou-Charentes. Lui ayant parlé une semaine avant son départ vers l'au-delà, il m'avait dit qu'il était inutile de dépenser de l'argent que je n'avais pas, pour venir saluer un cadavre.

Je suis de retour au pays depuis quelques heures, pour honorer sa mémoire et faire taire les langues bien pendues qui ne comprennent rien à rien. Entre ceux qui me traitent de fils indigne et les autres qui sont venus me saluer avec l'espoir d'avoir une consultation médicale gratuite, j'ai eu un aperçu de ce que sera ma vie de médecin, si je décide de rentrer vivre définitivement au Gabon.

Mon premier réflexe une fois mon bagage posé dans cette chambre qui garde les secrets de mon adolescence : aller au cimetière de Mindoumbé pour converser seul, devant la pierre tombale sur laquelle est gravé le nom de mon père. Victor Pierrot Bakissi.

Trois jours après mon arrivée, ma mère me prend à part. À l'abri des oreilles indiscrètes des membres de la famille élargie, alors que les poules sont déjà rentrées au poulailler, elle me dit :

— Fils, tu m'as dit que tu es là pour dix jours, n'est-ce

pas ?

— Oui, maman. J'ai bénéficié d'une autorisation spéciale du recteur, pour venir. Je ne peux rester plus longtemps.

Me tenant de ses deux mains, le haut du bras droit, elle me dit :

— Fils, tu as une mission à accomplir. Il faut que tu retrouves le Professeur. C'est à toi de lui annoncer la mort de ton père.

N'ayant jamais entendu parler de quelqu'un que l'on aurait affublé du surnom de « Professeur », je demande à maman :

— Qui est le Professeur ?

Elle me regarde alors droit dans les yeux et me dit :

— Tu sauras qui est cet homme quand tu l'auras trouvé. Tiens ! Dis-lui que Victor Bakissi est mort. Et présente-lui toutes les excuses de ton père. Dis-lui que ce n'est pas toujours la méchanceté qui guide les mauvaises actions de l'homme.

Ne comprenant rien, à ce qu'elle dit, je lui lance :

— Maman, où vais-je trouver cet homme ? Et qui te dit qu'il est encore en vie ?

— Trouve-le ou trouve sa tombe. S'il est encore en vie, tu n'auras qu'à te taire et l'écouter.

Il est dix heures lorsque le bus qui m'emmène de Libreville vers le sud du Gabon démarre après que nous ayons poireauté trois heures dans la chaleur de cette saison pluvieuse. L'on me dit que la route par endroit est impraticable, mais qu'il faut en toute chose, dans ce pays, avoir la foi. Le périple finalement, se révèle moins ardu que je ne le pensais.

Me voilà dans la région de Mandji-Ndolo à la rechercher d'un certain Paulo Alvera, alias le Professeur. Va savoir d'où lui vient ce surnom ! Je me sens bête de l'utiliser. Pourtant, après avoir longtemps avancé dans ce petit village entouré d'une nature luxuriante, en demandant Paulo Alvera, force est de constater que personne ne le connaît. Alors, je demande Le Professeur. L'on m'indique tout de suite, un sentier menant vers le haut d'une colline. Il est bordé de verdure et conduit, m'a-t-on dit, vers le « Paradis ».

— On boit du mussungu[1], là-bas. Tu as les reins solides ? me fait le petit homme trapu qui, de son sourire édenté, me fait savoir que j'aurais peut-être besoin d'une capote ou deux.

Entre le mussungu et les capotes, je me demande qui aura raison de moi si je ne suis pas vigilant en arrivant en haut de cette colline.

Je fais le chemin sous un soleil pâle qui déjà va se coucher pour céder la place à la nuit. C'est dans la pénombre que j'arrive en haut de cette colline, fourbue d'arbres et d'un abri en contreplaqué. Je demande Paulo Alvera.

1*Mussungu : Vin de canne à sucre*

Un homme éméché, esquissant un pas de danse tout en vidant son litre de vin rouge, me toise. Un autre, assis plus loin sur une chaise branlante, la peau cuite par le soleil, la tête complètement rasée, le pantalon usé par de nombreux lavages, me regarde, boit un coup puis d'un doigt, m'indique un monsieur, derrière lui. J'approche vers le monsieur en question puis lui demande :

— Bonjour. Êtes-vous le Professeur ?

Sans prendre la peine de lever son regard vers moi, cet homme appelle la gérante du bar « Le Paradis » et lui dit à voix haute :

— Simone, dis à la personne qui me demande que je suis mort.

Je souris et lui dis :

— Je vous trouve en forme pour quelqu'un de mort.

Lui tendant la main, je lui dis :

— Je suis Léon Bakissi.

Regardant à gauche puis à droite, il pousse cette chaise en bois sur laquelle il est assis puis me dit :

— J'ai connu un Victor Bakissi à l'époque. Mais le souvenir que je garde de lui est aigre. Il a mis ma vie par terre. Je pensais que c'était un frère, mais en fait, c'était une Vipère.

Le type me dépasse d'une tête. Il porte ses cheveux très longs. Je me demande comment il s'y prend pour les entretenir, étant ici, loin de tout centre commercial où il pourrait s'acheter du shampooing.

— C'est ma mère qui m'envoie. Mon père, Victor Bakissi est décédé. Il a été enterré il y a deux mois.

L'homme se prend la tête entre les deux mains et s'écrie :

— Jésus de Nazareth ! Comment Dieu a-t-il pu accepter d'accueillir un scélérat pareil ? Dois-je blasphémer en souhaitant que le diable lui réserve sa meilleure place sur le bûcher des traîtres, là-bas en enfer ? Ce fils de pute ! Où est-il enterré ? Je vais le ressusciter et le tuer de nouveau moi-même. C'est ce que j'aurais dû faire il y a 25 ans.

Constatant la rage qui s'est emparée de lui, je me demande pourquoi ma mère m'a envoyé ici. Pourquoi suis-je là face à cet homme qui vraisemblablement, a une dent contre feu mon père ? Pourquoi ?

— Puis-je m'asseoir ? Je viens de loin. J'ai fait une longue route depuis Libreville. Nous devons parler.

Il me toise. Je remarque alors ses yeux de chat. Je tique, baisse le regard, me masse les tempes, puis le regarde à nouveau.

— Pouvons-nous parler, Monsieur le Professeur ? C'est ma mère qui m'envoie.

Il approche son visage du mien, comme s'il souhaitait de son nez, faire un examen clinique. Il me renifle puis me dit :

— Tu ne sens pas la pourriture comme ton père. J'ai regardé ton visage dès que tu es arrivé. J'ai lu en toi. Tu es bon. Comment est-ce possible que cette sardine pourrie, nommée Victor Bakissi, ait eu un enfant comme toi ?

Les yeux dans les yeux, alors que je m'empêche de respirer pour ne pas être agressé par son haleine que je suppose fétide, je reste stoïque. Il me tient par le col de ma chemise. Je commence à transpirer, ne sachant pas si je me sens agressé ou si c'est la température au crépuscule qui m'étouffe.

Il finit par me lâcher et me dit :

— C'est qui ta mère ? Bakissi ne m'a jamais dit qu'il était marié. Enfin, à l'époque, il m'entraînait chez les filles de joie. Nous étions jeunes. Nous travaillions en brousse. Il y avait des filles disponibles. J'étais beau gosse. Je plaisais. Les filles me tombaient dans les bras. Mon meilleur ami, c'est-à-dire ton père, se servait de moi pour être sûr de tirer un coup. Dès que les filles m'approchaient, il y en avait forcément une pour lui. Alors, qui est ta mère ? Ne me dis pas que tu es le fils d'une de ces putes ? Zut alors ! On vit comment en étant sorti du vagin d'une pute ?

Choqué, je regarde cet homme qui n'a, semble-t-il, pas la langue dans sa poche. Il me donne l'impression de jouir de toutes ses facultés. Vais-je pouvoir supporter un langage aussi franc ?

— Ma mère est couturière. Elle se prénomme Léa.

— Je ne connais pas ! fait-il, tranchant. Maintenant, fous-moi le camp !

Je reste assis, lui imposant ainsi ma présence. Je ne partirai pas sans les réponses que je suis venu chercher.

— Pourquoi vous appelle-t-on le Professeur ?

Il hausse les épaules, regarde ailleurs et me demande :

— Paie-moi une bière ! Je ne parle pas la gorge sèche.

Je commande un jus pour moi et une Régab pour lui. La serveuse apporte nos boissons et repart en se déhanchant exagérément. Je ne prends pas la peine de m'en étonner. Je focalise mon attention sur cet homme que j'espère comprendre, enfin.

— Pourquoi vous appelle-t-on le professeur ?

Il caresse la bouteille de bière et d'un regard lointain, se lance dans un récit assez bref. Il me raconte son arrivée au Gabon. Jeune étudiant parti de son archipel de Sao Tomé & Principe, inscrit à la faculté de Lettres de l'Université Omar Bongo de Libreville. Il adorait la littérature française, parlait portugais, espagnol et français. Après trois années de faculté couronnées par un échec, il avait dû se résigner à trouver du travail.

— Ma mère était restée sur notre île. Il fallait que je la soulage en envoyant de l'argent là-bas. J'ai rencontré ton père dans un troquet du côté de Petit-Paris. Libreville était une pute à l'époque. Cette ville me chassait d'un coup de pied, tellement elle me poussait vers la misère.

C'est mon père qui l'avait convaincu de quitter la capitale pour aller se terrer en brousse. Ils avaient fini par décrocher un emploi de coupeurs de bois pour une compagnie forestière.

— J'ai enseigné le français à mes collègues. J'écrivais les

179

lettres qu'ils adressaient à la direction, à l'administration ou à leurs familles. On m'a alors baptisé Le Professeur.

Leur vie semblait avoir trouvé un bon rythme, d'après son récit. Le professeur pouvait, grâce à cet emploi de coupeur de bois, faire des économies et envoyer un peu d'argent à sa mère, son unique parent vivant.

— Le samedi, on allait voir les femmes. J'étais timide la première fois. J'étais puceau. Ton père, ce couillon de Victor Bakissi m'avait convaincu de choisir une sourde-muette. Il disait qu'ainsi, elle ne dirait rien, que je sois bon ou pas. Enfin, tu comprends, quoi ! Impossible de raconter mon dépucelage si tu ne peux parler.

— J'avais compris, professeur. Continuez. Je veux savoir pourquoi votre chemin et celui de mon père se sont séparés. Mon père a toujours été fidèle en amitié.

— Ah bon ! s'écrie-t-il en se levant de sa chaise. Si Victor Bakissi a été fidèle en amitié, cela veut dire que ses amis étaient des serpents comme lui ! Ne jamais faire confiance à un serpent ! Ce type a mis ma vie par terre. C'est homme, ton père...

Des larmes s'échappent du visage rougi de cet homme. Il s'éloigne en me disant :

— Ma vie à l'eau. Toute ma vie. Il m'arrive encore de me réveiller en pleine nuit en me répétant : « Non, Paulo, non, tu n'avais pas tort. Tu disais vrai. Non, non, Paulo, tu n'as rien à te reprocher. », pourtant, au réveil, les choses sont les mêmes et les maux de tête me saisissent. Jamais, jamais je ne pourrai oublier. Jamais...

Je me lève, viens poser une main sur l'épaule gauche de cet homme que la vie semble avoir blessé. Je trouve quelques mots réconfortants et lui dis :

— Si ma mère m'a envoyé ici, c'est que peut-être, au travers de ma présence à vos côtés, il y aura pour vous, du réconfort.

L'homme se passe une main sur le visage, se rassoit, continue de caresser cette bouteille de bière qu'il n'a pas ouverte.

— C'était durant une nuit de saison sèche. Cela faisait déjà trois ans que nous travaillions là-bas en pleine brousse. Six semaines avant, nous avions eu droit à une sortie vers Libreville, prise en charge par la compagnie. Nous étions logés dans un motel, du côté de Sogatol[2]. Sitôt attablés dans un bar, les femmes me tournaient autour comme des papillons. Ton père m'avait dit de les ignorer. Il disait qu'il en avait déjà trouvé quelques-unes pour agrémenter notre séjour de 4 nuits. En effet, il m'en avait trouvé une, que je croyais muette. Enfin, elle n'avait pas dit un mot, durant trois nuits d'affilée, durant lesquelles elle m'avait laissé plonger ma tige en elle.

Se retenant, il me regarde et me dit :

— Tu es un homme. Je peux appeler un chat un chat, n'est-ce pas ?

— Faites donc ! lui dis-je.

— Ok ! Donc, pendant trois nuits, c'est moi qui menais

---

2 *Sogatol : quartier de Libreville*

la barque, en position du missionnaire. La quatrième nuit, celle qui était muette au lit portait une perruque rousse. Durant cette dernière nuit, cette rousse aux yeux de biche m'avait parlé. Elle n'était pas muette. Elle m'avait dit qu'elle voulait se passer du latex parce qu'elle voulait danser sur ma tige, pour mieux me sentir et m'entraîner au septième ciel. Dieu d'Isaac, d'Abraham et de Jacob, m'a-t-on jamais sucé comme elle l'avait fait ? M'a-t-on jamais fait gémir à coup de reins comme cette nuit-là ? Et au petit matin, j'avais pleuré comme un bébé quand cette femme m'avait réveillé en me disant : « Un dernier coup pour la route. » J'avais versé ma semence en elle toute la nuit. Et ce matin encore, elle en voulait plus, me complimentant, me disant que jamais elle n'avait eu affaire à un étalon comme moi. Mon petit, on m'a baisé dans cette vie, au sens propre comme au figuré. Je me laisserai encore prendre par cette fausse rousse, qui avait des taches de rousseur sur les joues.

À l'évocation de ces taches de rousseur, un haut-le-cœur me prend. Je recule ma chaise, me lève et fais quelques pas, car je ressens le besoin de respirer. Regardant au loin, je comprends pourquoi maman m'a envoyé ici.

— Assieds-toi, petit ! C'est toi qui es venu me provoquer avec tout ce foufou venant de mon passé. Tu vas m'écouter jusqu'au bout. Et après ça, j'espère que tu t'en iras dire à qui voudra t'écouter, que JAMAIS PAULO ALVERA n'a violé une enfant. JAMAIS. Ils m'ont accusé à tort. J'ai été traîné dans la boue. Mon nom a été sali. Tout cela pourquoi ? Parce que Victor Bakissi, mon fidèle ami, avait osé dire que je touchais les fillettes du village d'à côté.

Nombreux ont été les témoignages en ma faveur. Ils étaient unanimes : j'étais quelqu'un de confiance, quelqu'un de bien. Mais le doigt que Victor Bakissi avait pointé sur moi avait fini par me condamner. Qui pouvait alors me croire quand mon meilleur ami, mon ombre, mon frère, me laissait ainsi tomber ?

Continuant de caresser sa bouteille de bière, il se tait. Je regarde cet homme grand de taille, les épaules carrées, le visage, dont la peau n'est point flétrie, laisse paraître beaucoup de bonhomie. Sa peau a la couleur de la banane mûre ayant doré au soleil. Ses yeux de chat. Ses yeux mystérieux. Je me passe une main sur le visage alors que lui secoue encore la tête, dubitatif, perdu dans ses pensées. C'est comme si d'un coup, le reflux de l'injustice subie le submergeait à nouveau.

— L'on m'a jeté du village, me condamnant à fuir et à me cacher. Mon honneur a été touché au plus haut point. Après ça, j'étais un homme cassé. J'ai, de fait, fui, très loin, quittant la province de La Nyanga, pour me réfugier ici, dans la Ngounié. Ça fait 25 ans que j'attends une délivrance. Vingt-cinq ans durant lesquels j'ai espéré qu'on viendrait à moi pour me laver de tout tort, de tout opprobre. Vingt-cinq ans.

La voix cassée, il termine son récit en secouant la tête comme si, l'incompréhension qui l'avait autrefois habitée réside encore en lui de façon vivace.

Posant sur ses mains, les miennes qui se veulent réconfortantes, je lui dis :

— Cela fait deux heures que vous tenez cette bière en

main. Avez-vous l'intention de la boire ?

— Je ne bois plus, me dit-il. Je laisse ça à ceux qui n'ont plus d'espoir. Moi, il me faut garder l'esprit sain pour aller fleurir la tombe de ma mère. J'ai quitté mon archipel il y a une trentaine d'années. Depuis, je n'y ai plus remis les pieds. Il serait temps que j'y retourne. Que fais-je encore dans ce pays qui n'est pas le mien ? On m'y a tout volé, ma fierté, mon existence.

— Je ne savais rien de cette histoire, Professeur, lui dis-je.

Il me toise et me dit :

— Hum ! Si ton père s'était contenté de m'accuser à tort et de m'oublier, cela aura passé très vite. Mais, la compagnie a fait passer le mot aux autres compagnies forestières. Plus jamais je n'ai été embauché. Plus jamais. J'étais classé comme violeur de fillettes. J'ai connu les pires galères durant une dizaine d'années. J'ai volé dans les vergers ou dans des poulaillers, pour vivre. Je pêchais le poisson quand c'était possible. La galère, quoi ! Si je suis encore en vie, c'est parce qu'un jour, j'ai rencontré Milenzi. Elle m'a appris à vivre avec cette blessure intérieure. Nous avons eu deux filles, des jumelles. Elles viennent d'entrer en 6e. C'est ici que mon esprit a trouvé un peu de paix. Je peux dire que j'y ai fait mon nid.

Il se tait. Je le regarde longuement puis lui dis :

— Mon père vous a retrouvé il y trois ans. C'est ce que dit cette dernière lettre qu'il m'a adressée et que ma mère m'a remise avant mon départ. C'est en la lisant que j'ai su où vous trouver. Mais sans votre récit, jamais je n'aurais su quel secret mon père emportait dans sa tombe. Enfin, je veux dire que...

Il lève la tête, me regarde droit dans les yeux et me dit :

— Ne te fais pas plus bête que tu ne l'es, mon petit. Même sans entendre mon récit, tu as compris dès le premier regard, qui je suis pour toi. Mes filles ont les mêmes yeux que toi. Maintenant, disparais ! Va sur la tombe de Bakissi et dis-lui que j'exècre la personne qu'il a été. Il n'aura jamais mon pardon. JAMAIS !

Longtemps, je garde le silence puis lui dis :

— Ma mère souhaitait sûrement que vous sachiez que vous avez engendré un futur médecin.

Il hausse les épaules et me répond :

— Ça me fait une belle jambe !

Vu le sarcasme de sa réplique, je décide de me retirer. Je n'ai pas envie de perturber plus encore son existence.

— Je parie qu'ils n'ont pas eu d'autre enfant, n'est-ce pas ?

— Non, en effet ! fais-je en me retournant. Je suis fils unique.

Le Professeur se caresse le menton, remue la tête, et me dit :

— Le type tirait des balles à blanc[3]. Il s'est servi de moi

---

3*Tirer des balles à blanc : être stérile*

pour féconder sa femme. Et après avoir obtenu ce qu'il désirait, il fallait qu'il se débarrasse de moi. Quelle infamie ! Allez, dégage ! J'ai besoin d'air frais.

LES CAPRICES DU DESTIN
(DANIELLA OBONE ATOME)

Nana Evome, jeune femme âgée de trente-deux ans, passait ses journées au carrefour E.N.S. à vendre la marchandise de sa maman, Mamy Evome, sexagénaire. Cette place de vente que s'était offerte Mamy Evome depuis dix-huit ans, était sa seule source de revenus pour faire vivre sa petite famille. Son camarade de marché le plus proche était un vendeur de journaux qui arrivait dès six heures et se retirait aux environs de treize heures.

En effet, Nana Evome vivait avec Mamy Evome et les quatre enfants laissés par sa défunte petite-sœur âgée de vingt-neuf ans, morte six mois plus tôt pendant l'accouchement de son dernier enfant. Ils résidaient au quartier Gue-gué Amont.

Au début, Mamy Evome se rendait au marché de la Peyrie chaque matin pour acheter quelques fruits et légumes qu'elle venait installer sur la petite table de sa fille Nana Evome, pour se faire des bénéfices. Au fil du temps, on retrouvait le nkoumou, des crevettes séchées, des champignons secs et bien d'autres produits. La cigarette, les kleenex, des chewing-gums et bonbons n'étaient pas en reste ; car la majorité des clandos-mens se ravitaillait là.

Nana Evome était muette depuis sa naissance. Ses aptitudes sensorielles très lentes expliquaient partiellement son quotidien : on la percevait tantôt sage, tantôt folle. Tout dépendait de l'approche lunaire.

Ce jour là, monsieur Mbaki, comme par son habitude vint acheter des journaux, il commença à lire quelques titres avant d'en choisir un. Il s'inquiéta tout de suite, remarquant l'absence de Nana Evome, une vendeuse qu'il avait remarquée et admirait en secret. Il ne savait pas que la veille, elle s'était blessée avec son couteau de nkoumou et elle refusait de revenir à son étal avant la guérison. Pour en savoir un peu plus, monsieur Mbaki n'eut pas de gêne à questionner le vendeur de journaux à ce sujet.

Monsieur Mbaki était âgé de quarante-six ans, marié et père de deux enfants. Il travaillait à Gabosep, l'une des maisons funèbres de la ville et ne résidait pas très loin, derrière l'École Normale.

Deux jours plus tard, en revenant de sa garde, monsieur Mbaki vint s'arrêter au carrefour E. N.S avec son véhicule pick-up. Il décida de descendre de son véhicule pour acheter des journaux et pour s'enquérir des nouvelles de Nana Evome. Au moment d'ouvrir la portière, son visage s'illumina. Il se dirigea vers sa courageuse vendeuse, une Nana Evome bien en forme, avec qui il commença la conversation par des salutations en langage de signes.

— Bonjour jeune dame ! Comment te portes-tu aujourd'hui ? s'extasia monsieur Mbaki.

Sans hésiter, Nana Evome lui répondit par un petit sourire.

Monsieur Mbaki lui tendit un billet de dix mille francs

et pointa son doigt sur un tas d'atangas de deux mille francs, un ananas de mille francs et de la banane douce pour mille francs. Ce que Nana Evome lui servit. Voulant lui remettre la différence, monsieur Mbaki esquissa en retour un sourire et lui fit le beau geste de garder cet argent. Nana Evome sourit de nouveau.

Des jours et des semaines passèrent, la vendeuse et monsieur Mbaki se familiarisaient. Il lui apportait maintenant des friandises chaque fois qu'il rentrait de son boulot et lui donnait quelquefois d'énormes sommes d'argent pour ses besoins.

« *Tout le malheur des hommes vient de ne savoir pas demeurer en repos, dans une chambre* », prophétisait Blaise Pascal. Monsieur Mbaki, honorant cet adage éclairé, vint un soir embarquer Nana Evome dans sa camionnette. Au bout de trois heures, il revint la déposer sous les regards interrogatifs de ses collègues de marché. En plus de l'argent habituel, il lui remit sa carte de visite en lui indiquant de l'appeler en cas de besoin.

Trois mois plus tard, Nana Evome commença à se faire rare à son étalage. Elle était devenue maladive. Sa mère, inquiète, l'emmena au dispensaire de Louis pour une consultation. De là, Mamy Evome fut informée que le malaise de sa fille était dû à un retard de trois mois et cinq jours. La gynécologue lui donna des orientations pour la bonne tenue de la grossesse et une série d'examens à passer. Les deux femmes rentrèrent à la maison, informées du prochain rendez-vous gynécologique.

À la maison, des questions sans réponse papillonnaient

dans la tête de Mamy Evome, qui envoûtaient son esprit. Elle ne voulait parler à personne. Elle vivait un tourment qui lui donnait une insomnie aiguë. Sa maison était si triste et si silencieuse qu'on aurait dit une maison funèbre. Les voisins s'inquiétaient pour elle, pour sa santé, pour sa petite famille. Elle-même n'en revenait pas de cette foudre qui s'est abattue sur elle. Un spectacle cornélien. Elle priait le Bon Dieu de lui montrer une personne, un témoin qui puisse l'emmener vers l'auteur de cette infamie.

Pendant ce temps, Mbaki qui se faisait rare, car il devait s'occuper de ses enfants. En effet, son épouse, médecin, était allée à un colloque à l'étranger, le laissant pour un temps avec leurs deux enfants.

Cette année-là était mouvementée. Une année où la voix des sans voies imposait sa voix. Une année où les aigris sortaient de leurs tanières. Une année où les plus forts devenaient plus fragiles. La grossesse de Nana Evome évoluait sans problèmes.

Puis un matin, Nana Evome se sentit fatiguée. Elle faisait une moue de poisson. Cela dura trois jours. Mamy Evome, vigilante et très inquiète, se précipita dans la chambre de sa fille. Fouillant le tabouret à son chevet, elle tomba sur la carte de visite de Monsieur Mbaki. Sans hésiter, elle prit son téléphone et lança l'appel. Au bout du fil, monsieur Mbaki répondit immédiatement. Elle lui expliqua qui elle était, qui était sa fille et Monsieur Mbaki reconnut avoir connu Nana Evome. Ils se donnèrent rendez-vous au petit marché. Ils s'expliquèrent tranquillement et monsieur Mbaki prit la responsabilité de la grossesse, lui donnant deux cent mille francs pour préparer la layette du nouveau-né.

Quelques jours passèrent.

Ce matin-là à onze heures, Nana Evome était toujours allongée dans son lit. Elle se plaignait de douleurs au dos depuis la veille. Sa mère lui demanda de se laver pour se rendre à l'hôpital général. Aussitôt, elle appela monsieur Mbaki qui malheureusement se trouvait au travail. Aux environs de quinze heures, maman Nana Evome rappela monsieur Mbaki qui lui envoya en express un taxi particulier pour les récupérer et les conduire en clinique. Il promit de les rejoindre avant l'accouchement.

Le taximan les récupéra effectivement et vu l'urgence de la situation, il préféra les emmener au centre hospitalier le plus proche. Maternité A du CHU de Libreville. Sur les lieux, Mamy Evome et Nana Evome, toujours accompagnées du chauffeur de taxi, furent vite prises en charge. Auscultée, la sage-femme constata que la grossesse de Nana Evome avait quelques particularités. Une échographie et d'autres examens furent faits en urgence. Ils conclurent à la stagnation de la dilatation du col de l'utérus et à une mauvaise présentation du bébé.

Il fallait faire une césarienne.

La sage-femme fit venir le médecin, qui prit immédiatement la patiente en charge. Elle posa quelques questions à Nana Evome, et voyant qu'elle ne répondait pas, se tourna vers Mamy Evome.

— Ma fille est muette, madame la Docteure répondit Mamy Evome.

— Très bien, reprit le médecin. Il faut quand même que nous complétions son dossier, au cas où on aurait besoin de transfusion sanguine. Quel est votre groupe sanguin, madame ?

— Je ne sais pas, madame la Docteure, répondit Mamy Evome.

— Très bien, ce n'est pas bien grave. On va devoir vous faire une analyse au cas où on a besoin de vous. Qui va signer la prise en charge ?

— C'est le père de l'enfant. Il arrive, madame la Docteure.

— Parfait. Nous avons besoin de son nom pour le dossier.

— Il s'appelle Fidele Mbaki.

— Pardon ?

— J'ai dit qu'il s'appelle Fidèle Mbaki, madame la Docteure.

— J'ai bien entendu, madame. Mais… Fidèle Mbaki ? Vous en êtes certaine ?

— Bien sûr que j'en suis certaine, madame la Docteure. D'ailleurs, le voilà qui entre.

En effet, Monsieur Mbaki venait de faire son entrée dans la salle. Mamy Evome courut presque vers lui.

— Mon gendre, ça tombe bien que tu sois là. Madame la Docteure a besoin que tu signes la prise en charge.

— Heu… balbutia Monsieur Mbaki. Bonjour à tous.

192

Ché… chérie, je ne savais pas que tu étais d'astreinte aujourd'hui ! Quand on s'est séparés le matin…

— Monsieur Mbaki, répliqua froidement le médecin, signez ici pour la prise en charge, s'il vous plaît.

— Mais… je…, bafouilla de nouveau Monsieur Mbaki, au grand étonnement de Mamy Evome.

— Qu'est-ce qu'il y a, mon beau-fils ? On dirait que tu es tombé en enfer !

C'est alors qu'une infirmière entra dans la salle et s'adressa au médecin :

— Docteur Mbaki, le bloc opératoire est prêt. Il faut qu'on y emmène immédiatement la patiente.

— Faites donc, répondit le médecin, en fusillant toujours monsieur Mbaki du regard.

Les infirmières emmenèrent Nana Evome. Madame Mbaki, en les suivant, s'arrêta à la hauteur de son époux :

— Attend-moi ici, je vais mettre au monde ton bâtard.

Superbe, elle sortit de la salle.

Pris d'effroi, Monsieur Mbaki tourna la tête à gauche et à droite, puis croisa le regard du chauffeur de taxi :

— Je t'ai dit de les emmener à la clinique Chambrier ! Qu'est-ce que tu es venu foutre par ici ?

DELIER LA LANGUE
(ANCELE BAMBOUWA PINGANI)

L'Aurore vient de s'effacer pour laisser place à la lumière du jour. Sept heures viennent de retentir dans l'horloge de la maison du couple DITENGOU, au village Moualo[1]. L'éclat du jour plaît déjà à l'œil et à l'esprit.

En ce XXIe siècle, Moualo est resté un village qui a su conserver toutes les valeurs culturelles ancestrales, avec ses magnifiques champs d'IBOGA[2], ses chants, danses (FIAZA[3]) et contes autour du feu à la tombée de la nuit. Le 02 mai 1995, c'était la fête des AMOURS discriminatoires. Cette fête a été célébrée dans la ferveur et l'effervescence dans cette bourgade. Le couple DITENGOU était à la maison. Le lendemain, les résidus de la fête sont perceptibles dans les coins et recoins du village. Alors que certains sont encore au lit et d'autres déjà en activité, on entend soudain la voix en pleurs de la voisine EBOUWA. Elle hurle, elle crie. Les voisins s'approchent, stupéfaits de découvrir qu'il est question d'infidélité. Que son mari à engrossé la voisine, qui est pourtant la fidèle confidente de EBOUWA. Comme c'est une lapalissade masculine dans notre société, chacun a regagné son domicile à pas de

---

1Village situe dans le canton DIBADI dans la province de la NGOU-NIE a 10 km de Mouila
2Plante culturelle initiatique
3Danse traditionnelle du groupe ethnique KOTA OBAMBA

tortue, le dos vouté. Certaines femmes marmonnaient même : « Qu'est-ce qui est nouveau pour qu'elle s'affole ? Elle doit rester imperturbable. Aujourd'hui les hommes sont quittés de zéro vingt (0,20) aux Étoiles. Comme ils ont fait des cours accélérés à la NASA, observons-les pour voir leur descente ».

Retournant chez eux, Sébastien DITENGOU franchit son portail en compagnie de son épouse Sidonie. Comme une rafale de mitraillette, on entend immédiatement, de la voix puissante de l'homme, un arsenal de paroles voler haut dans la concession.

— Je regrette de t'avoir épousé, cisaille Sébastien. Savoir que tu portes mon nom me donne le tournis. À quoi tu me sers même ? Tu n'apportes que des ondes négatives dans ma vie. Les enfants que tu ponds sous mon toit ne sont que des suppôts du diable. Et dans ta précédente vie dépravée, le bâtard que tu as eu avant notre rencontre n'est qu'une ordure sociale, un déchet de la société. Et le comble, tes fillettes ne sont à l'image de la malédiction qui te frappe. Des bordelles comme toi. De futures épaves. Si je savais, j'allais épouser une femme qui a fait des études. Tu es trop bête. Une charge dont je dois prendre soin, te laver, te nourrir et t'éduquer, y compris tes maudits parents qui viennent m'envahir chez moi. Ta sœur que j'ai envoyée en France, tu as les échos de sa vie de débauche ? Ton frère que j'ai intégré à la fonction publique n'est même pas reconnaissant…

Des paroles amères sortent en flots de la bouche de l'époux de Sidonie. Il n'arrête pas de les déverser dans la maison, tel un serpent qui vomit son venin. Une atmosphère malsaine s'installe et se répand dans toutes les pièces…

Depuis le début de ses quinze années de mariage, Sidonie tricote au quotidien ses nappes et napperons. Des larmes perlent de ses yeux chaque fois qu'elle subit la charge verbale de son mari en présence de leurs trois enfants.

Il est midi. Le soleil est en plein milieu du zénith. Une envie de se rafraîchir avec une boisson bien fraiche envahit les cœurs. Un silence de cimetière campe dans la maison de Sidonie. Son Mari Sébastien ne cesse de faire des allers-retours entre le salon, la cuisine et la chambre. Sidonie est toujours dans sa broderie de nappes. La soif tente d'assécher sa gorge, elle préfère avaler sa salive de peur de croiser Sébastien à la cuisine. Les deux premiers enfants passent leur journée dans leur chambre, de peur de faire face à leur père. Esdras, le cadet est toujours sur les genoux de sa maman.

Soudain un bruit se fait entendre du dehors.

— Maman, maman on cogne au portail, dit Esdras.

Une voix impérieuse retentit à la cuisine :

— Laissez cette porte, j'irai l'ouvrir !

Sidonie se lève et se presse à la douche. Elle fait un bain express sur son visage, prend sa serviette et la passe sur son visage pour lui redonner de la fraîcheur. Elle se passe ensuite un peu de lait de toilette pour illuminer son visage et se passe du parfum. Elle retourne ensuite prendre place où elle était assise. Elle reprend son crochet et de la laine et se remet à tisser.

À l'extérieur de la maison, on entend des voix joyeuses qui se rapprochent.

— Sissi, Sissi, prévient Sébastien depuis l'extérieur, une visite pleine de bénédiction vient rendre notre journée davantage joyeuse !

— Maman ! Eh bien ! Quelle surprise ! répond Sidonie en voyant sa mère s'encadrer dans la porte d'entrée. Quel bon vent t'amène ici ? Comme mon doux chéri vient de le dire, c'est une bénédiction pour nous ! Viens ici prends place, maman. Saphira, Blanchina venez votre grand-mère est arrivée !

Des pas de course dans la maison.

— Mamie, mamie, mamie… Quelle joie ! s'écrient les enfants.

— Mes petits fils, s'exclame la mamie, quel bonheur de vous revoir. Mon fils, je vois que tu gères bien ! Tu me gardes bien ma fille. Regarde comment elle a un visage tout rayonnant. Elle a bonne mine. Mes petites-filles sont bien portantes. C'est ça qu'on appelle un homme celui qui prend soin de sa famille !

— Maman, lui répond Sébastien dans un éclat de rire, tu me jettes beaucoup de fleurs ce n'est que mon devoir et mission régalienne.

— Ah ! *Ifouale*[4] ! *Bà* régalienne ? Ricane la mamy. Les

---

4 Le gros et grand français en langue Punu

198

gens qui ont fait les études de lettres là ! *Diambu* ![5]

— Moi je ne suis qu'un pauvre économiste ! Voilà pourquoi je fais mon investissement économique sur ma tendre et douce épouse.

— Sébastien, *aulyndomana*[6]. C'est cela qui fait la fierté d'une maman lorsque son enfant est dans un foyer où on ne te donne pas des informations qui dissent qu'elle est battue par son mari. Ou elle finit par devenir la risée de tout le village.

— Bâté[7] ! Maamaann ! taquine Sidonie. À peine arrivée, tu n'as même pas encore déposé tes effets, tu te lances déjà dans les discours. Le voyage-là ne t'a pas épuisé ? Tu as quitté Libreville à quelle heure ? Raconte…

Revenant de la cuisine, Sébastien s'approche et dit :

— Mon cœur, je viens de faire un constat ! Dans le frigo, il n'y a plus de jus de fruits naturel. Je pars de ce pas au supermarché, m'approvisionner en victuailles. J'en profiterai pour prendre les commandes maman. Maman qu'est-ce que je te prends ?

— Ah, mon fils…

Sébastien vient faire un baiser à sa femme :

— Chérie, en allant au supermarché je ferai une escale à la station.

5« Les problèmes », en langue Punu
6En langue Kota du Gabon, qui veut dire tu es un homme respecté et respectable. Tu agis avec hauteur et grandeur. Un vaillant Monsieur.
7Interjection en langue Kota pour dire « Mon DIEU ! »

— Ok chéri.

Sébastien s'en va.

— Dis-moi, Sidonie, ta cousine est-elle dans les parages ?

— Oui maman. Et elle va bien. Saphira et Blanchina, allez chercher tante Emma. Dites-lui que mamie vient d'arriver du village.

— D'accord, répondent-elles en cœur avant de s'éclipser pour accomplir leur mission.

Emma, la cousine de Sidonie, fait son entrée dans la maison en compagnie des enfants.

— Ohh ! La Mama ! *Oyemoi* [8]! La maman des Mamans tu es venu quand ? *Biloumbi*[9] ?

— Ah ! Les mêmes choses. Eeeeeeeh ! Qu'est-ce que mes yeux voient ? Tu ne salues pas ta petite sœur ?

En approchant sa sœur, Emma est indifférente à l'égard de Sidonie. Depuis que Sidonie est à Moualo, elle ne fréquente personne. Elle n'assiste à aucune réunion de famille, décès, événement heureux ou malheureux. Tous les membres de sa belle-famille lui imputent aussi cette entière responsabilité à l'égard de son mari, qui ne fréquente personne. Pour accéder à leur domicile familial, le protocole est lourd et presque ridicule, dans un aussi petit village.

8Salutation en langue Ikota. Bonjour
9Les nouvelles en langue Punu

Emma se lance dans un chapelet de reproches à l'endroit de Sidonie. Cette dernière reste taciturne et calme, appliquant ainsi un conseil que sa maman lui avait donné le jour du mariage et qui a fini par devenir sa devise : « ma fille, une femme ne parle pas beaucoup, elle ne raconte pas les histoires de son couple aux gens. Toi en tant qu'épouse, tu dois être le juge, procureur et gardien de prison de ton foyer. Le droit de réserve, tu dois l'avoir. Le mariage, c'est comme un État et ce n'est pas n'importe qui qu'on met à la tête d'un État, uniquement ceux qui savent tenir leur langue. Ton mari peut te frapper, te tromper… Tu dois résoudre ce problème sans l'intervention du monde entier. Est-ce qu'on quitte encore un homme à cause de l'infidélité ? Il n'y a plus de raisons valables, même s'il t'emmène un bataillon d'enfants du dehors ma fille, supporte. Même pour une maladie, allez-y tous les deux à l'hôpital. On ne quitte jamais un homme. Observe bien aujourd'hui que la majorité des femmes qui clament leurs droits sont de vieilles filles célibataires. Qui peut aller à la pêche avec un panier percé ? Donc, garde-toi des fréquentations parasites, si tu veux préserver ton mariage ».

Ces recommandations ont travaillé le moral de Sidonie. Depuis, tous les sévices infligés par son époux sont emprisonnés dans son cœur. Même devant sa propre maman, elle applique mécaniquement ces consignes et ne parvient plus à franchir le mur de la parole.

Des larmes invisibles parcourent son for intérieur, à cause des propos de Emma, puis au fond d'elle, une avalanche de questions envahit ses pensées :

« Si ma famille savait que mon mari m'a interdit toute forme de fréquentation, va telle changer son regard sur moi ?

"Si ma famille savait qu'aujourd'hui je ne travaille pas parce que depuis que nous sommes mariés, mon époux refuse catégoriquement toutes les propositions d'embauche qui viennent vers moi, prétendant que le plus noble travail d'une femme c'est être femme au foyer, va-t-elle moins me haïr ?

'Ma famille est-elle au courant que mon mari m'interdit de prendre la parole, c'est lui le chef de famille, l'autorité suprême ? Le jour où j'ouvrirai ma bouche, il va me répudier et demander le divorce. Si cela est connu, le regard sur moi va-t-il changer ?

'Ma famille sait-elle que mon mari m'a dit que s'il me quitte, aucun homme ne voudra de moi parce que je suis déjà une épave ?

'Ma famille sait-elle que chaque jour, chaque heure, chaque minute, je n'ai pas le droit de lui refuser mon corps ? Il me dit que mon corps lui appartient et si je le lui refuse, j'en assumerai les conséquences. Est que les gens peuvent me comprendre ?

'Ma famille sait-elle qu'aujourd'hui j'ai délaissé le chemin de DIEU, en grande partie à cause de lui. Il m'a demandé de faire un choix entre l'Église et lui. Et que lui, en devenant mon mari, DIEU lui a donné tout pouvoir sur moi. Je n'ai droit à aucune désobéissance. Toutes les personnes qui ont désobéi à leur autorité ont eu des conséquences lourdes et graves. Est-ce que le monde peut changer son regard ?'

Envahie par ces pensées, cette fois une réelle larme se met à glisser sur la joue de Sidonie. Elle se met alors à genoux devant sa grande sœur et lui demande d'être clémente à son égard. Emma refuse catégoriquement.

— Maman je souhaite te voir demain, dit Emma en détournant la tête. Je pense que le mieux serait que tu passes chez moi. Je t'attendrai, j'y serai toute la journée.

Elle s'empresse de sortir de la maison du couple DITINGOU, car elle refuse de croiser son beau-frère Sébastien quelle avec qui elle entretient des rapports exécrables.

La mémé est saisie par ce qui se passe. Elle se tourne vers sa fille :

— Sidonie, tu peux m'expliquer ce que ta sœur vient de dire là ? J'espère que je suis en train d'halluciner ! Sincèrement, je ne te comprends pas du tout. Où as-tu pris ce comportement ? Tu ne sais plus ce qu'est la famille, la communauté… Le poids d'une femme, d'un homme ici en Afrique. C'est vrai que ton Mari est un grand homme d'affaires et que tu ne dois pas dilapider de l'argent n'importe comment, au risque d'attirer des ennemis dans ta maison. Mais cela veut-il dire que tu dois fuir ta famille, de peur qu'elle vienne vous appauvrir ? Je ne pense même pas que cela puisse être possible. Quoi, vous êtes de nouveaux riches sur cette terre ? Ah ! Ou bien c'est le cœur de ta défunte tante Andrea que tu veux prendre là ? Mais tu n'as pas vu comment sa vie s'est achevée sur terre ! *Bobé eh*[10] ! L'argent ne peut pas t'éloigner de ta famille. Ton Mari est un homme bien et de bon cœur, regarde comment il est serviable et généreux. Regarde comment il tremble avec toi. Vraiment…

Le ronflement d'un véhicule interrompt leur conversation. C'est Sébastien qui revient.

— Tu vas me donner des réponses tout à l'heure, conclut la mémé. *Botékéléguerder*[11] ce n'est pas avec moi que tu feras cela. Vraiment tu me dépasses ! Tu ne vois pas comment j'embrassais toute la famille. Avant que ton père et moi ne prenions notre retraite, notre maison était une escale familiale, une piste d'atterrissage, le logis de tout le monde. Ah, Sidonie, tu me dépasses ! Mais je parle et tu me regardes avec de grands yeux comme une chouette !

Sébastien fait son entrée dans la maison.

— Mes mamans sont là ? Les enfants sont où ? Toujours dans leur chambre ? Ah les enfants là ! Qu'ils aillent décharger le véhicule et mettre les choses dans la cuisine.

— Sissi, tu as déjà pris soin de maman ?

Sidonie se lève pour aller déposer les affaires de la mémé dans la chambre d'amis. Puis elle va précipitamment rejoindre son époux dans leur chambre.

— Vraiment, lance-t-il de suite, tu ne vas jamais changer ! Pourquoi, durant tout ce temps, tu n'as pas

10Interjection en langue kota pour dire baliverne
11Personnes dépourvues d'un esprit éveillé en langue Saké

installé ta mère ? Tu me dégoûtes. Mais je te préviens, si tu laisses transparaitre un quelconque signe d'humeur ou tu veux montrer quoi que ce soit durant la visite de ta peste de mère, je ferai de ta vie un petit vélo cassé ! D'abord, viens ici accomplir ton devoir conjugal, je veux déstresser.

C'est en pleurs qu'elle se donne à son mari. Pendant qu'il monte sur elle pour se libérer de son envie bestiale, elle s'envole avec ses pensées dans cette case de son esprit où elle se réfugie souvent. Elle lui laisse son corps, le temps de son ignoble besogne. Elle va ailleurs. Des pensées froides foisonnent en elle et de sombres idées gravitaient dans sa tête.

'Si je demande le divorce, que va-t-il se passer, qu'est-ce que je vais devoir affronter ? Est-ce que je dois parler de ces souffrances à maman ? Et mes enfants, que vont-ils devenir ? Comme moi, beaucoup de personnes sous l'emprise de leur partenaire. Comment en sortir ? Sommes-nous victimes d'amour ou du syndrome du QU'EN-DIRA-T-ON[12] ?'

Sidonie est perdue dans ses pensées quand son corps l'alerte soudain que quelque chose ne va pas. Revenant à elle, elle se rend compte que Sébastien est en train de l'étrangler avec puissance en hurlant :

— Je te demande à l'oreille de me dire que tu m'aimes et toi tu ne réponds même pas ? Tu te fous de ma demande ? Quelle femme es-tu donc ? De quelle mauvaise

---

12 Néologisme de l'écrivaine IDA FLORE MAROUDOU dans son ouvrage *LE DIEU DE TOUTE POSSIBILTE. LE DIEU DU TOUT À COUP* paru aux éditions Sainte Honoré en 2021.

éducation es-tu issue ? Tu te crois autorisée à garder le mutisme pendant que je te veux active pour mon bénéfice ?

Hurlant comme un possédé, Sébastien a complètement oublié, dans son élan, que sa belle-mère n'est pas loin. Alertée par les fillettes Saphira et Blanchina, qui ont couru d'effroi vers elle en entendant leur père crier, la mamie vient cogner à la porte de la chambre parentale.

— Que se passe-t-il ici ? Sidonie, tu as encore fait quoi ?

Inconsciente, Sidonie ne répond pas. Sébastien, subitement tétanisé par la voix de sa belle-mère, revient à la réalité et desserre son étau. Il ôte ses mains du cou meurtri de sa femme.

— Réponds, Sissi ! Ta mère te parle. Réponds-lui, espèce d'idiote !

— Sidonie, reprend la mamie en frappant de nouveau sur la porte. Que se passe-t-il dans cette chambre ? Qu'as-tu encore fait à mon beau fils ?

— Sissi, espèce de manipulatrice, vieille rombière, répond à ta maman !

Inconsciente, Sidonie ne répond toujours pas. Elle ne fait aucun mouvement.

Sidonie ne répondra plus.

Plus jamais.

Man Mous's
(Efry Trytch MUDUMUMBULA)

Ben Moussavou était un jeune très actif et indépendant, c'était aussi un très bon auteur. Déjà tout petit, il adorait la lecture. Né dans un *Village d'orphelins de parents vivants*, il se débrouillait pour avoir de quoi se vêtir, se nourrir ; sinon, de quoi vivre.

À neuf ans, il était Meilleure Plume Habile de son âge au concours de dessins organisé par la fondation « Daryss et les Mwanas ». Celle-ci allait dans les profondeurs des quartiers dénicher d'extraordinaires talents.

À douze ans, Meilleur Jeune Poète De La Rue. Il avait obtenu la même année, le Prix Du Grand Slameur Mineur.

À dix-huit ans, sa plume ne laissait personne indifférent. Dans cette voie, et avec cette verve, il a continué et s'est retrouvé enseignant de Français.

Ce basculement positif de sa vie n'avait été possible que grâce à « Daryss et les Mwanas ». Elle s'était proposé, cette fois, de sortir plusieurs enfants les tiroirs des matitis. Et lui, il avait, avec beaucoup de plaisir, profité de cette situation extraordinaire.

Voilà, Ben Moussavou alias Man Mous's, comme nom de plume, avait connu d'étranges moments dans sa vie. Ce parcours exceptionnel l'avait formé et bien plus encore, aiguisé le tranchant de sa plume. Man Mous's, avec le temps, devenait de plus en plus virulent. Vous savez aussi bien que lui que la galère n'a pas d'amis, elle ne sait faire que des victimes. Ainsi, il s'était fait *Porte-voix du Club Des Galériens*, les gars qui souffrent quoi. Il s'essayait alors sur bien de sujets, et avec majesté, il captait l'attention de son lectorat. Ah, Man Mous's, quand tu écris, te lire est un délice !

En décembre 2021, pour son quatorzième livre consécutif, il publiait le roman : « *Village d'orphelins de parents vivants* ». Texte dans lequel, l'auteur mettait en avant les maux qui minaient la société : faim, pleurs, les abandons, etc. Et dont les premiers responsables sont les parents avec pour tête de liste : l'État. Il avait la rage, les tripes en ébullitions. Il savait ce qu'il écrivait, lui-même appartenant au Club Des Galériens.

Ah, Man Mous's, quand tu écris, te lire est un délice !

Un an plus tard, il sortait : « *Des ans foirés* ». Cette pièce de théâtre retraçait le parcours misérable de la population de la forêt chassée par les bêtes sauvages. C'était un monde neuf qui croupissait sous le lourd poids de la marmaille assoiffée du pouvoir. Les mots dansaient au rythme des maux et craquaient sous la dent comme le délicieux et rare miel des moucherons. Il utilisait les images fortes, des figures de styles proches du camouflage, il savait maquiller le crime, la corruption, la violence, le vol, le viol, les fausses promesses du roi du grand trône tout en le rendant risible. Ah, Man Mous's, quand tu écris, tes mots sont un nectar de délires !

Il faut dire que le texte avait fait un carton dans les

médias. Man Mous's, deux semaines juste après sa sortie, explosait le record des ventes. C'est alors qu'il devint une bien plus grande menace pour l'État. La nouvelle célébrité était, aussi, subitement devenue l'ennemie des anciens. Ah Man Mous's, quand tu écris, tu construis des immeubles de mots, et ceux-ci sont un délire de gênes.

Ce jour, dans son école, les agents de la Police Judiciaire (encore appelée PJ) vinrent à la porte de sa classe, menottes en poche, fusils en main, matraques, bottes, godasses mal cirées, bagues sous de vagues crânes, coiffure bizarre, têtes des tueurs spéciaux, lèvres en baïonnettes, visages en formes de courbes et de trèfles, mâchoires en acier avec vues sur le balcon, etc.

— Monsieur, suivez-nous ! lança l'agent.

— Quelle impolitesse, dit une des élèves de Man Mous's.

— Calmez-vous, mademoiselle, s'interposa aussitôt Man Mous's.

— Elle a intérêt à suivre ce conseil, répliqua l'agent.

— Sinon ? s'en étonna Man Mous's.

— Sinon, je t'embarque !

— Pourquoi êtes-vous là ?

— Pour t'emmener. Nous avons ordre de vous conduire quelque part.

— Mais je n'ai nullement demandé des gardes du corps, s'offusqua Man Mous's.

— Pas besoin, quelqu'un l'a déjà fait pour vous.

— Et pourquoi donc ?

— Pour votre propre sécurité.

— Je ne me sens pas en danger. C'est complètement bête ça.

— Pas besoin de l'être. Suis-nous sans discuter ! Sinon…

— Sinon quoi ?

— Sinon, de gré ou de force, tu viendras avec nous !

— Quel est mon crime ? demanda cette foi, Man Mous's.

— C'est sans aucune importance.

— Dans ce cas, lisez-moi mes droits.

— Je vais te les mettre là où je pense.

— Mais messieurs, laissez notre enseignant tranquille, s'interposa un autre élève. Que vous a-t-il fait au juste ?

— Restez tranquille, s'il vous plaît, répondit de suite Man Mous's à son élève. Ne vous attirez pas plus d'ennuis que vous en avez.

— Fais ce que ton machin truc te dit. C'est mieux pour toi, sale bindèle, parada l'agent.

— Et vous êtes même sauvage, répliqua l'élève.

— Mais je vais te fermer la bouche, sale mioche ! s'emporta l'agent.

— Lieutenant, prenons-le et partons, souffla l'agent en second à son supérieur.

— Tu as raison. Le temps, c'est de l'argent. Ramassez-le ! Exécution !

— Oui, chef.

Ils le soulevèrent comme un carton de poulet ou un sac de riz, le traînèrent, l'écorchèrent, le giflèrent, le talochèrent, l'engueulèrent. Il prit deux balayages avant d'arriver au niveau du premier véhicule. La troisième fois, il s'écroula tout seul, glissant sur un caca posté la veille par soit un usager ou même par un élève, voire un parent d'élève. Ils le soulevèrent à nouveau, non pas sans coups, le mirent dans le véhicule et démarrèrent en catastrophe. Le rideau de poussière derrière eux empêchait les élèves, ahuris, de suivre la piste des yeux.

Plusieurs jours plus tard, on déclara la mort de Man Mous's par étranglement. Les élèves portèrent plainte contre les hommes venus le chercher. Ils avaient pris soin de les photographier. Quand sonne la nouvelle technologie, la nouvelle génération est la seule qui se jette la première.

Au tribunal, les élèves furent convoqués à témoigner.

— Avez-vous déjà vu ces soldats ?

— Oui, votre excellence.

— Quand ? Et où ?

— Il y a quelques jours dans notre salle de classe.

— Que faisaient-ils dans votre établissement, alors qu'ils n'y apprennent pas ?

— Ils étaient là pour arrêter notre enseignant, monsieur Ben Moussavou. Ils l'ont torturé devant nous avant de le jeter dans l'un des véhicules comme un ballot de moutouki.

L'élève acheva cette dernière phrase en pleurs. Et les autres aussi de prendre la chanson. Tonnerre de pleurs dans la salle. Il fallut quelque quinze minutes au juge pour ramener le calme.

— Quand l'avez-vous vu pour la dernière fois,

mademoiselle ?

— Ce même jour, jusqu'à ce qu'on nous annonce son décès.

— Vous pouvez aller vous asseoir.

— Merci, votre honneur.

L'élève s'en alla.

Les accusés furent appelés à la barre. Leur chef en premier.

— Monsieur Mombo, lança le procureur, connaissez-vous le défunt ?

— Non, votre excellence.

— L'avez-vous déjà rencontré quelque part ?

— Oui, excellence.

— À quelle occasion ?

— J'étais, avec mon équipe, allé le cueillir à son lieu de travail.

La salle se remplit soudainement de mécontentement. Le vacarme perçait même les murs et attirait l'attention des personnes à l'extérieur. À nouveau, le Président eut du mal à obtenir le silence.

— Vous voulez dire, à son école ?

— C'est bien cela, votre excellence.

— Vous êtes sans ignorer que c'est ce jour que la classe l'avait vu pour la toute dernière fois. Les élèves vous accusent de barbarie envers leur enseignant. Non ?

— Non, votre excellence.

— Alors, quand l'avez-vous vu pour la dernière fois ?

— Peu de temps avant sa mort.

Le tribunal à nouveau en ébullition. Cette fois, c'était

plus fort.

— Silence ! Silence ! Silence, sinon vous sortez !

Le silence revint avec encore plus de difficulté.

— Alors, pourquoi l'avoir tué ?

— D'abord, pour sa carrière.

— Comment ça ?

— Il devenait trop gênant avec son travail d'enseignant. Trop d'intelligence nuit gravement au pays.

Les gens présents n'en croyaient pas à leurs oreilles...

— Continuez...

— Ensuite, pour son livre.

— Lequel ? Il en a plusieurs, dit-on.

— Tous, mais surtout le dernier.

— L'avez-vous acheté ?

— Non, votre excellence.

Des cris de désolation sortaient de partout. Chacun exprimait son mécontentement de sa façon.

Puis, le procureur réclama le silence...

— L'avez-vous au moins lu ?

— Non plus, excellence.

— Mais enfin ?

Tonnerre de mécontentement. Les tables souffraient par les coups. On eut dit qu'on était en présence des enfants de la maternelle en récréation, tant le bruit montait. L'air surchauffait. La colère se lisait sur les visages des parents, amis et connaissances de Man Mous's. La climatisation qui quelque temps avant marquait sa présence n'avait plus d'effet. On pouvait voir le procureur tout mouillé de chaleur dans ses vêtements de commandeur. Le cas Ben Moussavou alias Man Mous's était particulier.

Jamais la fraîcheur n'avait autant refusé d'agir. Jamais la salle d'audience n'avait autant refusé du monde. Man Mous's était un excellent enseignant, mais également un très bon écrivain. Cette double casquette lui donnait du charme et de la personnalité. Le peuple se retrouvait dans ses textes, puisqu'il y revivait les maux présents dans les sociétés.

— Silence ! Silence, j'ai dit ! Continuez !

— Votre excellence, j'ai moi-même payé les frais de cette désinvolture.

— De quelle façon ?

— Ma famille et celle de l'officier Massala l'aimaient trop. C'était trop risqué de le laisser en vie. Nos familles étaient toutes en danger avec ce bonhomme.

Explosion de colère dans la salle. Les cris rageurs, les injures fusaient, la désolation montait telle une mer démontée.

— C'est un gros mensonge, ça, cria quelqu'un.

— Vous allez mal mourir ! renchérit un autre.

Il faut dire que Ben Moussavou était un père pour plusieurs apprenants. Il savait toujours quoi dire pour remonter le moral de la foule, même quand il était au plus mal.

— Ah, Man Mous's, sacré gars ! soupira un collègue dans cette foule déchaînée.

— Oui. Deux comme lui, tu meurs, ajouta un autre collègue.

— Cet homme, quelle élégance, quelle beauté, oh quelle prestance ! s'extasia Joyce, une enseignante amoureuse du défunt, mais qui n'avait pas eu le courage de le lui avouer.

— Quel gâchis ! Si je me réfère juste à ce qui se dit dans la foule, le défunt était quelqu'un de bien, soupira une vieille femme au fond. Ce pays va droit à la dérive. Comment cautionner ce genre de comportement ? Comment tuer l'excellence pour exiger la bêtise ? Niambi, kéghwia itu !

Une grand-mère, ancienne avocate, était venue au tribunal pour assister au procès de son petit-fils KPLO, accusé de pédophilie sur des enfants en quête d'avenir. Mais, ayant vu beaucoup de monde se diriger vers la grande salle d'audience, la mamie décida d'assister à cette audience en attendant l'heure de la sienne.

Le marteau réclama à nouveau le silence, qui tarda à arriver. La tension était haute et le vent frais tentait de balayer la voie surchauffée par la salle déchaînée.

— Je ne comprends pas. Expliquez-moi mieux, monsieur Mombo.

— Très bien. À la sortie de l'un de ses livres…

— Avez-vous le titre ? Il faut nous donner les titres afin que nous ayons une idée.

— Je l'avais, mais il m'échappe.

— Il nous le faut.

— C'est… Ça va me revenir. Ça doit me revenir. Tu attends quoi pour me revenir fichu titre ?

— Bon, passez !

— Voilà, le titre est là : « *Je cracherai sur vos tombes* ».

— Quoi ?

Debout, les mains sur la table et le tronc en avant, le Président éructa :

— Ce con n'a pas osé écrire un livre avec un titre pareil ?

— Si, votre excellence.

— Allez, continuez ! Dites-nous un peu plus.

— Ce texte est un billet sarcastique contre le pouvoir en place, donc contre nous, partant seulement de la lecture du titre. Je ne l'ai pas lu, non plus.

— Qui perdra son temps à lire un chiffon pareil ? lança le procureur en riant à gorge déployée.

— Alors, comment avez-vous su qu'il parlait du pouvoir en place sans l'avoir lu ? Recadra une voix derrière, celle de la mamie.

Tout le monde se retourna pour voir. C'était bien la mamie.

— Maître Ghékokidia Malongo, je ne vous avais pas vu, lança le Président du tribunal en reconnaissant la mamie. Nous avons rendez-vous tout à l'heure au procès de votre petit-fils. J'autorise cependant que le témoin réponde à la question posée.

— Les journaux en parlent et passent ça en boucle.

— Et si la lecture de ces journaux était faussée ? Autant de lectures, autant d'interprétations, souffla l'amoureuse cachée.

— Il fallait au moins l'envoyer à la barre pour qu'il explique ses œuvres au lieu de le condamner unilatéralement à la mort, affirma une voix dans la foule énervée.

— La mort n'était pas la solution…

— Vous n'êtes que des sorciers…

— De gros criminels.

— Des criminels sans vergogne.

La foule se déchaînait. La salle se réchauffait. Elle était prête à exploser. On lisait bien le sentiment présent sur les visages des parents, amis et connaissances de la victime et même au-delà.

Le procureur avait des difficultés à obtenir le silence de la salle. Avec beaucoup d'insistance, il l'obtint enfin.

— Je suis déçu de vous, dit-il à l'endroit des partisans de l'enseignant décédé. C'est cela qu'il vous enseignait ? Sont-ce des façons d'être et de se tenir ? Où sont passés le savoir-être et le savoir-vivre ? Cette génération est caractérisée par l'imprudence, la désinvolture et tout ce qui frise la barbarie. C'est pourquoi il est parfois important pour des gens, comme nous, de remettre les casseroles en état. Je suis d'accord avec vous, monsieur Mombo. Ces gens sont, pour nous autres, de grosses menaces. Vous êtes tous innocents. Continuez comme ça. Vous servez bien la nation. Je parlerai de vous et de votre excellent travail à vos supérieurs, croyez-moi.

— Merci, votre honneur.

La séance est levée !

À L'HOPITAL DES INEDITS
(L'ORCHIDEE MOULENGUI)

6 heures 30 minutes, déjà le soleil à l'horizon. Tout brillait de mille feux ce matin-là. Linda Bouvier était déjà debout. Elle n'allait pas faire sa séance de footing. À travers la fenêtre de sa chambre, elle fixait le soleil dont les rayons éclaboussaient son appartement et le teintait de rouge. Les voitures rugissaient déjà, leur vrombissement était entrecoupé de coups de klaxon. Linda avait du mal à quitter son lit. Malheureusement, elle ne pouvait pas rester couchée, même si elle avait bien aimé. Elle avait encore les yeux globuleux, autour desquels des cernes bien visibles confirmaient qu'elle n'avait pas dormi de la nuit. Elle se leva pour rajuster les rideaux et ouvrir la fenêtre. Sa main agrippa le manche en bois de la fenêtre. Son regard se projeta au-delà des voitures garées au parking et se concentra sur un sans-domicile fixe. Ce monsieur était toujours là. Chaque fois que Linda rentrait de ses parades journalières, elle ne manquait pas de lui rapporter des sandwichs et sodas. Elle s'était étrangement liée à cet homme.

Un mois déjà qu'elle était sur le sol gabonais. Elle était de retour chez elle. Linda adorait la médecine. Elle était chirurgienne de formation. Elle aimait l'ambiance de l'hôpital, l'odeur des médicaments. Elle aimait être au contact des aiguilles, des seringues, le toucher du stéthoscope, les ciseaux, forceps, etc. C'était cela son monde. Voir du sang, ouvrir le corps de ses patients et pouvoir en sortir la tumeur maligne qu'y séjournait ou encore le corps étranger qui s'y vautrait. Elle était passionnée depuis sa plus tendre enfance.

Linda Bouvier avait fait la promesse à sa mère de sauver toutes les vies. Elle n'oublierait jamais ce jour, dans un hôpital de la place, quand sa mère rendit l'âme. Un matin pluvieux, sa mère avait une fois de plus convulsé. Avec l'aide des voisins, Linda sortit sa maman de leur minuscule chambre entrée-couchée. Une fois à l'hôpital, les médecins refusèrent de la prendre en charge, vu qu'elle n'avait pas d'assurance maladie et ne pouvait pas payer les soins médicaux. Quand ils se rendirent compte qu'elle avait fait une crise cardiaque, ils la branchèrent à des défibrillateurs défaillants. Elle aurait pu facilement survivre si elle avait eu accès à des soins médicaux décents.

Sur le corps inerte de sa mère, elle fit cette promesse : « Plus jamais cela de mon vivant ».

À l'âge de 12 ans, Linda atterrit dans un orphelinat où on sut lui payer de bonnes études. Après l'obtention de son baccalauréat scientifique, elle s'envola pour l'hexagone, gratifiée d'une bourse d'étude en médecine. Elle était maintenant l'un des médecins les plus doués de sa promotion. Elle ne craignait rien quand il s'agissait d'opérer. La médecine était toute sa vie. Issue d'une famille pauvre, Linda était une dure à cuire. Elle savait dire « je ne suis pas d'accord » quand il le fallait. Une femme à la fois battante et brillante. Être au service des gens, les plus vulnérables, était son souhait. Elle voulait servir son pays.

Ainsi, avait-elle décidé de revenir au Gabon pour y exercer la médecine.

Ce matin-là lançait son premier jour de travail. La pression était forte. Elle la ressentait presque physiquement. Elle stressait. Elle avait décidé de laisser sa voiture de location au parking pour prendre les transports en commun. Elle prit donc un taxi-bus pour l'hôpital. Elle entra dans l'hôpital, s'arrêta au hall. Il était huit heures et déjà le monde affluait. Linda se souvint de la dernière fois qu'elle avait mis les pieds dans cet hôpital, quand sa mère rendit l'âme.

Un moment d'absence l'envahit. Son cœur s'emplit de tristesse.

Elle était là debout, ankylosée, sans voix. Dans cet endroit où tout s'était subitement arrêté. Tout son être en était encore saisi. Levant la tête, elle remarqua quatre malades allongés sur la pelouse, sous ce soleil matinal. Le spectacle était atroce pour elle. Elle pouvait même entendre chaque malade se plaindre. Le cœur émietté et serré, Linda avança à petits pas, le cœur noir et acerbe. Elle voulait crier à la place de tous ces patients. Crier leur douleur. Chanter leurs peines. Mettre un mot sur leurs maux. Étrangler quelqu'un à leur place. Elle voulait ameuter le monde entier.

Mais tout l'accablait.

Elle était là, spectatrice impuissante. De simples gens, victimes des maux de la vie, victimes des affres de la vie. Elle souhaitait disparaître. Sortir de ce cauchemar. Mais de quoi parlait-elle ? Il ne s'agissait pas en fait d'un cauchemar, mais d'une réalité atroce. Des malades allongés sur des bancs et aucune personne à l'accueil pour les recevoir. Un cri strident la sortit de sa rêverie. Une femme avec son enfant dans ses bras courrait vers les médecins. Son fils convulsait. Elle cria : « Docteur, aidez-moi. Mon fils va mourir. »

Les médecins vinrent avec une civière et mirent juste un masque de respiration sur le visage de l'enfant. Rien d'autre. Elle n'y croyait pas. Sans même réfléchir, elle se jeta au chevet de cet enfant, prit son pouls. Elle pencha son oreille sur le cœur de l'enfant. « Le pouls est trop élevé, il faut le ralentir pour que le sang circule jusqu'au cœur », affirma-t-elle. Elle demanda à une infirmière de soulever les jambes de l'enfant, sortit son stéthoscope et le posa sur le cœur du patient. Elle avait assisté à suffisamment de cas similaires pour savoir que celui-là était grave. « J'entends un frottement. C'est peut-être un épanchement », conclut-elle.

Sous les regards impassibles de ses collègues, elle déchira la chemise de l'enfant et ordonna à une infirmière de soulever plus haut ses jambes. Elle fit un massage cardiaque et réussit à calmer son jeune patient.

La foule, amassée autour du médecin et son patient improvisé, haussait la tête en signe de reconnaissance. Alors que Linda rangeait son sac, une main tapota son épaule. Elle se retourna et vit un homme en blouse blanche, sur la poche de laquelle il était écrit « Docteur Komi ». À la vue de ce docteur, elle parut se souvenir soudain de quelque chose. Cependant, le docteur la regardait avec frustration. Puis, il dit : « suivez-moi ». Linda ne chercha pas à discuter. Elle suivit le docteur qui se dirigea vers son bureau. À ce moment, la foule émit un bruit soudain, qui se transforma en applaudissement.

Une fois entrée dans l'immense bureau du docteur, Linda fut subjuguée. Ce bureau faisait deux fois celui qu'elle occupait à Poitiers. Cet endroit ressemblait à une forteresse. Des photos de famille ornaient les murs. Des diplômes fièrement posés par-ci, par-là. Des trophées bien dressés, remportés tout au long de son impressionnante carrière.

— Docteur Linda Bouvier, prononça-t-il d'une voix nonchalante. J'ai l'impression que c'est votre premier et dernier jour parmi nous.

— Pourquoi ?

— Cet enfant que vous avez sauvé n'a pas de couverture médicale. Alors cela ne vous dérangera pas, quand la somme de 76.500 F CFA sera retirée de votre salaire ?

— Mais docteur… Je n'ai fait que mon travail en tant que médecin. Sauver une vie. C'est bien pour cela que nous sommes formés, n'est-ce pas ?

— Notre hôpital ne fait pas dans la charité. Maintenant, vous le savez.

— Mais docteur…

Elle n'eut pas le temps de terminer sa phrase. Il enchaine immédiatement :

— Comment aimez-vous la pratique ? Dans quelle ambiance ?

— Pardon ?

— Je parle de l'opération.

— Docteur, le plus paisible possible. Dans une ambiance positive, agréable et sereine. À Poitiers, quand nous passions au bloc opératoire, nous mettons de la musique. R'N'B, hip hop, gospel ou slow.

— Vous vous croyez où là ?

— C'est juste pour nous détendre, apaiser les esprits tout au long de cette fastidieuse tâche.

— Changez-vous. Vous allez m'assister aujourd'hui pour votre première journée dans cet hôpital.

Le docteur Komi était un médecin de renom, craint dans l'ensemble de l'hôpital. Il n'avait jamais raté aucune de ses opérations. Il était le meilleur, mais il était aussi sans cœur. Âgé de 60 ans déjà, il exerçait depuis près de 30 ans. En dépit de toutes ses nombreuses prouesses médicales, ce docteur avait des toiles d'araignées dans son placard. C'était un homme imbu de lui-même, persuadé de posséder la vérité infuse. Fièrement vêtu de sa blouse blanche, il savait arborer un piètre sourire envers ses patients, qui le gratifiaient de leur reconnaissance. Linda allait donc travailler auprès de lui. Elle longea le couloir qui menait au bloc opératoire aux côtés de Corine, une interne. Elles avançaient, pressées et silencieuses.

Pour briser le silence, Corine se tourna vers Linda :

— Pourquoi avez-vous choisi la médecine ?

— Tu sais, la négligence du corps médical est l'une des causes de l'évolution de la courbe de la mortalité. C'est en partie cette raison qui m'a poussé à suivre cette noble branche.

— J'aimerais vous dire quelque chose Linda, en tant qu'amie. Vous êtes l'un des médecins les plus doués que je connaisse.

— Comment ? Mais je n'ai jamais exercé dans cet hôpital.

— Nous avons tous lu votre dossier. Et nous vous attendions avec impatience. Cet hôpital a besoin des gens comme vous. Vous savez, ce que vous avez fait aujourd'hui, personne ne l'avait encore fait. Car ici c'est « payez avant d'être servi. »

— Mais pourquoi ? Ne sommes-nous pas d'abord là pour sauver des vies ?

— Écoutez-moi, Docteur Linda, vous êtes un brillant médecin. Mais ne sabotez pas une carrière qui prend déjà une bonne ascension. Ici, les docteurs ont le devoir de se soutenir, pour le meilleur ou pour le pire. Vous devrez le savoir.

— Merci Docteur. J'apprécie vos conseils. Mais, je suis ici pour sauver des vies et non les détruire.

— Faites attention, car vous ne savez pas où vous mettez les pieds.

— Je dois penser d'abord au bien-être de toutes ces familles, de mes patients.

— Ce sont aussi nos patients. Alors, veillons bien à nous serrer les coudes entre nous.

— Entendu, répondit Linda avec beaucoup d'hésitation.

— Vous savez, le système médical ici est pourri. Je suis interne et suis dans l'obligation de garder le silence sur tout ce que j'entends et vois. De la ménagère aux docteurs, on a tous les mains trempées quelque part.

— Il faut en parler.

— Et avec quoi vais-je nourrir mon fils ?

— Mais Docteur Corine, qu'est-ce que vous faites de l'éthique ?

— Vous voulez garder votre boulot et votre habilitation à pratiquer la médecine ici ? Un seul conseil docteur Bouvier : tenez-vous à l'écart de nos contradictions.

Le bloc opératoire était moins éclairé. La porte était d'un bleu délavé, les murs gris. Linda n'en croyait pas ses yeux. Cette salle ne ressemblait pas du tout à toutes ces immenses salles qu'elle connaissait jusque-là. Des images se bousculaient dans sa tête. Elle revoyait tous ces magnifiques moments passés en Europe à sauver des vies, dans cette ambiance conviviale et exceptionnelle qui lui permettait d'opérer en compagnie de ses collègues. Ils se sentaient tous fiers, heureux, prêts à faire des exploits. Elle savourait toujours chaque instant. Après chaque victoire, ils se prenaient en selfies avec des patients revenus de loin.

Grande fut donc sa surprise de commencer l'opération avec tous ces visages ébahis, stressés, apeurés et remontés. Une ambiance de tombe régnait dans cette salle. Elle voulait parler, mais elle ne le put. Dans la salle, il faisait un peu chaud, en dépit de la climatisation. Elle se risqua à lancer une blague pour briser ce silence. Tous se mirent à rigoler, à l'exception du docteur Komi qui, d'un trait, leur cria dessus. Et tous se mirent au boulot, dans le silence. L'opération se passait bien, jusqu'au moment où, incidemment, le docteur Komi coupa mortellement l'artère du patient. Linda, qui suivait tous les mouvements à la lettre, remarqua que les mains du docteur Komi tremblaient. Mais il sut les cacher. Personne ne sut quoi dire, ils étaient tous ébahis devant le spectacle de cette issue qu'ils n'attendaient pas.

— Heure du décès ? demanda le docteur Komi.

— Mais docteur, commença Linda, vous… vous tremblez des mains…

Le docteur lui lança un regard foudroyant. Elle voulut persister, mais tut quand le docteur Corine lui fit un signe discret de la main. Le docteur Komi ordonna de mettre sur le rapport, un motif crédible pour justifier ce décès. Linda était atterrée. Cet homme, ce médecin mentait devant toute son équipe. Et personne ne bronchait. Il venait de commettre une erreur fatale, mais cela ne révoltait plus personne.

Linda comprit que cependant, quelque chose clochait ; elle avait l'impression que la vérité était plus compliquée que ce qu'elle avait devant les yeux. L'attitude unanime que tous les autres avaient eue dans la salle d'opération était étrange. Elle se comprit alors : « La vérité ne sort jamais de la salle d'opération ».

Elle intégra le train-train quotidien de l'hôpital. Son souci restait de guérir le maximum de patients, de faire sa part du travail correctement. Il lui arrivait de soigner des patients à ses frais, quand ils ne pouvaient se les payer. Elle reçut des honneurs de certains d'entre eux. Ils revenaient parfois avec des victuailles, voulant lui transmettre cette bonne vieille reconnaissance communautaire traditionnelle. Tatillonne sur ce que devenaient ses patients, Linda prit pour habitude de rendre visite à certains d'entre eux. Elle accordait quatre-vingt pour cent de son temps à ses patients. Elle les écoutait attentivement.

Elle arracha certains patients au docteur Komi, ce qui le rendit furieux. Des lettres de menace commencèrent à apparaître sur son bureau. On pouvait y lire : « Tu te prends pour le Messi. Un jour, ta petite manie de faire n'importe quoi avec les règles risque de coûter la vie à un patient. Et quand cela arrivera, on sera nombreux à tout mettre en œuvre pour que tu ne puisses plus exercer la médecine. »

Elle allait de surprise en surprise.

Un jour, elle surprit certains de ses collègues à vendre des médicaments aux malades. Le favoritisme régnait dans cet hôpital. Linda Bouvier décida de tous les faire tomber.

Elle passa en vue tous les dossiers des patients du docteur. Il fallait tout rendre public. Elle devait faire quelque chose pour les arrêter. Elle se souvint du jour où le docteur Komi donna à un patient qui souffrait de malnutrition, une solution qui avait exacerbé son hyponatrémie. Les jours d'après, ce dernier fit une crise et le docteur se désengagea. Grâce à elle, ce patient eut la vie sauve. Ce genre de situation incongrue était monnaie courante dans cet hôpital. La majorité des patients décédaient de complications postopératoires, parfois même après de mauvais bandages au sortir du bloc.

Linda Bouvier tenta d'interpeller le docteur Komi. Mais il était impliqué jusqu'au cou. Il écarta simplement Linda de son chemin.

Un jour, il administra une drogue mortelle à une haute personnalité qui était pourtant un patient de Linda. Il fit un arrêt cardiaque. Après autopsie, on découvrit une énorme quantité propofol, un puissant anesthésique, mais aussi des analgésiques et des sédatifs. Lors du conseil de l'hôpital, le docteur Komi déchargea toute sa haine sur Linda. Il déclara : « Nous espérons qu'elle ne pourra plus pratiquer la médecine, afin qu'elle ne viole plus ce serment d'Hippocrate et ne tue plus un seul autre patient ».

Linda tombait de haut. Tout l'accablait. Après examen, le conseil de l'Ordre des médecins lui retira sa licence. Après ce verdict de culpabilité, l'Europe révoqua également sa licence médicale.

Les semaines qui suivirent furent sombres. Elle passait des journées entières couchée sur son lit, à retourner sa vie, à se poser des questions sur ce qui avait pu pousser le Docteur Komi à cet extrême. Il avait fini par mettre ses menaces en exécution. Elle comprenait maintenant quel genre de crapule il était.

La chambre de Linda avait une pharmacie. L'odeur du chloroforme flottait dans toute la pièce. Elle avait aménagé un coin dans son appartement qui lui servait de cabinet, car elle donnait quelquefois des soins aux démunis depuis sa maison. Elle avait collectionné des échantillons gratuits de médicaments, qu'elle fit venir au Gabon. La jeune femme s'assit sur son lit, s'empara d'une boîte d'allumettes et alluma le vieux bougeoir de sa table de chevet. « Demain encore, se dit-elle, je quitterai ce refuge douillet et confortable pour courir de nouveau derrière les barons du monde de la médecine. Et ce monde est un panier à crabe, un univers dangereux et violent ! » Elle ne savait pas dans quoi elle s'était embarquée. Pourtant, elle voulait juste jouer son rôle, faire son travail et servir honnêtement son pays.

La jeune femme glissa ses pieds dans des pantoufles, prit le bougeoir et s'aventura vers la cuisine. Sans le faire exprès, elle trébucha sur Ode, sa chienne. Pour exprimer sa joie, la chienne se mit à remuer sa queue. Linda se baissa pour la caresser. Vêtue d'une chemise de nuit, marchant à pas de loup, Linda affleura le palier. Ode derrière elle s'assit et regarda Linda, en remuant sa queue.

— Pourquoi me regardes-tu ainsi ? Tu sais je n'ai pas envie de te raconter ma journée aujourd'hui, murmura Linda tristement.

Elle devait paraître ridicule, à expliquer sa situation à un chien, mais cela l'aida à se donner du courage. Ode donna d'ailleurs l'impression de parfaitement la comprendre. Après avoir pris un rafraîchissant, elle lâcha un soupir et se faufila à l'intérieur de sa chambre. Ode voulut la suivre, mais elle referma le battant derrière elle. La chambre de Linda était vaste et plongée dans la pénombre. L'unique source de lumière provenait des flammes du feu, qui mourrait lentement dans le bougeoir. Linda était là, souffrante, blessée psychologiquement. Se demandant si elle devrait encore continuer. Et elle se mit à penser à sa mère qui lui disait : « Ma fille, demain nous l'attendons tous, tous les soirs avant de nous endormir, nous espérons demain ! Un meilleur demain, fait de joies, d'espoirs allumés et de rêves réalisés. Ne perds pas espoir et bats-toi pour ce que tu aimes. » Et c'est dans cet esprit positif que Linda Bouvier s'endormit ce soir, avec la certitude que demain serait vraiment meilleur.

PEMBE, LE CRI D'UNE MERE (IDA FLORE MAROUNDOU)

Mouile Mikonzi était un village du sud du Gabon. C'est là que vivaient MAHANGUE et sa jeune fille PEMBE. Mame MAHANGUE était la fille de Mame MOUSSOUNDE et son mari, le vieux EKORO. Elle était issue d'une fratrie de cinq : OBIANG, l'aîné, MOUNDOUNGUE, MAHANGUE elle-même, MBA et EYANG.

Ils grandirent dans l'amour, avec des valeurs d'unité et de cohésion familiale, comme cela se vivait dans nos villages il n'y a pas si longtemps. Devenu adulte, chacun fonda son foyer, mais ils continuèrent tous à vivre dans la même cour avec leurs enfants.

Mame MAHANGUE donna naissance à PEMBE. Cette dernière grandit avec ses frères et sœurs (les enfants de ses oncles et tantes). Les familles organisaient le planning de travail des enfants en fonction des jours de cuisine de chaque maman ou tante. Si cette semaine c'était maman EYANG qui devait tenir la cuisine, elle le faisait toute la semaine et les tâches ménagères se faisaient chez elle (les enfants faisaient le ménage chez elle, transportaient de l'eau, faisaient la vaisselle…). Les femmes des tontons MOUNDOUNGUE, MBA OBIANG faisaient donc des rotations hebdomadaires sur les principales corvées communes. Tous les enfants grandissaient dans cette ambiance-là.

EYANG donna naissance à un jeune garçon qu'elle surnomma EKORO, comme son grand-père.

PEMBE était une jeune fille forte, très séduisante, intelligente et belle. Elle avait un teint noir d'ébène et de longues jambes effilées. Lorsqu'elle allait à la rivière puiser de l'eau avec sa calebasse, sa démarche rivalisait avec celle des mannequins sur les plateaux de défilés à POUNGOU.

Elle se faisait courtiser par les jeunes du village, mais PEMBE n'avait d'yeux que pour ses études. Elle rêvait de partir du village pour la capitale, afin d'y poursuivre des études supérieures et de rejoindre sa grande sœur, la fille aînée de son Tonton MOUNDOUNGUE, qui avait eu son baccalauréat et s'était inscrite à l'université à POUNGOU, la capitale. C'était un modèle pour la jeune fille, qui rêvait de suivre ses pas.

Un jour, comme à chaque vacances, le bus de la capitale fit un arrêt à l'entrée du village. À cette période généralement, il y déversait des hordes de citadins qui venaient passer leurs vacances au village. Mais il y apportait aussi des vivres, qui permettaient aux villageois de faire leur marché. PEMBE venait donc naturellement avec son panier. Elle en profitait pour guetter ces descentes de bus. Un peu rêveuse, elle s'imaginait beaucoup de choses en voyant arriver des garçons. Cette fois, un beau jeune homme descendit du bus. Lorsque les regards de ces deux jeunes se croisèrent, ils eurent la gorge nouée, le souffle coupé le temps d'une courte seconde. La jeune fille ne comprit pas ce qui venait de se passer, c'était pour elle un sentiment étrange. Le jeune homme s'approcha d'elle, tout hésitant, le regard un peu perdu et il la salua. La jeune PEMBE répondit courtoisement à ce salut et s'en alla avec hâte chez elle, son panier de courses flottant sous son bras.

Les jours passèrent. Le jeune homme chercha la jeune fille dans tout le village, sans succès. Un jour, alors que PEMBE se rendait à la rivière, le jeune vacancier l'aperçut enfin et l'aborda. Elle était réticente au début, très réservée aussi, parce qu'elle ne voulait rien entendre des jeunes garçons. Au fil des jours et des semaines cependant, un lien d'amitié d'abord et une idylle ensuite se développèrent entre eux.

Mais la fin des vacances était proche et le jeune homme allait remonter à la capitale. La veille de son départ, il demanda à la jeune PEMBE que pour sceller leur amour naissant et brulant, il souhaitait qu'ils le fassent. La jeune fille mit un moment à comprendre qu'il souhaitait faire l'amour. D'abord réticente parce qu'elle ne savait pas comment s'y prendre, elle finit par être convaincue.

À la nuit tombée, les deux tourtereaux se retrouvèrent derrière la cabane du vieux NGUIMBI G. Ils apportèrent une natte sur laquelle PEMBE se déshabilla et se coucha. La nuit fut sensuelle et intime. Le lendemain, le jeune homme remonta à la capitale.

Deux mois plus tard, la jeune PEMBE ne voyant plus passer ses menstrues, questionna sa mère sur les causes probables de cette absence. Aguerrie, la mère comprit tout de suite ce qui s'était passé. Elle n'eut aucune peine à faire cracher le morceau à sa fille. Elle entra alors dans une sourde colère, frappa la jeune fille, ses oncles ainsi et son grand frère EKORO. Ces derniers passèrent à la chicotte, car ils n'avaient pas su protéger PEMBE.

Le bel étalon parti en ville ne donnait pas de nouvelles. Le numéro de téléphone qu'il avait donné à la jeune fille ne passait pas. Elle fut contrainte d'abandonner ses études et son rêve d'aller à POUNGOU, pour s'occuper de l'évolution de sa grossesse. Au bout de neuf mois, elle enfanta une belle petite fille, qu'on nomma KANGA. Pour subvenir aux besoins de l'enfant, PEMBE dut se trouver un étal au marché du village pour y vendre des huîtres fumées.

EKORO, frère aîné de PEMBE et âgé à ce moment-là de 25 ans, était choyée par sa mère et toute la famille, car il portait le nom de son grand-père. Il avait de mauvaises fréquentations, se droguait, buvait de l'alcool à outrance. Il abandonna ses études et commença à abuser des jeunes filles du village, y compris ses petites cousines.

La petite KANGA grandissait et s'épanouissait avec sa mère. Lorsque PEMBE allait au marché, elle confiait sa fille à Mame MAHANGUE, sa mère. EKORO était toujours très attentionné envers sa nièce KANGA.

Un jour, alors que PEMBE était au marché et que la petite KANGA, âgée cette année-là de six ans, était entre les mains de sa grand-mère, EKORO vint prendre sa nièce, justifiant qu'il l'emmenait chez le boutiquier, car il voulait lui offrir des bonbons. Une fois sorti de chez le boutiquier, il entraîna la petite chez lui et abusa d'elle éhontément, puis il la ramena chez sa grand-mère. La petite avait des bonbons sucettes et elle était en pleurs.

— Pourquoi pleure-t-elle ainsi ? demanda Mame MAHANGUE à son fils EKORO.

— Elle voulait plus de bonbons et un soda, mais je n'avais pas assez d'argent, répondit le jeune en haussant les épaules.

Le soir, lorsque PEMBE rentra du marché, elle donna un bain à sa fille comme à l'accoutumée et remarqua que la petite fermait les jambes et ne voulait pas que sa maman lave cette partie de son corps. La mère demanda à l'enfant ce qui n'allait pas, mais la petite resta muette, car son oncle l'avait sérieusement menacé de lui casser le bras, si elle osait seulement dire ce qui s'était passé.

Cette nuit-là, la petite KANGA fit une forte fièvre, que sa mère fit baisser avec des calmants. Les jours passèrent, puis les semaines. La petite KANGA avait toujours mal aux parties intimes. Trouvant cela inquiétant, PEMBE décida d'emmener sa fille au dispensaire village. Elle expliqua l'infirmière que depuis plusieurs semaines sa fille avait mal au bas-ventre et qu'elle avait remarquée un peu de sang sur les sous-vêtements de l'enfant.

L'infirmière l'ausculta et, de stupéfaction, s'écria :

— Nyambi !

— Qu'y a-t-il ? demanda PEMBE, effrayée.

— Depuis quand ta fille ressent cette douleur ? questionna l'infirmière.

— Depuis quelques semaines déjà.

L'infirmière expliqua à PEMBE que sa fille avait été violée et qu'il fallait faire des examens pour mesurer l'ampleur des dégâts, car celui qui avait abusé d'elle l'avait fait avec une telle violence, que la petite avait subi beaucoup de lésions qui par la suite s'étaient infectées.

— Tu aurais dû m'amener la petite dès le premier jour où elle t'a dit qu'elle avait mal à la foufoune. Je vais tout de suite te prescrire un traitement pour soigner ses lésions et apaiser sa douleur.

Désemparée, PEMBE lança un cri strident et fondit en larmes.

— Qui t'a fait du mal, mon bébé ? Qui t'a fait du mal ma fille ? criait-elle, la voix étranglée par la douleur et la colère.

Des personnes présentes au dispensaire coururent vers la salle de l'infirmière, afin de savoir qui pleurait ainsi et quelle en était la cause. Tout le monde fut choqué d'apprendre ce qui était arrivé à la petite KANGA.

PEMBE rentra en trombes auprès de sa mère et lui dit :

— Qui a fait ça a ma fille ? Je te l'ai confiée et tu n'as pas pu en prendre soin…

Elle criait dans la cour et tout le monde sorti ainsi que les voisins d'alentours. Là aussi, les gens furent choqués d'apprendre une telle nouvelle. Ils se demandaient quel monstre pouvait commettre un acte aussi ignoble.

Les mamans étaient dans l'effroi, de savoir qu'un pervers rodait au village et pouvait encore frapper à tout moment.

Mame MAHANGUE demanda à PEMBE de se calmer, lui certifiant que le nécessaire allait être fait pour retrouver le coupable. Mais PEMBE était inconsolable. Elle se jetait au sol dans la cour, roulait dans la poussière et pleurait toutes les larmes de son corps.

Peu de temps après, elle réussit quand même à se calmer. Elle commença son enquête, obstinée. Elle questionna longuement sa mère sur le déroulé des journées de l'enfant, particulièrement le jour où les douleurs avaient commencé. Sur les personnes qui approchaient sa fille en son absence, le nom qui revenait sans cesse était celui d'EKORO.

Mame MAHANGUE se souvint alors du jour des bonbons, ce fut le seul jour où la petite rentra en pleurs avec EKORO. Elles questionnèrent la petite KANGA qui avait du mal à parler à cause des menaces de son oncle.

— Ma princesse, dit la jeune mère, on ne te fera rien, dis-nous si tonton EKORO t'a fait quelque chose ? N'aie pas peur, il ne t'arrivera rien.

La petite prit enfin la parole :

— Il m'a emmené chez le boutiquier pour prendre beaucoup de bonbons, après nous sommes allés dans sa chambre. Il m'a dit d'enlever les habits, qu'il allait me montrer un nouveau jeu. Il a mis la musique, j'ai demandé « comment on appelle le jeu-là, tonton ? » Il m'a grondé et m'a dit de me déshabiller. Il m'a allongé sur le lit, il a baissé son pantalon et il m'a demandé de fermer les yeux. Il est monté sur moi et il a commencé à mettre quelque chose dans ma foufoune et je lui disais « j'ai mal tonton, ton jeu fait mal ». Il transpirait et m'a crié dessus en me disant « tais-toi, sinon je te frappe tout de suite ». Je pleurais et il me faisait beaucoup mal pare qu'il faisait rentrer sa chose là vite-vite, il sortait et rentrait vite-vite. Je pleurais et après il m'a dit c'est fini, il fait sortir la chose, mais il y'avait vomi dans ma foufoune.

Les deux femmes étaient sous le choc. Elles n'en croyaient pas leurs oreilles.

PEMBE sortit dans la cour et s'écria :

— EKORO où es-tu ? Sors, je vais te tuer ! Où es-tu ? Assassin, violeur d'enfant !

Toute la cour sortit et on demanda à Mame MAHANGUE se qui se passait. Elle expliqua les révélations de la petite KANGA. La famille fut surprise de cette bombe qui tomba sur elle.

Le grand-père EKORO essaya de calmer PEMBE, la rassurant qu'il allait régler le problème en famille et qu'elle n'avait pas besoin d'alerter tout le village, mais elle était dans un état second et n'écoutait plus rien de ce que lui disait son grand-père.

PEMBE s'en alla à la brigade de gendarmerie du village, porter plainte contre son frère EKORO. Elle expliqua ce qui s'était passé avec les documents que l'infirmière lui avait donnés.

Les agents allèrent saisir le jeune EKORO et le mirent en cellule.

On vint rapporter au vieux EKORO la démarche qu'avait entreprise sa petite-fille PEMBE. Il alla trouver sa fille MAHANGUE et lui somma de dire à PEMBE de retirer sa plainte, car c'était une histoire de famille et c'était à lui que revenait la responsabilité de régler les problèmes de sa famille. Toute la famille se retrouva ce soir-là et condamna PEMBE d'avoir fait enfermer son grand frère, pour une histoire qu'ils auraient pu régler en famille. EYANG pleurait parce que son fils était en garde à vue, qu'il allait finir en prison à cause de cette sorcière de PEMBE qui n'avait pas pitié de son grand frère.

Mame MAHANGUE se pencha vers sa fille PEMBE et lui dit qu'elle n'aurait pas dû aller porter plainte. Quel serait dorénavant le regard des gens du village sur leur famille ?

La jeune mère était choquée de voir la réaction de la famille à son endroit, personne ne se souciait de la petite KANGA.

— Et KANGA, quel droit a-t-elle dans cette famille ? Quelqu'un a pensé à elle, à ce qu'elle a vécu et à ce qu'elle devra vivre dans le futur à cause de son oncle ?

— Ce n'est qu'une enfant, répondit Mame MAHANGUE. Elle va oublier tout ça très vite, alors que ton frère va aller en prison dans une autre ville. As-tu pensé à ça ? Ne viens pas diviser la famille avec ton enfant qui n'a pas de père !

Le matin venu, le grand-père EKORO se rendit chez le commandant de brigade. Ils discutèrent longuement. Le vieux dit au commandant qu'il était venu chercher son petit-fils. « Les jeunes d'aujourd'hui sont incontrôlables. Le petit a compris, il ne va plus recommencer. La petite veut carrément envoyer son frère en prison, quelle honte pour ma famille ».

Mais le commandant de brigade ne l'entendait pas de cette oreille.

— La procédure est lancée, papa EKORO. On ne peut plus l'étouffer. Votre petit fils et homonyme a été entendu par le procureur hier en fin de journée. Il a tout avoué et il en est même fier. Il n'a aucun remords. Un mandat de dépôt a été rédigé contre lui. Ce midi, il sera transféré à la prison centrale de la grande ville, dans l'attente de son procès.

Le grand-père EKORO retourna au village, la colère au front. Arrivé au milieu de la cour du village, il se mit à hurler :

— MAHANGUE, aussi vrai que je suis ton père, tu chasseras ta fille PEMBE et sa bâtarde de ce village ! Que leurs noms soient effacés de toutes nos mémoires. Jusqu'à la fin des jours qui me restent à vivre sur terre, que le visage de cette renégate ne me soit plus jamais présenté !

PEMBE et la petite KANGA furent chassées du village. Elles s'en allèrent à POUNGOU, la grande ville. PEMBE ne se retourna pas une seule fois, pas même pour dire au revoir à sa mère Mame MAHANGUE. Elle se contenta de se cramponner à sa fille et lui dit :

— Ma fille, ton avenir n'est pas ici. Nous allons partir. Ne regrette rien de ce que tu as vécu ici, il n'y a plus rien pour toi dans un village qui ne veut pas te protéger. Là-bas, en ville, nous allons reconstruire ton avenir et nous y parviendrons.

Le jeune EKORO fut transféré à la prison centrale de la grande ville. Au soir de son arrivée, il fut mis en cellule avec EBOROKOUM, un bandit de grand chemin qui était incarcéré pour de longues années, pour triple crime avec préméditation. Au cœur de la nuit, EBOROKOUM se rapprocha de son nouveau codétenu :

— C'est toi le jeune qui a violé sa petite nièce au village ? Bienvenu, petit. Je suis emprisonné pour meurtre, mais j'ai aussi des enfants. Ici, nous ne faisons pas de cadeaux aux pervers. Alors, prépare-toi à subir chaque jour, ce que tu as fait vivre à cet enfant !

LE DENI
(AUDE KANNY ASSENGONE)

J'ai compris la leçon.

Avec ce que j'ai vécu, je me demande ce que je dois dire dans le cas où la nature et la science me poussent brusquement dans les bras de mon ex. Boutamba, dit *Boutass*, et moi étions séparés depuis six mois déjà et franchement je n'avais jamais été aussi heureuse, car il a vraiment été l'erreur de ma vie. Malheureusement nous sommes dans le même quartier, on boit dans les mêmes bars, nous avons les mêmes fréquentations.

Voilà pourquoi je ne suis pas surprise de le trouver au bar du quartier.

— Gérante s'il te plaît, apporte-moi une Régab[1] en canette.

— Ok, répond la gérante.

C'est là que j'entends derrière moi :

— Vraiment, une honte totale.

Je me retourne : Boutass est fièrement planté là, l'épaule carrée. Je peste :

— N'importe quoi !

1Régab : Bière locale

Puis je me tourne vers la gérante : « la Coco il faut un peu filtrer tes clients là hein, tu reçois vraiment du n'importe qui et quoi ici ! Des gens et des choses qui traînent la réputation de ce bel endroit dans les caniveaux !

— Tu parles de toi-même, j'espère, réplique Boutass.

— Oh, toi, tu me laisses tranquille !

Mais le bonhomme n'en démord pas :

— Tu devrais avoir honte ! Une femme qui est toujours dans les bars à boire les Régab et à changer d'homme !

Il va me faire monter la moutarde. Je me tourne de nouveau vers lui.

— Tu m'as vue changer qui ?

— On s'est séparés depuis à peine six mois, tu as déjà eu deux gars. Je suis sûr que tu n'es plus avec le dernier là, vu qu'on ne le voit plus.

— Et en quoi ça te regarde ? Gérante, je vais emporter ma bière, au risque de faire du mal à un rigolo ici devant témoins.

— Hi, la honte ! conclut Boutass.

Voici ce genre d'ex, je me demande comment j'ai fait pour le supporter cinq années de ma vie. Un énergumène qui se croit tout permis avec son maigre salaire de forestier. Je vais donc boire ma bière à la maison, où je tombe sur ma mère qui ne me rate pas.

— Poupina ! Je dis, hein, donc ta vie là se résume seulement à boire ?

248

— …

— Moi je suis déjà vieille oh, poursuit-elle. Tu vas bientôt avoir 32 ans. L'école, zéro, même *une petite bricole* pour nous aider ici, rien ! Tu étais bien avec Boutass, la tu as gaspillé votre relation alors que tu étais déjà au foyer, il t'avait déjà mise au centre de sa vie !

— Ce n'était pas écrit qu'il allait m'épouser…

— Ah oui ? Depuis que tu t'es séparée de lui, tu as eu qui comme vrai copain ici, dis-moi ?

— Maman, le temps de Dieu n'est pas celui des hommes.

— Le Dieu dont tu parles va bien te surprendre, ma fille. Si tu es maline, arrange ton mariage avec Boutass, sinon une autre va bien te l'arracher !

— Rassure-toi, je le leur donne même cadeau…

Ma grand-mère me regardait avec un sourire en coin. Depuis un moment, elle me renvoyait ce sourire, qui commençait à m'agacer. Je lui lance un regard en biais, puis je tourne mon regard vers le plafond :

— Si vous voulez déjà me chasser de chez vous, dites-le-moi tout simplement !

Après avoir savouré ma blonde[2], je vais me coucher. Il doit être 23 heures quand je me réveille avec une envie pressante d'aller aux toilettes. J'y passe près de 30 minutes, un écoulement tenace du ventre.

---

2 La Blonde : la savoureuse bière Régab

Je ne fais que ça cette nuit-là, des allers-retours de 30 minutes aux toilettes. Au réveil le matin, je ne suis vraiment pas d'humeur. Comme si cela ne suffisait pas, ce cancre de Boutamba débarque pour voir ma mère et ma grand-mère. Je passe devant eux sans même dire bonjour, avec ma brosse à dents en main et ma tasse d'eau. Je vais m'asseoir au pied du manguier à l'entrée de la maison.

J'entends Boutass, sur le point de partir, qui lance dans mon dos :

— Madame, au revoir !

Je me retourne et me rapproche de lui :

— Attend un peu, s'il te plaît.

— Oui, madame ?

— Je peux savoir ce que tu fais chez moi de si bonne heure ?

— D'abord, il est déjà 11 heures. Ce n'est pas parce que tu sors du sommeil que tu vas penser que c'est toujours le matin !

Mais qu'avais-je donc vu en lui ? Tout ce qu'il dit m'irrite littéralement, il m'énerve !

— Tu fais quoi chez moi ?

— Je suis venu dire bonjour à tes mamans.

— Pourquoi ? Tu n'as pas ta mère, que tu peux câliner chaque matin ? Ta grand-mère aussi est encore vivante, n'est-ce pas ?

— Tu m'as arrêté pour ça ?

— Oui, et pour te demander de ne plus venir chez moi ! Je ne veux pas que mon copain te trouve là !

— Ta mère m'a dit que tu t'es encore séparée du teint clair avec qui je te voyais…

— Et alors, en quoi ça te regarde ? Ne viens plus chez moi !

Il met la main dans sa poche et en ressort un téléphone *androïde moutouki* :

— Regarde !

Je me rapproche.

— Quoi ?

Il me montre une photo d'une jeune dame.

— Ma métisse.

J'éclate de rire.

— Eh ! Pitié de toi ! Boutass, tu crois vraiment qu'une femme comme celle-là va te regarder ? Continue de rêver !

— Bientôt tu la verras passer ici. Une vraie fille ! Rien à avoir avec les filles de kinguélé comme toi, qui tuent leur temps au bar !

— Les dents espacées que je vois sur sa photo m'indiquent qu'elle ouvre les capsules des grandes bières doppel avec la bouche !

— La métisse de qui ?

— La tienne, mon frère !

— Je comprends ta jalousie.

— Ma… quoi ?

Je n'ai même pas le temps de finir ma phrase, que je me mets à courir vers les vestiaires. Cette fois, j'y passe près d'une heure. Je suis tellement touché que je suis obligé de placer une natte devant la porte des toilettes. Je m'allonge dessus avec ma bouteille d'eau.

Ma meilleure amie Créole, qui inquiète de ne pas me voir à notre coin habituel de la journée, vient me rejoindre.

— Ma co, c'est comment ? Tu es allongée devant vos toilettes, l'odeur-là ne te dérange pas ?

Je suis épuisée.

— Ma co, je ne sais pas ce que la bière là me fait depuis hier, c'est comme du poison. Personne n'a mon temps dans cette maison, depuis hier que je souffre.

Depuis la cuisine, maman m'entend. Elle met sa bouche dans notre conversation :

— Mais si tu sens que ça ne va pas, fais un tour à l'hôpital ! Tu as la CNAMGS[3], n'est-ce pas ?

— Hummmm, je vais aller dire au docteur que j'ai la diarrhée ?

— C'est aussi une maladie ! Regarde comment tu es en train de maigrir. Tu penses que c'est en restant allongé, là sur le sol, que tu vas guérir ? Je vais au marché. Créole, tiens ces dix mille francs, accompagne ta sœur au

---

3Assurance maladie

dispensaire.

Après trois tours supplémentaires aux toilettes, Créole réussi à m'apprêter pour le dispensaire. Dans le taxi je prie fort que l'envie ne me prenne pas, imaginez la honte !

En arrivant au dispensaire, je cherche les toilettes pendant que Créole se renseigne auprès des sages-femmes présentes sur les lieux. Je la retrouve quelques minutes plus tard, assise devant une dame.

— Le médecin t'attend, me dit-elle. Vas-y, je t'attends ici.

— Mais, viens avec moi !

— Toi aussi, hein, tu sais que je n'aime pas les hôpitaux. Ok, allons-y.

Nous entrons dans le bureau du médecin.

— Bonjour, nous dit-il.

— Bonjour, Docteur.

— Alors qu'est-ce qui vous amène ?

— Docteur, dis-je, voilà trois jours que j'ai une diarrhée par séquences. Au début, c'était à un rythme normal. Depuis ce matin, je vais aux toilettes toutes les 10 minutes !

— Vous avez mangé quelque chose d'inhabituel ?

— Non, docteur. J'ai même cru que c'était le piment des cotis que j'ai mangé avant-hier, mais j'en doute.

— Des vomissements ? Douleurs ? Du sang dans vos excréments ?

— Rien de tout cela, docteur.

Le docteur se lève, il inspecte mes yeux, puis il me demande de m'allonger sur une espèce de petit lit de consultation. Il sort son stéthoscope, palpe mon ventre.

— Vous avez mal quand j'appuie ici ?

— non

— Et là ?

Je me tords et pousse un cri.

— Aie ! Oui, docteur, ça fait mal !

Le docteur regarde sa montre :

— Vous avez dit toutes les 10 minutes ?

— Oui, oui.

— Ok. Restez allongé.

Il se dirige vers la porte et demande qu'on appelle une certaine Peggy. Il demande ensuite à Créole de sortir.

Peggy, une dame âgée, arrive. Le médecin lui chuchote quelque chose. Elle me demande de retirer mes vêtements, ce que je fais sans bouder. Elle me palpe un peu et fait un oui de la tête au docteur.

Moi aussi je me tourne vers le docteur :

— Docteur, c'est bon, je peux rentrer ?

C'est l'infirmière Madame Peggy qui me répond :

— Tu veux aller où, ma fille ? Le travail a commencé !

— Le travail ? Quel travail ?

Le docteur s'approche de moi et me prend la main.

— Ce sont des contractions que vous avez depuis hier, jeune dame. On va vous préparer pour la salle d'accouchement.

J'éclate de rire, tellement tout cela est saugrenu :

— Pardon, docteur ! Passez-moi ma robe, je vais rentrer chez moi. Pour accoucher, il faut d'abord être enceinte.

— Regarde bien ton ventre, ma fille, répond l'infirmière.

En regardant mon ventre, j'ai l'impression en effet de le voir prendre du volume à la seconde. J'ai un vertige violent, je commence à vomir.

— Docteur, mais c'est qui le père ?

— Madame, je ne suis que médecin, pas devin !

Créole me rejoint dans la salle et le médecin lui explique que j'ai fait un déni de grossesse. Je n'écoute même plus ce que me dit le médecin. Il me fait une échographie dans la foulée. Moi je suis dans les calculs. En fait, le résultat tombe sous le sens : le papa est Boutass !

J'ai seulement envie de disparaître.

J'appelle ma mère. Elle est sous le choc. Mais elle réagit très vite (elle a aussi fait le même calcul, apparemment !). Elle est encore au marché, elle prend quelques affaires pour le bébé et moi, avant de nous rejoindre au dispensaire.

Je compose le numéro de Boutass. Il décrocha à la troisième sonnerie.

— Oui, madame ?

— Re-bonjour ! Tu es où ?

— Ça ne te regarde pas, me répond-il.

Il fait son malin

— Bref, je suis à l'hôpital. Il faut que tu viennes en urgence.

— Ah la vie, dit-il. Tu vois, quand je te dis souvent que la longue bouche ne mène nulle part ! Comme J'ai maintenant ma métisse, tu te retrouves à l'hôpital et tu m'appelles.

— Tu viens ou pas ?

— Je suis un enfant saint, je vais venir. Tu es dans quel hôpital, madame ?

— Je suis au dispensaire.

— Peut-être que je vais arriver avec ma métisse, au cas où tu essaies de me reconquérir là-bas !

— Tu ne sais même pas ce que j'ai.

— Si ce n'est pas ton palu de tous les jours, ça va être quoi ? J'arrive !

— Ok, à tout à l'heure.

Je l'attends ici avec sa métisse.

ESCAPADE A MONT-BOUËT
(THERESE MARIELLE BIYOGOU)

Reine et Élisabeth, deux amies ont décidé de faire leurs emplettes au marché Mont-Bouët. Chacune d'elle vient de percevoir son salaire, elles ont donc décidé d'aller renouveler leurs garde-robes. À chaque coin de rue de ce marché, le plus grand du Gabon, des vendeurs à la sauvette s'exclament :

— Venez, payez, venez, payez, cadeau y en a… Oh, ma voisine s'habille mieux que moi ohh ! Oh ! Je n'ai pas la chaussure de Preta ohhh ! Ô ! ma copine a la jupe de la Donia et le haut de la patrona !.

— Arrêtons-nous d'abord ma Co[1], propose Reine. Tu sais que c'est dans le Moutouki qu'il y a la vérité.

— Hum, moi je n'aime pas les debout-debout là, répond Élisabeth d'un air méfiant. Tu sais que nous sommes quand même des juges, on peut nous reconnaître.

— Ah, laisse-moi tout ça. La vie du siège ce n'est pas ici. Regarde le pantalon que je porte, c'est ici que je l'ai eu. Mais qui peut savoir ? Je l'ai eu à 2000 francs et même là, c'est parce qu'il était midi. Aujourd'hui avec un peu de chance, comme il est déjà 16 h, on pourra avoir de la bonne friperie à 500 francs.

1Ma Co : « Ma copine », dans le langage usuel local.

Élisabeth se laisse convaincre et finit par accepter. Les deux jeunes dames se mettent à fouiller les vêtements. Le vendeur, de son côté, crie de plus belle pour attirer d'autres clientes, en tournant et retournant le linge sur des cartons étalés au sol.

— Ô ma Co, regarde cette chemise, est belle, elle pourrait m'aller, s'exclame Élisabeth.

— Prend-là, lui propose Reine.

Élisabeth se tourne vers le vendeur :

— Mon frère, je peux essayer ? lui demande-t-elle.

— Ma sœur, essayer c'est gratuit répond le vendeur.

Élisabeth qui s'empresse d'enfiler la chemise.

— Mamooo[2] ma Co, quand je te disais de prendre cette chemise ! s'exclame Reine. Tu as déjà un pantalon de la même couleur, que j'aime trop voir. Quand tu vas porter ça lundi, franchement le goût de ça.

— Oui ma Co, je prends !

— Ok, continuons de fouiller.

Et alors que les deux amies continuent de remuer les vêtements, arrive une autre dame, d'un âge plus avancé. Elle salue le vendeur de façon très conviviale :

— Asso, on dit quoi ? Tu as déballé ? Il n'y a rien pour moi, là ?

— Eh, mon Asso ! s'exclame le vendeur. Assieds-toi

2Exclamation populaire équivalente à « Waouhhh ! »

seulement.

Elle vient s'asseoir, non sans jeter un regard méprisant aux deux jeunes dames. Reine n'apprécie pas. Et elle entend faire le reproche à la dame :

— Ma sœur, on se connaît ? Il y a un problème ?

La dame l'ignore.

— Eh maman ! C'est à toi que je parle, persiste Reine. On t'a dit que c'est moi qui couche avec ton mari ?

La dame prend alors le temps de poser son sac. Puis elle se lève et se place devant Reine avec fierté :

— Quand tu me regardes, peste-t-elle subitement, tu vois que toi et moi on peut avoir les mêmes courtisans ? Je suis une dame, moi. Je ne fréquente pas les gens de ta catégorie. Je roule en Prado, et je trav…

— Eh, eh, eh ! Stop ! tranche soudain Reine.

Elle se tourne alors vers Élisabeth, qu'elle saisit par le bras pour l'entraîner hors du marché :

— Ma Co, allons. Ça, c'est la malchance.

— Mais ma Co, laisse-moi payer au mois les choses que j'ai prises !

— Non, non ! Je commence à manquer d'air…

La dame veut continuer de relater ce qu'elle est, mais Reine rétorque sans retenue :

— Si tu étais quelqu'un, comme tu le prétends, ce n'est pas à Moutouki qu'on allait se croiser, mais au Tribunal où je pointe chaque matin.

Sur ce, elle force Élisabeth à tourner le dos, abandonnant tout ce qu'elles avaient déjà trié. Les deux amies poursuivirent leur chemin, bredouilles.

Soudain, une voix crie derrière Élisabeth : « La route, la route ! » Au moment où elle veut se retourner, elle a juste le temps de se cramponner à l'épaule de sa copine pour maintenir son équilibre, une brouette remplie de provisions vient la frôler, passant devant elle à une vitesse folle.

— Mais mon frère, s'écrie-t-elle, tu ne me laisses même pas le temps de te céder le passage ! Et si je m'étais fait mal ?

— Ici c'est comme ça, lui répond le pousseur de brouettes qui déjà, demande de nouveau la route à quelqu'un d'autre.

— Ah ma co, ça va aller la rassure Reine. Serrons les cœurs et restons concentrés sur nos choses.

Elles arrivent à un carrefour et se dirigent vers un vendeur de sacs. Reine en repère un qui lui plaît et le pointe du doigt.

— Mon frère, il est à combien, ce sac ?

— Celui-là est à 4000 francs, mais c'est pas la pharmacie, ma sœur. Tu as combien ? Viens, on discute.

— Pfff ! Nous n'avons que 5000 francs et on veut deux sacs.

— Yé ! s'écrie le vendeur. Toi tu veux tuer mon

commerce ! Tu peux ajouter combien ?

— Mais on n'a rien d'autre, mon frère. Même là, si on te donne tout ce qui nous reste, on ne sait pas comment on va rentrer.

Tout à coup, une personne qui passait par là vient se mettre devant Élisabeth

— Madame le juge, que faites-vous ici ?

— Euh, euh… hésite à répondre la jeune dame.

C'est un monsieur qui a eu un litige avec un de ses locataires. Il a une affaire en suspens au tribunal. Élisabeth se reprend :

— Je suis venue accompagner ma sœur.

Reine écarquille bien grand les yeux.

— D'accord, répond le monsieur. Bah écoutez, bien des choses à vous.

Pendant qu'il s'éloigne, le vendeur de sacs fronce les sourcils :

— Toi tu es juge au grand tribunal là-bas et tu viens discuter le sac on dirait étudiante ? Tchiiiip ! Si je savais, j'allais même te bloquer le prix à 10.000 francs !

— Ma Co, dit Élisabeth à Reine, allons, laisse-le avec ses faux sacs-là.

Elles continuent bredouilles.

— Ma Co, regarde les babouches là, repère Reine. *Kié* depuis que je les cherche, c'est la tendance du moment.

Elles s'arrêtèrent devant la commerçante, qui les regarde à peine, tellement occupée sur WhatsApp.

— Ma Co, tu es sûre que ça, c'est pas chinois, s'inquiète Élisabeth ?

— Non ma Co, regarde, essaye toi-même, touche, tu vas sentir la matière. Mais la vieille, c'est même combien ?

La commerçante ne répond pas.

Ma Co, surtout cette couleur ! Mais c'est combien ? demande à son tour Élisabeth.

La commerçante ne fait toujours pas cas. Déçues après une troisième demande, elles décident de poursuivre leur chemin. Au moment où elles s'apprêtèrent à partir, la commerçante essaye subitement de les retenir :

— Ah, Madame tu as combien ?

Reine entre dans une colère noire et entreprend de répondre vertement à cette commerçante, mais Élisabeth la prend par la main.

— Ma Co, je commence à avoir faim, tu ne connais pas un coin ?

— Si, répond Reine. Allons à l'intérieur.

Après 15 minutes de marches et de détours, elles arrivent chez maman Sosso.

— Bonsoir, la vieille, lance Reine. Il te reste quoi ? On a faim.

— Mes filles, épinards et nyembouet.

— Oui, donne-nous le nyembouet.

— Tu es sûre, s'inquiète Élisabeth. Parce que les sauces là…

— C'est top ma Co, tu me diras.

Elles s'attablent alors, sur ce qui peut rester d'une table qui a déjà servi depuis longtemps. Après avoir repris des forces, elles décident de poursuivre.

Ma Co, il se fait tard on n'a toujours rien, s'inquiète Élisabeth.

— Ah ma Co, il y a encore de belles choses, on va chercher à remonter vers la gare routière et trouver quelque chose.

Elles pressent le pas et tombent sur un vendeur de jeans. Chacune réussit à prendre deux jeans pour 1000 francs l'unité. Ce qui leur redonne de la force pour continuer, en se racontant déjà les exploits de ces habits sur leurs formes généreuses au bord d'une de ces plages de Libreville ou sur une terrasse de Restau. S'en suivent des achats de chaussures, de bijoux, de sacs et pleins d'autres articles.

— Finalement, dit Reine, on aurait dû se concentrer sur cette ruelle depuis l'arrivée, c'est ici qu'on a presque tout pris. Je suis contente.

Élisabeth acquiesce de la tête. Reine remarque sa transpiration, alors que les éclats du jour disparaissent petit à petit pour laisser place aux ombres de la nuit.

— Que se passe-t-il, ma Co ?

— Je ne sais pas, mais mon ventre me fait mal. Cherchons des toilettes publiques sinon, je ne pourrais pas arriver chez moi.

— À cette heure ! Mieux, allons cogner dans une de ces concessions et demandons le service.

Chose dite, chose faite. Mais derrière le portail, un imposant chien de race déchaîné se met à aboyer. Élisabeth a tellement peur qu'elle s'enfuit derrière la maison où sans rien demander, se libère. Les jeunes dames ne tardent pas à reprendre le chemin, en cherchant maintenant des taxis.

« Awendje, 200 l'arrêt, au 12 par la caisse, Nzeng Ayong aux feux… »

— Ma co, chacune va maintenant prendre sa route.

— D'accord. La prochaine fois, on ira à « Nkembo by night » !

DIEU DORT
(MARCEL NGUIAYO EFFAM)

Bientôt 6 heures. Le ciel était dégagé. Le quartier Awoungou s'animait. Comme tous les samedis, le marché du coin allait connaître une activité hors du commun. Ses commerçantes troqueraient leurs marchandises ordinaires pour écouler la viande de brousse. Les balayeurs dépoussiéraient les étales numérotées, les abords du marché, les voies de passage, les bancs et tables qui serviraient aux consommateurs. La clientèle triplerait en nombre. Les tenancières des bars alentour sortaient des casiers de bière vides, les disposaient en colonne, les uns au-dessus des autres, en attendant l'arrivée des livreurs.

On croiserait là, collaborant avec les commerçantes, des chasseurs de tous poils, et quelques braconniers. Y seraient exposés, marchandés puis vendus : des serpents, des gorilles, des caméléons, des chauves-souris, des quartiers d'éléphants, du chat et une panoplie d'animaux protégés. La clientèle se composerait de commis de l'état, de hauts gradés des forces de l'ordre, des Occidentaux en quête de mets exotiques et d'une innombrable portion de gourmets à l'appétit féroce.

Malamba Didier comptait parmi les écailleurs du marché les plus appréciés. C'était un des plus anciens. Il avait commencé cette activité avec une poignée de copains soucieux de sortir de la précarité. À l'époque, le gagne-pain, comme son nom l'indique, consistait à écailler du poisson à l'aide d'une brosse sertie de clous. Face à l'évolution du marché, le métier s'était développé. Les écailleurs continuaient de dévêtir les poissons, mais ils se focalisaient à présent davantage sur la viande de brousse qu'ils dépeçaient, désossaient et quelquefois cuisinaient sur place.

Didier n'avait bénéficié d'aucune formation. À 40 ans, il s'était bâti une vie à la force du poignet. De taille moyenne, chauve, le visage rond, boutonneux, il n'avait guère du succès auprès des femmes, qui le payaient de mépris à la moindre occasion. Son logement de location ressemblait à un débarras. Une décennie qu'il vivait dans son réduit en planche derrière la mairie d'Awoungou, et qu'il n'avait aucune nouvelle de sa fille, réquisitionnée par sa mère, désormais deuxième femme d'un marchand de vin de canne à Lébamba.

Malamba avait rejoint le marché dès l'aube. Il était passé par la porte de derrière, qui jouxtait l'énorme bac à ordures de Sovog, vêtu d'une combinaison bleue et d'un bonnet replié au centre du crâne. Il s'appliquait à nettoyer ses outils lorsqu'il entendit le bruit d'un véhicule qui roulait à vive allure. Son espace de travail, une table basse non loin du robinet, était à l'opposé de la barrière. Le temps de lever la tête, la voiture fit grincer les pneus sur le bitume. Un épouvantable bruit de freins. Lorsque l'écailleur monta sur une chaise en plastique pour jeter un œil dehors, il vit un pick-up double-cabines noir. Il aperçut un individu encagoulé jeter un sac à dos dans le bac à ordures. Puis la voiture redémarra et disparut en dépassant la mairie. Une poignée de secondes, un second pick-up double-cabine blanc passa à tombeau ouvert, et fila en direction du sentier par-delà la mairie.

Didier se remit à nettoyer ses couteaux. Dans le second véhicule, l'écailleur avait reconnu Chaka, le célèbre élément de la police judiciaire qui vivait dans le secteur. Il se demandait ce que pouvait bien contenir le sac. Une poignée de secondes plus tard, à l'aide d'un morceau de bois, il récupérait le sac à dos. Il ouvrit la première poche et découvrit une carte de séjour appartenant à un individu d'origine Maghrébine, deux passeports, des relevés bancaires, des factures, des reçus, des rapports de comptabilité et un tas de papiers divers. Il remonta la fermeture éclair de la deuxième poche et ce fut le choc : plusieurs liasses de billets de dix mille empaquetées.

Didier courut en direction de son domicile. Sitôt enfermé dans sa chambre, le cœur battant, l'ampoule électrique allumée, il inspecta la troisième poche et vit d'autres liasses de billets de banque. Il eut envie de pisser, se dirigea vers la porte pour gagner les w.c. situés dehors, mais aussitôt il revint sur ses pas. Il dissimula le sac sous le matelas, empoigna sa braguette, tourna en rond, puis saisit une bouteille d'eau vide et urina dedans. Sitôt après Didier renversa le contenu du sac sur le matelas et compta les billets.

Il possédait 50 000 000 de francs CFA. Il demeura dans les nuages un moment. Quelqu'un vint cogner à la porte de sa chambre. Il sursauta et s'empressa de cacher son magot sous le matelas.

— Malamba ?! Malamba ?! Tu es là ?

Il reconnut la voix de Roberto, son collègue écailleur.

— Oui, Roberto, ya quoi ?

— C'est comment ? J'ai vu ton matériel au marché. Tu es revenu dormir ?

— Je ne me sens pas bien. Je ne travaille plus.

— Oh. Regardez-moi les choses. Malamba, on est samedi.

— Je ne me sens pas bien. Roberto fous-moi la paix !

Roberto se retira. Didier s'allongea sur son lit. Une chance pareille, seul Dieu pouvait en être l'origine, se dit-il. Il songea à son enfant, à ses vieux parents qui miseraient au village, à toutes les femmes du quartier qu'il avait désirées, et qui l'avaient humilié, miniaturisé devant les gens. Des larmes s'échappèrent de ses yeux. Lui le vilain, l'écailleur, lui qu'on ne considérait guère tenait sa revanche sur la vie. Que faire ? Il envisageait de déménager, de récupérer sa fille, de faire un don à l'église, de se trouver une femme ou deux, de s'acheter une voiture puis d'ouvrir un grand bar. Il se mit à genoux et psalmodia quelques prières. Ensuite, il récupéra le sac, observa longtemps l'homme identifié dans la carte de séjour. Les deux passeports appartenaient à deux préadolescentes sensiblement de la même origine que le Maghrébin.

Puis il alla fouiller dans une de ces cachettes de quoi se procurer à manger et à boire pour la journée. Il rangea les pièces d'identité sur une tablette à côté du lit, ouvrit la porte de sa chambre et éteignit la lumière. Il se rendit à la cafétéria, acheta un Spaghetti-Viande et s'offrit quatre Régabs au bar Dieu Dort. De retour dans son intimité, il ripailla, bu tour à tour les bières, se tua le cerveau à construire des châteaux et las, se rendormit autour de 9 heures. Lorsque Didier se réveilla, il était 15 heures. Il vérifia qu'il ne manquait rien à son pactole avant de montrer son nez dehors. Il avança vers le marché. Du monde animait encore la place. Non loin de la poubelle, il rebroussa chemin. Roberto l'aperçut et l'interpella.

— Malamba, tu as raté ! Aujourd'hui les clients étaient versés. Viens, je te paye une bière.

Ils évoluèrent vers le bar Dieu Dort en face de la mairie.

— La journée là est bizarre. Il y a des gens bien habillés, comme toi et moi, qui sont venus fouiller la poubelle vers 10 heures.

— Hein !? s'écria Didier en immobilisant son collègue.

— Dans la poubelle, je te dis ! Quatre gaillards. Ils ont fouillé, fouillé, fouillé la saleté comme des fous. On ne sait pas ce qu'ils cherchaient. C'est quand les enfants du quartier ont commencé à crier sur eux qu'ils sont partis. Ils étaient mal énervés. Et puis à midi, Chaka et ses gars sont venus. Et devine quoi ?

— Ils ont fouillé la poubelle.

— Oh. Comment tu sais ?

— J'ai deviné.

— Ils ont fouillé la poubelle. Quand ils ont fini, Chaka a dit que des bandits ont agressé un grand type, un marocain, ils ont volé 50.000.000. Mais il n'a pas dit pourquoi ils fouillaient la benne de Sovog. Personne n'est bête. On dirait que l'argent là a visité notre poubelle avant de disparaître. Nda ! 50 patates à côté de nous et personne qui voit. Kiée ! Pourquoi Dieu nous fait ça ?

Ils étaient assis à la terrasse du bar. Le soleil de 16 heures baissait d'intensité. La gérante alluma la télévision, augmenta le volume et commenta à voix haute les images qu'on y diffusait. Malamba et Roberto s'approchèrent du petit écran, bouteille en mains. C'était une édition du journal d'information de Gabon 24. On évoquait un braquage à main armée. Saïfi, un marocain 65 ans, avait perdu la vie d'une balle dans la tête devant femme et enfants. Son épouse s'était fait violer et les braqueurs avaient dérobé une somme de 50 000 000 de francs CFA. Les images du corps ensanglanté défilaient. Puis un élément montra la veuve éplorée dans un cadre hospitalier. Au micro, elle implora toutes personnes de bonne foi de rapporter les papiers de son défunt mari contenus dans le sac que les bandits avaient enlevé.

Didier vida sa bouteille et, prétextant un malaise, rentra chez lui. Il avait reconnu l'homme dont il détenait les papiers. Il demeura une partie de la nuit, sur son matelas, à tenter d'évacuer le malaise qui s'emparait de lui. Lorsqu'il se réveilla le lendemain, au tour de 9 heures, il se débarbouilla, porta sa tenue du dimanche, jeta un œil sur sa fortune et récupéra toute la paperasse que contenait le sac. Il soutira un billet de dix mille dans le magot et referma la porte à clef derrière lui. Il prit le chemin de l'église Saint-Pierre. Le culte fut expéditif, car il le prit de court. Cependant il avait noté que le prêche du prêtre portait sur la grâce que Dieu réservait à ceux qui pratiquaient la vertu.

Didier se rendit ensuite au siège de la police judiciaire. À la réception, il communiqua à l'agent de police en poste l'objet de sa présence, puis présenta les papiers de la victime du braquage qui faisait la une des journaux. Le policier récupéra les documents et passa plusieurs coups de téléphone. Peu après, un officier vint conduire Malamba dans une pièce, le fit asseoir et l'interrogea. Sur le chemin de l'église, Didier avait eu le temps de préparer ses mots : il avait entendu les propos de la veuve au journal d'hier. Et il avait ramassé ces papiers le matin, par hasard, alors qu'il se rendait à l'église. Il avait reconnu la victime du cambriolage…

Plusieurs agents de police vinrent l'interroger à tour de rôle. À chacun il fournit des informations le concernant, puis raconta comment il s'était procuré les papiers. Une heure plus tard, il en était à attendre qu'on lui permît de s'en aller. Quelque chose ne tournait pas rond, lui semblait-il. Les agents le prenaient en photo, le dévisageaient, réclamaient des informations à propos de son entourage, de ce qu'il avait fait la nuit du vendredi à samedi, qui pouvait confirmer ses propos, etc.

Lorsque, enfin, il put regagner Awoungou, autour de 13 heures, il était loin de s'imaginer qu'un véhicule banalisé le suivait, avec à son bord trois policiers. Il descendit au niveau du marché, emprunta la route qui mène à la mairie, et répondit à l'appel de Roberto, lequel buvait à Dieu Dort en compagnie de plusieurs écailleurs. Il prit place, offrit une tournée générale, se paya une brique de vin et écouta les commentaires. Il sut que les gars qu'on avait vus fouiller la poubelle s'attardaient dans le coin, et que les employés de la voirie venus effectuer leur boulot s'étaient retrouvés à nettoyer la benne à ordures, entourés d'un grand nombre de curieux. Les policiers en civils avaient garé leur véhicule en face du marché. Ils s'étaient mêlés aux clients du bar, avaient commandé à boire et prêtaient l'oreille.

À 17 heures, bourré comme un kota, Didier prit congé et, titubant, gagna sa chambre où il sombra dans le sommeil sans éteindre la lumière. À minuit, la porte de sa chambre vola en éclat. L'écailleur se réveilla en sursaut. Un des hommes pointa son pistolet contre lui et lui recommanda de se taire et de s'agenouiller. Cependant, les autres fouillaient partout et renversaient le moindre objet. Ils ne tardèrent pas à découvrir 49.990.000 francs CFA soigneusement étalés sous le matelas. Ils emportèrent le pognon en même temps que l'écailleur. Une semaine après, on fit circuler dans le quartier un avis de recherche au nom de Malamba Didier.

Au bout du reve
(Clarisse MABITI)

Il est dix-huit heures à Kinguélé.

Un 22 septembre.

Lentement, le soleil se retire pour laisser place aux lueurs du soir. Au loin, une foule s'est rassemblée autour de ce qui semble être un corps. C'est la panique totale, on regarde ce corps frêle les yeux ébahis. « Que s'est-il passé ? », c'est la question qui viole la quiétude des consciences. Comme le médecin après la mort, les forces de l'ordre débarquent sur les lieux. Ils circonscrivent une zone de sécurité et éloignent la foule qui s'entasse déjà comme dans une fourmilière.

— Regarde, qu'y a-t-il à côté du petit ? Lance un des agents en pointant du doigt un objet.

— C'est un sac. Je regarde ce qu'il contient, répond un autre.

À l'intérieur du sac, il découvre un maillot blanc portant le dossard 7 au nom de « Ronaldo », une carte de membre du Murhonzi FC, un ballon de football bleu usé et rafistolé et un cahier de couleur jaune, qui contient émoticônes de ballon de football. Les agents ouvrent le cahier et découvrent ce qui semble être un journal.

— Donne-moi la carte pour que j'identifie la victime.

L'agent tend la carte et le sac à son collègue.

— Il s'appelait Mekui Émile, il avait treize ans. Apparemment, il était doué, c'était le capitaine de l'équipe !

— Lisons le cahier et voyons ce qu'il contient.

« *26 août, 7 h.*

Bonjour mon cher ami,

Voilà plusieurs mois déjà que je ne t'ai rien confié, je m'en excuse. L'école, la pression de mes parents, les vacances… Tout est arrivé tellement vite ! Comme tu t'en doutes déjà, j'ai tout déchiré cette année ! Eh oui, tu as l'honneur d'être en présence d'un breveté.

11 h.

Désolé, j'ai dû partir précipitamment, papa avait besoin de mon aide sous le capot de sa voiture.

Où en étais-je ? Ah oui, je suis donc diplômé et maintenant en vacances, n'est-ce pas génial ? Pour me récompenser, papa m'a acheté un nouveau ballon de football et un maillot de mon idole. J'en prends bien soin et d'ailleurs, ça me porte chance sur le terrain.

Au fait, j'ai de nouveaux amis. Le quartier est rempli de vacanciers. Au stade Tsundo, notre stade improvisé, j'ai rencontré Steph alias "Messi" et Phill alias "Sadio Mané". Ils sont sympas et sont très doués comme moi.

Je te laisse, je dois me préparer pour le match de cet après-midi. »

Après cette première lecture, les agents se regardent tous, sans expression particulière. L'ambulance du SAMU arrive et embarque le corps du jeune garçon. La place se vide.

Dans le fourgon de police, les agents débriefent sur ce drame.

— Comme c'est triste ! dit un agent.

— Ça, tu l'as dit ! renchérit une autre.

— J'ai interrogé les commerçants et quelques passants, le bilan est négatif. Personne ne sait rien et n'a rien vu, dit un troisième.

— Je pense que ce cahier est la clef qui nous permettra de comprendre cette situation. Comme je suis de garde, je le lirai et je ferai un rapport demain, dit le quatrième agent.

« 28 août, 7 h.

Nous avons joué aujourd'hui contre Aigles FC, l'équipe du quartier voisin. On les a ratatinés, les pauvres ! Quelle victoire ! Le score était à égalité en première période, un but partout. Après la mi-temps, ils ont marqué un but, il était de "Pélé". Je l'aime bien, il est toujours au bon endroit, au bon moment. Dans les dernières minutes, j'ai fait un doublé grâce aux passes décisives de "Traoré" et "Hakimi". C'était mon moment de gloire, tout le monde a sauté sur moi. "Messi" et "Sadio Mané" n'ont pas joué et c'est un peu dommage. Ils ont raté un beau match.

J'ai remarqué que deux inconnus nous observent souvent. Je n'ai aucune idée de qui ils peuvent être. »

« 6 septembre, 19 h.

Te souviens-tu des inconnus de la dernière fois ? En fait, c'est Makassa et Bivigou, deux grands noms du football dans ce pays. Makassa et Bivigou se connaissent depuis près de dix années déjà. Ils se sont rencontrés lorsqu'ils jouaient encore en équipe nationale. Ils étaient inséparables. À leur retraite, ils ont décidé de créer un club qui donnerait aux jeunes pousses de ce sport une opportunité en or. Bivigou était une étoile, une figure incontournable du football national. Il avait du rythme dans les pieds, tellement de rythme que ses fans prétendaient qu'il était capable de concurrencer un léopard à la course. Makassa lui aussi, avait un réel don. Son regard d'aigle repérait toujours la direction dans laquelle venait le ballon, et ses gigantesques mains le propulsaient hors de sa zone avec une force incroyable. Makassa a conservé ce regard, il sait lire le talent, l'avenir de quelqu'un rien qu'en le regardant sur le terrain. Et tout le monde rêve de le rencontrer afin de voir sa vie changer. Ils nous ont interpellés : Yoan "Pélé", Jeff "Amonome" et moi. Ils veulent qu'on intègre leur club, le Murhonzi FC. J'en ai parlé à mes parents et c'est OK tant que je fais la part des choses : l'école d'abord, ma passion après. Steph et Phill étaient tristes, mais que faire ? Ils sont vacanciers, bientôt, ils retourneront en province. »

« 13 septembre, 20 h.

Pardonne-moi mon cher ami, avec les entraînements au Murhonzi FC, je n'ai plus de temps pour toi. Ce club est génial ! Nous avons eu droit à un équipement : des bottines et un maillot aux couleurs du Club avec un logo dessus. J'ai rencontré de nouveaux copains et je m'entends très bien avec Yoan et Jeff, nous sommes désormais des coéquipiers. Je porte très bien mon maillot, quand je l'ai montré à Papa, il était tout fier, mais maman pense que je devrais arrêter le sport et me concentrer sur mes études. Elle n'y comprend rien. Le football, c'est ma vie et je veux en faire ma profession. Murhonzi FC est une opportunité et je ne la raterai pas, beaucoup de jeunes de mon quartier rêvent d'être à ma place alors je comprends que j'ai beaucoup de chance.

Ah ! J'allais oublier la grande nouvelle. Imagine !

Moi Émile, je suis le nouveau capitaine de Murhonzi FC. Quel honneur ! Vois-tu comment Dieu me fait prospérer ? Je suis encore si jeune que déjà, au bout, mon rêve m'attend ».

« 15 septembre, 3 h.

L'innocence est une belle chose pour l'âme,
Quand le voile se déchire,
On ne devient plus que l'ombre de soi-même.
Quelle est cette vie ?
Quelle est donc cette vie régie par tant de contraintes ?
Quelle est cette vie qui à chaque étape franchie, pose un ultimatum ?
Faut-il toujours faire un choix ?
Un choix est-il si important même quand il nous déchoit ?
Je suis dans l'embarras !
La vie est une fourberie,
Le véritable visage des hommes se révèle à moi

Et j'avoue que je plains ma candeur,
Cette bêtise qui m'a si souvent fait voir le Bien en chacun
Je plains ce monde qui n'est qu'un piège pour des brebis
comme moi... »

« 08 septembre, 10 h.

Mon moral est assez bas ces derniers jours. Je ne puis que me tourner vers toi, cher ami. Tu es ce qui aujourd'hui, me permet de ne pas flancher.

Te souviens-tu de monsieur Bivigou et monsieur Makassa ?

Eh bien ! Ils sont descendus dans mon estime ces deux-là !

Te rends-tu compte ?

Hier, après l'entraînement, monsieur Makassa m'a convoqué dans son bureau. Il m'a expliqué qu'on devrait passer à la vitesse supérieure. Sur le moment, je n'y ai rien compris. Il s'est levé, a fermé la porte de son bureau. Il est revenu vers moi et m'a dit : "Je suis chargé de recruter des joueurs pour la formation des Panthères juniors. Dans quelques mois auront lieu les qualifications de la Coupe d'Afrique des Nations pour les juniors".

Je le regardais l'air attentif et sérieux, mais en vrai, je jubilais au-dedans de moi. Il m'a touché l'épaule et m'a dit : "Tu es un bon petit, depuis le premier jour, j'ai vu une flamme en toi. J'avais eu raison de te prendre dans ce club, tu apprends vite et j'aime le jeu de tes pieds, mais…".

Je le regardais inquiet, mon cœur battait à se rompre, je

me posais mille et une question. Mon rêve me passait sous les doigts et le suspense qui planait n'arrangeait pas les choses. Il s'est levé et a verrouillé la porte, la salle était trop calme, je sentais son ombre derrière moi et j'étais parcouru par un frisson de frayeur.

Sa voix a tranché le silence : "Mais je doute, je ne sais pas si tu es prêt pour cette compétition. Je veux bien te choisir, mais il faudra que tu me prouves des choses, que tu te montres digne de ce choix. Je dois vérifier si oui ou non, tu as *le truc qui compte*".

Tout cela était bien trop énigmatique pour moi, je n'y comprenais rien. Il m'a dit que je devais lui rendre quelques services et qu'après, j'intégrerais la formation pour la CAN. »

« *10 septembre, 17 h.*

Quels drôles de services que m'a demandé mon entraîneur. Comment peut-il le penser et le dire en me regardant dans les yeux ? Il m'a demandé de n'en parler à personne, mais, que puis-je te cacher cher ami ? Si je ne me confie pas à toi, vers qui me tournerai-je ? Tu es aujourd'hui mon seul soutien. Il m'a dit qu'on doit jouer à quelques jeux, juste lui et moi pour parfaire mon apprentissage. Il m'a donné rendez-vous et j'y suis allée hier. Il m'a invité prendre un jus et manger quelque chose, car selon ses dires, l'entraînement serait rude. Nous étions au "Copacabana", il m'a laissé choisir et j'avoue que j'étais très surpris, mais bon, je n'ai pas posé de questions.

Après, nous sommes allés dans un endroit assez bizarre que je ne connais pas d'ailleurs. C'est vers le marché, juste à sa sortie, il y a des arrêts de bus et à quelques kilomètres de là, dans une barrière, il y a une grande maison qui n'a que des chambres à ce que j'ai pu constater. Un jeune homme nous y attendait, il a remis à monsieur Makassa une clef. Il l'a prise, a ouvert la chambre 7 et m'a invitée à le rejoindre. À l'intérieur, il m'a touché. Il a touché la racine de mon secret… »

« *17 septembre, 6 h.*

Pardonne-moi cher ami, c'est dur d'écrire en repensant à tout cela. J'ai honte, je me sens indigne de tout. Ce type a bouleversé mon existence, je n'ai plus goût à rien, le simple fait de vivre me donne envie de vomir. Cet homme s'est abreuvé à ma source pure, il a introduit son pied indigne dans mon Eden. Il m'a souillé, et plus encore. J'ai vraiment mal, aujourd'hui encore, j'ai trop mal. Je suis inconfortable dans un siège. Papa m'a demandé la raison de mon retrait et j'ai juste dit que les entraînements m'épuisent. Je comprends aujourd'hui que tout à un prix et c'est regrettable. La Virginité de mon âme était le prix à payer pour voir enfin se réaliser mes rêves.

15 h

J'ai finalement intégré la formation, nous nous entraînons tous les samedis au grand stade. J'ai demandé à l'un de mes compagnons comment il avait fait pour intégrer le groupe et il n'a rien voulu dire. J'ai compris qu'il avait subi le même sort que moi. J'ai également croisé Messi et Sadio Mané en rentrant, ils étaient surexcités et voulaient que je leur raconte tout. J'étais obligé de dire des trucs pour les faire rêver sans quoi, ils n'allaient pas me lâcher ».

« 19 septembre, 8 h.

Je m'excuse de mon irrégularité. J'avais un palu qui m'a mis K.O, impossible de prendre du temps pour toi, car maman était derrière moi. Ça va mieux aujourd'hui, j'étais à l'entraînement, mais je n'y ai pas participé, le coach a jugé bon que j'observe, car il me trouvait encore un peu pâle. Dans le bus sur le chemin du retour, monsieur Makassa m'a demandé de le rejoindre demain, il a dit que monsieur Bivigou se joindra à nous. J'avoue que j'ai peur, ils me libéreront peut-être, je ne me suis pas entraîné aujourd'hui et le premier match face à la Guinée est dans trois semaines. »

« 22 septembre, 10 h.

Ça y est, j'y vais. Il m'a fixé rendez-vous pour 11 h, je te raconterai tout à mon retour ».

***

L'agent resté au bureau referme le cahier, stupéfait. Tout devient plus clair dans son esprit. Désorienté, il fait des va-et-vient, puis décide de casser l'œil un moment et rédiger le rapport à son réveil :

— La nuit porte conseil, se dit-il en se couchant.

Morphée ne tarde pas à l'emporter.

À l'hôpital, l'inquiétude est à son comble. Les médecins s'activent et font tout ce qu'ils peuvent, mais le petit est vraiment dans un état critique. Dans la salle d'attente, les parents ne savent plus dans quelle langue prier NZEMBI pour qu'Il souffle comme le jour de Pentecôte. Dehors, les journalistes patientent, quand, devant eux, se présente une blouse blanche. Les micros et caméras se braquent sur l'homme :

— Comment va le petit ? Lance une voix derrière.

— Émile est arrivé dans un état vraiment critique, nous lui avons tout de suite donné des soins appropriés. Mais, à cette heure, on ne peut se prononcer, il est dans le coma et on espère qu'il revienne à lui très vite.

CABRI PALACE
(RODRIGUE NDONG)

De loin, Baby Ada ressemble à un homme. Tout pousse à le croire. Cheveux coupés à ras, elle ne porte jamais de boucles d'oreilles ni d'autres bijoux, se montre hostile l'usage du rouge à lèvres, marque une prédilection pour le pantalon jean et le polo à bras courts. Elle fume beaucoup, elle boit beaucoup. Vue de près, elle trahit sa féminité par la proéminence de sa poitrine et sa voix particulièrement douce.

Baby Ada adore le football, son sport préféré. Dans l'équipe municipale de Kango où elle s'est fait admettre malgré ses vingt-neuf ans, elle évolue comme avant-centre. Son mètre quatre-vingt-dix est un atout qui lui sert beaucoup, notamment chaque fois qu'il faut prendre de la hauteur pour propulser d'un coup de tête rageur la balle au fond des filets.

Baby Ada est une taiseuse. Elle a peu d'amis, sort peu, écoute beaucoup de musique. Sa collection de capsules de bouteilles de bière est considérable. C'est l'une de ses fiertés qu'elle exhibe bien volontiers à qui lui rend visite dans son appartement situé à quelques encablures de l'école catholique. Son homme, Rigobert Nkounkou, s'est installé à Ndjolé pour des raisons professionnelles. Il travaille dans une palmeraie. Il est chef d'équipe. Quand il se trouve à côté de sa compagne, il lui arrive à peine à l'épaule. Contrairement à Baby Ada, Rigobert Nkounkou est un sapeur, un flambeur, un homme qui ne souhaite jamais passer inaperçu, particulièrement lorsqu'il est de passage dans une grande ville. Il court sur ses cinquante ans.

L'homme est à Kango depuis une semaine. Il a bénéficié d'un congé. Lundi, il a promis à Baby Ada une sortie au Capri Palace. Cet hôtel de luxe installé au bord du Komo dispose d'une grande salle de loisirs où l'on trouve des flippers, des billards, des machines à sous, des pistes de danse ouatées et beaucoup d'autres plaisirs susceptibles de séduire toute personne sensible au charme des choses de la nuit.

Dans le bar où ils sont allés prendre un verre, quelques mètres plus bas du côté de l'église Saint-Marcel, ils ont parlé de leur projet de mariage, sans cesse repoussé à cause des affectations périodiques et imprévisibles de Rigobert Nkounkou. Ce dernier songe même de temps en temps à quitter son emploi pour se remettre à la pêche comme naguère. Il se dit que, aux côtés de sa compagne ici à Kango, il pourrait facilement accomplir beaucoup de choses. Baby Ada et lui ont toujours rêvé d'ouvrir une épicerie.

Assis ce lundi dans ce bar, au moment où la nuit tombe et que quelques clients affluent, un vendeur ambulant apparaît sur la route qui conduit là. Il est chargé de deux sacs à dos passablement lourds. Il porte l'un au dos et l'autre à l'épaule. Il se dirige en premier lieu vers la table du couple. Il lance un bonsoir fatigué, le bonsoir d'un homme qui a beaucoup marché et peu vendu, le bonsoir d'un homme qui fait pitié et qui implore qu'on lui prenne même un bibelot pour ne pas rentrer bredouille, le bonsoir d'un homme qui quémande.

— J'ai de la qualité. Tous mes couteaux sont neufs. Ils n'ont jamais servi.

Le vendeur ambulant pose ses sacs au sol. Il en retire plusieurs modèles de couteaux. C'est cela qu'il vend. Rigobert Nkounkou et Baby Ada en sont étonnés. C'est la première fois qu'ils sont abordés par un vendeur ambulant qui ne propose que des couteaux. Un jour, ils sont tombés sur un commerçant qui s'était spécialisé dans la vente des préservatifs. Une autre fois, un marchand de têtes de grenouilles grillées les a abordés. Mais un vendeur de couteaux de table, de cuisine, de chasse, de pêche, suisse, c'est la première fois.

Un client se détache. Il vient voir ce qui est offert à la vente. C'est un homme barbu, binoclard et déjà ivre.

— Je vous conseille d'en acheter un, mes amis, dit-il. Kango n'est plus un havre de paix la nuit. Un couteau, surtout ce modèle qui n'est ni trop petit ni trop grand, peut faire l'affaire en cas de corps à corps. Moi je l'achète. Kango n'est plus en sécurité la nuit, les amis.

Rigobert Nkounkou fronce les sourcils. Il se demande où va le pays. À Ndjolé, on ne parle que d'insécurité à la nuit tombée. À Libreville, à Oyem et à Mouila où il s'est rendu ces derniers mois, c'est la même rengaine. L'histoire d'un crime crapuleux qu'on lui a racontée récemment à Ndjolé lui revient à l'esprit. Alors il n'hésite plus.

— Je prends ce modèle. Baby, je le prends pour toi.

— Mais pourquoi ?

— On ne sait jamais. Ne discute pas. Prends-le et aie-le sur toi quand tu sors la nuit. Ce couteau est bien, il est muni d'un étui.

En guise de remerciement, Baby Ada caresse le bras de son donateur. Rigobert Nkounkou frissonne à ce toucher. Une érection lui vient aussitôt. Baby Ada connaît ses zones érogènes. Tous les deux se regardent. Ils savent qu'une bonne partie de la nuit sera consacrée à se faire plaisir sexuellement.

Samedi est si vite arrivé. Demain, Rigobert Nkounkou repart pour Ndjolé. Il souhaite passer un agréable dernier jour à Kango comme à l'accoutumée avec Baby Ada. Il s'est habillé comme un prince de la sape. Baby Ada est restée fidèle à elle-même.

Le Cabri Palace est bondé comme d'habitude un samedi. Le nombre de véhicules et de motos visibles dans l'immense parking en donne un indice. Rigobert Nkounkou et Baby Ada entrent et vont prendre place dans le fond d'une boîte de nuit endiablée par une musique assourdissante. Personne ne s'entend parler. La climatisation est poussée à fond. Pour passer sa commande, le couple est obligé de se pencher vers l'oreille de la serveuse. Les places assises sont rares. Il y a beaucoup de monde debout.

Vers deux heures du matin, le nombre de clients a fondu. Rigobert Nkounkou a beaucoup bu. Il résiste à l'alcool moins bien que Baby Ada. Il propose de rentrer. Baby Ada fait oui de la tête, absorbe en un clin d'œil son dernier verre, puis demande à son homme de l'attendre dehors, elle se rend rapidement aux toilettes.

Quand elle rejoint Rigobert Nkounkou dehors, elle tombe sur un attroupement. Elle le questionne.

— Apparemment, quelqu'un a été assassiné, répond-il.

Une ambulance est arrivée. Deux hommes sortent un brancard et ramassent un corps recouvert d'un pagne de fortune. Beaucoup de gens se signent. Ici et là des commentaires s'entendent et condamnent cette insécurité sans fin. Ceux qui étaient encore dans la boîte de nuit du Cabri Palace, alertés par ce qui se passe dehors, sont sortis eux aussi. Il suffit de regarder les visages de tous ceux qui sont là, les yeux rivés sur le sang étalé au bord de la route, pour comprendre que plus personne n'a l'esprit à la fête. Les gens rentrent chez eux, inquiets et méfiants. Quelqu'un explique à un autre que la police a été avertie, mais on ne la voit nulle part.

Comme il n'y a plus de taxis par ici, Rigobert Nkounkou et Baby Ada n'ont pas d'autre choix que de marcher, comme beaucoup d'autres. Plus ils avancent, moins il y a de monde dans les rues de Kango cette nuit.

Tout à coup, une voiture de police vient en face, lentement. Elle fait mine de passer quand subitement le chauffeur pile. Quatre hommes en sortent rapidement le flingue à la main, provoquant la fuite des rares piétons qui sont encore là. Surpris, Rigobert Nkounkou et Baby Ada sont restés seuls sur place, aussitôt encerclés par les quatre flics.

— Contre le véhicule, jambes écartées, bras écartés ! hurle un des flics.

Rigobert Nkounkou se retrouve au sol, victime d'un balayage. Il ne comprend pas ce qui lui arrive, bien que dégrisé par tout ce qui se passe.

Le flic qui a fouillé Baby Ada sans ménagement montre l'étui contenant le couteau à ses collègues.

— C'est bon, les gars ! On a l'arme du crime !

Alors qu'elle veut dire quelque chose, Baby Ada reçoit un coup de poing dans le ventre. Elle se plie en deux. Trois policiers la rouent de coups. Elle tombe, tente de se relever, de s'enfuir, mais elle est rattrapée et bastonnée.

Le visage en sang et un œil gonflé, Baby Ada pleure. Elle crie et demande ce qu'elle a fait, ce qu'elle a fait, ce qu'elle a fait…

Un des policiers lui met les menottes dans le dos et lui expédie un coup de pied dans le tibia.

— Tu croyais qu'on n'allait pas t'avoir ? Vous tuez les gens la nuit, vous essuyez vos couteaux et vous croyez circuler comme si de rien n'était.

Rigobert Nkounkou, qui s'est relevé, crie qu'elle n'y est pour rien, que ce n'est pas ce couteau qui a servi au crime qui a eu lieu devant le Cabri Palace. Il n'a pas le temps d'achever sa phrase. Un violent coup de matraque lui siffle à l'oreille, bouscule son cerveau, l'envoie dans les pommes.

Baby Ada est mise dans la voiture de police, sans ménagement. Le policier qui a récupéré le couteau suspect s'attarde. Il regarde Rigobert Nkounkou. Il se baisse et le tire par une jambe, le traînant dans l'herbe. Puis il lui enfonce le couteau dans le ventre, le tourne, tout en immobilisant de toutes ses forces le sapeur.

LE DIABLE AU CORPS
(L'ORCHIDEE MOULENGUI)

Ndoman était un officier influent, méticuleux, mais très ratoureux. Il se révélait parfois un peu rustre au vu de ses actes. Un homme plein de sarcasme et très froid, mais correct quand il s'agissait de son travail. Aux yeux de tous, il voulait être un exemple qui se donnait chaque jour corps et âme pour le bien-être de ses concitoyens. Jusque-là sa hiérarchie n'avait rien à lui reprocher, car il savait se faire petit devant ses supérieurs. Il était déterminé et acharné.

Son métier de gendarme le conduisit dans une brigade d'une bourgade reculée du pays, dans la province du Moyen-Ogooué. Il était toujours affecté dans des lieux retirés, mais il ne se plaignait jamais, car, pensait-il, il devait ces affectations disciplinaires à son caractère austère et animal. Fort de cette conviction, il se disciplinait pour maîtriser sa nervosité et sa respiration saccadée. Il dessinait toujours sur ses lèvres un sourire factice devant ses supérieurs. Son attitude de minauderie lui valut des exaltations, pourtant au fond c'était un loup dans la peau d'un agneau.

Il avait pris ses fonctions à mi-octobre. Il lui fallut du temps pour se familiariser avec ce lieu perdu entre deux montagnes et entouré d'une immense palmeraie. « Il y a au moins quelque chose de positif et nutritif ici. », se dit-il pour se convaincre. Ndoman commença la matinée de son premier jour de fonction, par une passation de service entre le commissaire

291

sortant et lui. C'étaient juste des formalités. Un cérémonial qui l'épuisait. Quelques minutes plus tard, il était devant son nouveau bureau qu'il trouva terne, vieilli par la poussière. Alors il se rendit dans le bureau de ses subalternes pour exiger que le sien soit nettoyé. « Envoyez-moi une femme de ménage sur-le-champ, avant que ma colère ne prenne le dessus », ordonna-t-il d'une voix rogue. Il sortit et claqua si fort la porte du bureau que les murs tremblèrent.

Quelques heures plus tard, sa plaque de commissaire était soigneusement posée sur son bureau. Satisfait, il alluma une cigarette. Un affreux sentiment l'envahit. Il avait mal au cœur et se mit à sortir un flot d'obscénités. Quelqu'un frappa à la porte. C'était un Brigadier. Ce dernier entra et resta prostré devant son supérieur. Il était dans l'incapacité de placer un mot, car Ndoman suscitait la crainte. Étourdi comme interdit, il réussit finalement à placer une phrase.

— Monsieur, nous avons une affaire sur les mains.

— De quelle envergure, Brigadier ? demanda le commissaire d'un ton laconique.

— On note une fracture de la cheville suite à une bagarre. La victime est venue porter plainte et la suspecte est en garde à vue, monsieur.

— La victime ? Parce que c'est une femme ?

— Oui, monsieur.

Hochant la tête pour mettre un terme à ce court compte rendu, il ordonna au brigadier de sortir. Le silence s'empara de nouveau de la pièce. Le commissaire s'obstinait à ne pas quitter son fauteuil. D'un regard circulaire, il parcourut les parois étroites de son minuscule bureau. Son regard resta figé sur le fleuve Ogooué, qu'il pouvait voir à travers la fenêtre. Sur son rivage, il apercevait de jeunes enfants insouciants qui se jetaient dans les eaux par plongeons répétés. Son regard resta un moment suspendu à leurs jets acrobatiques. Il se dit alors qu'il avait complètement raté sa vie. Car il était entré dans la gendarmerie pour couvrir son passé. Dans sa si tumultueuse jeunesse, il avait en effet été brigand, délinquant, fumeur de chanvre et même assassin. De petites larmes involontaires coulèrent sur ses joues.

Ndoman savait qu'il était loin d'être un exemple. Voilà quinze ans de service qu'il s'évertuait à masquer aux autres sa vraie nature. Pour noyer ses peines, il avait comme compagnons intimes l'alcool, les prostituées et les films pornographiques. Il avait développé une addiction à la drogue et aux femmes fortes aux formes généreuses. Il n'éprouvait pas la moindre affection pour elles.

Il essuya la sueur qui lui coulait dans les yeux, tout en maudissant son émotivité. Seul son travail méritait de lui un investissement sans faille. Il aimait l'autorité que cela lui conférait. Son boulot était sa famille Avec l'arrivée des beaux jours au cœur de la forêt dans l'Abanga-Mbiné, il passait ses journées, plongé dans des affaires d'homicides, de vols, de viol aggravé, de disputes conjugales entre autres. D'ailleurs, il s'était fait installer un canapé dans son bureau, qui lui permettait de faire sa sieste en toute tranquillité en milieu de journée. Dès lors, il adopta une attitude snobinarde envers tout le monde. Il lui arrivait d'avoir un air patibulaire, mais il restait cependant un homme irréprochable pour son travail.

À la fin de la journée, le ciel était sombre, comme si le temps annonçait un orage. Avec son caractère renfrogné, toujours mécontent de ses collègues ou vitupérant contre un de ses subalternes, Ndoman ordonna à l'officier de garde de prendre sa nuit. Il voulait rester seul et passer la nuit à boucler des dossiers qui devaient être acheminés le lendemain à la capitale. Il était épuisé. Au soir de cette lancinante journée, il posa ses yeux sur une pile de dossiers du jour, dont l'un retient son attention. En grand caractère, il était mentionné : « Une prostituée en garde à vue après avoir agressé la femme de son client ». Il écarta l'autre empilement de paperasse pour faire de la place sur le bureau. Il se mit à lire le document. Au milieu de la lecture de ces lignes sombres, il décida d'ouvrir son tiroir et d'en sortir une bouteille de whisky et une dose de marijuana.

Tout était silencieux à la brigade. Les agents étaient tous partis. Seul le bruit des oiseaux faisait écho à l'extérieur. Le vent soufflait. C'était le moment idéal pour notre officier de donner libre cours à ses fantasmes. Sur son bureau traînait un ordinateur portable dont il ne se servait presque pas. Il alluma la machine, y introduisit une clef USB qu'il venait de prendre dans son tiroir et se mit à regarder des films pornographiques. Feulant doucement, il commença à remuer ses pieds. Le désir montait en lui, brutal, dépersonnalisé, sauvage. Il sut que bientôt ce désir serait hors contrôle. Il lui fallait une proie sur-le-champ. L'instinct du prédateur s'éveilla en lui. Machinalement, il se leva et se dirigea vers les cellules. Dopé à la marijuana, il était méconnaissable. Une seule idée l'obsédait : une prostituée était en garde à vue, proie facile et offerte à son avidité.

Ntsame était dans une cellule depuis le début de l'après-midi. Elle avait été arrêtée après une rixe au marché de Ebel

Abanga, où elle vendait son poisson chaque jour. Pourtant, la journée avait bien commencé. Aux premières lueurs de l'aurore, comme à son habitude, elle s'en était allée acheter son poisson aux pêcheurs qui arrivaient au débarcadère. Puis elle s'était installée à son emplacement habituel pour le vendre aux routiers de passage. La courte vie de Ntsame pouvait se résumer en quelques secondes. Née trop tôt d'une mère adolescente qui ne voulut pas d'elle, cette dernière était venue la jeter chez sa grand-mère au village. Ntsame avait vite mûri : toujours trop grande pour son âge, trop jolie pour son environnement, elle avait très vite plongé dans la facilité. À 25 ans, elle avait déjà 4 enfants et une réputation solidement installée dans toute la zone. Les routiers se passaient le mot et la bonne adresse : « A Ebel Abanga, il faut juste demander Ntsame la prostituée ». Ainsi, elle passait ses nuits à offrir ses charmes à des inconnus. L'argent ainsi obtenu lui permettait d'acheter du poisson qu'elle vendait au marché pour nourrir ses enfants. C'était ainsi depuis des années. Au fil du temps, elle s'était constitué un réseau de clients réguliers qui avaient leurs habitudes, leurs périodes de passage, leurs exigences. Depuis peu, un de ces nouveaux clients, Maboko, s'était épris d'elle. Marié, ingénieur dans une entreprise qui réfectionnait la route Bifoun-Ndjolé qui passait devant Ebel Abanga, Maboko faisait ce trajet trois fois par semaine. Dès qu'il était tombé sur Ntsame, il avait entamé avec elle une relation à bénéfice mutuel. Puis il s'était épris d'elle, à ses dires, et avait commencé à lui promettre des choses que les hommes mariés promettent toujours en sachant qu'ils ne les réaliseront jamais. Maboko voulait l'exclusivité, il promettait de sortir Ntsame de sa condition, de la prendre en charge avec tous ses enfants, de l'emmener à Libreville et de lui offrir un cadre de vie plus décent.

Maboko ignorait que cette route qui l'avait emmené jusqu'à Ntsame, avait déjà déversé devant la maisonnette de la jeune femme le meilleur et surtout le pire de la gent masculine. Ntsame avait tout vu, tout entendu. Dans sa chambre aux parois en bois pourris par l'usure, le désespoir et les ans, la jeune femme avait accueilli sur son modeste lit des hommes de toutes nationalités et de toutes conditions. Son oreiller avait été le témoin privilégié de toutes sortes de confessions et promesses, dont aucune ne s'était jamais réalisée. Le désir physique a l'étrange capacité de faire prendre aux hommes des engagements qu'ils ne peuvent tenir qu'au moment où ils les prononcent. Le moment féérique passé, ils retombent sur leurs pattes et leurs engagements se dissolvent dans l'évidence et le mensonge. Mais Maboko était tenace. Voilà maintenant qu'il promettait de divorcer pour s'installer avec Ntsame.

Ce matin-là, Ntsame avait à peine terminé de dresser son étal qu'une femme descendit d'un véhicule qui venait de stationner et se présenta devant elle, furieuse. « C'est vous Ntsame la prostituée ? lança-t-elle immédiatement.

Ntsame marqua sa surprise. Mais la vie lui avait appris à répondre coup pour coup.

— Toi-même tu es qui, d'abord ? Et qui t'autorise à me parler ainsi ?

— Je suis Madame Maboko, et je suis venue te prévenir : si tu ne t'éloignes pas de mon mari, c'est à moi que tu auras affaire !

Ntsame éclata de rire.

— Ton mari t'a dit que c'est moi qui suis allé le chercher ? Il t'a dit que je le poursuis ? Passe ton chemin, madame !

— Ce n'est pas une prostituée qui me dicte ma conduite, tu comprends, femme indigne ! Au lieu de voler les maris des autres, tu ferais bien de t'en trouver un pour toi. Mais je doute qu'avec le nombre impressionnant de kilomètres que tu as au compteur, un homme sensé veuille encore s'attacher à toi ! Vois-tu, il risque bien d'être la risée de toute la contrée ! Tu sais ce qu'on fait d'une roue de secours qui a servi dans plusieurs voitures ? On la laisse pourrir chez le vulcanisateur !

Ce disant, Madame Maboko souleva brusquement l'étal de Ntsame et renversa son poisson sur la chaussée. Ivre de colère, cette dernière l'agrippa et lui infligea une si sévère correction qu'il fallut le renfort de trois gendarmes appelés à la rescousse pour extraire madame Maboko de ses griffes.

Méconnaissable, ensanglantée, les vêtements déchirés, madame Maboko fit preuve d'une parfaite mauvaise foi, certifiant aux gendarmes que c'est Ntsame qui l'avait agressée, alors qu'elle voulait seulement acheter du poisson.

Ntsame se retrouva en cellule. Isolée, meurtrie par la tournure des événements, elle repensa à sa vie, à ses enfants, à cette journée. Elle avait honte de ce qu'elle était devenue, de l'image qu'elle donnait d'elle à ses enfants. Elle était prostrée et interdite sur ce long banc en osier qui lui servait de lit. Elle ferma les yeux et se recroquevilla sur elle-même, se disant qu'il fallait bien qu'elle dorme, quand elle entendit soudain la serrure de sa cellule faire du bruit, comme si quelqu'un y introduisait une clef. Elle ouvrit les yeux et se retourna, effrayée. Un homme s'encadrait à l'entrée de la cellule, l'air menaçant.

— Déboutonne-toi vite, ordonna-t-il. Ce qui va se passer ici restera dans cette cage, entre nous et ces quatre murs. Si tu oses ouvrir la bouche, je vais te sectionner la langue. Je veux que tu sois mon esclave cette nuit.

— Que me voulez-vous ?

— Ferme-là et déshabille-toi ! cria-t-il presque, le regard noir.

C'est alors que Ntsame reconnut en lui le nouveau commissaire, dont le nom était déjà synonyme de terreur pour les malfrats de la localité. Il avait la réputation d'être intransigeant, inflexible. Elle comprit également que tous les autres agents étaient rentrés chez eux, qu'elle se retrouvait seule, à la merci de cet homme.

— Ne me tuez pas, s'il vous plaît, répliqua-t-elle d'une voix apeurée. Je ferai tout ce que vous me direz. Mais je vous en prie, ne me faites pas de mal.

Elle se déshabilla lentement, honteuse de le faire dans de telles circonstances. Elle leva vers lui des yeux apeurés et larmoyants qui accrochèrent son regard. Elle vit alors, au fond de ses yeux noirs et ivres, le désir sauvage qui s'y développait. Elle vit qu'il tremblait presque à la vue de ce corps de femme qui se dévoilait devant lui en toute pudeur.

— Pourquoi fais-tu semblant de pleurer ? Je vois que tu as bien conservé ton outil de travail ! C'est même étonnant, vu le nombre d'enfants que tu as. En connaisseur, j'apprécie le produit et je reconnais que tu l'as entretenu comme une carrosserie de luxe !

— S'il vous plaît monsieur, je… je ne… veux pas…

— Qu'est-ce que tu ne veux pas ? C'est bien la première fois que j'entends une technicienne de sa propre surface corporelle refuser de réchauffer son moteur ! Aurais-tu encore des remords, depuis le temps que tu rends de fiers et loyaux services aux routiers ? Je vais te dire, moi : à te voir ainsi parée, tu mérites une médaille d'honneur !

Sans mot dire, il la poussa sur le lit sommaire et ouvrit la braguette de son pantalon. Ntsame ferma les yeux, plia les poings et voulut prier. Mais même la prière se refusa à elle. En proie à une intense crise de larmes et les yeux toujours fermés, elle se vit au milieu d'un terrain vague alors qu'un camion rempli d'ordures ménagères reculait vers elle. Le camion souleva sa benne et déchargea ses tonnes d'ordures sur son corps. Elle encaissa toutes ces immondices qui souillèrent sa peau, son corps entier, son intérieur. La puanteur lui remontait par tous les orifices, l'étouffait, lui donnait envie de vomir. Elle n'avait aucun appui, ne ressentait que du dégout, tandis que le camion continuait de décharger sa cargaison dégueulasse et ses effluves répugnants. Sur sa poitrine, elle ressentit le passage humide d'une espèce de serpillère fétide baignée dans de la marijuana, tant son odeur repoussante était suffocante.

Ce calvaire prit une éternité. Ntsame se vida de ses larmes, perdit connaissance plusieurs fois, mais l'homme ne s'en rendit même pas compte. Il comptabilisait un exploit personnel, se surpassait lui-même, se délectait de sa trouvaille, triturait le produit, le pétrissait, éprouvait le mortier de son pilon ravageur.

Un rugissement comparable à celui d'un mouton qu'on

égorge surgit de la bouche de Ndoman et vint fendre le silence de cette nuit, annonçant le repos prochain du bourreau. L'homme se retira tout en marmonnant :

— Reste calme et sèche tes larmes. Je vais te sortir d'ici aujourd'hui même. Mais avant, je viendrai te rendre une visite de courtoisie avant que sortent les premières lueurs du jour.

Après avoir rassasié ses pulsions, il retourna dans son bureau fièrement.

Ntsame se replia sur elle-même, souillée, déchirée dans son corps et son âme, l'esprit à la dérive. Elle tremblait de tous ses membres. La colère et le désespoir la tenaient prisonnière de pensées morbides.

Vers 5 h du matin, Ndoman entra de nouveau dans la cage. Ntsame était toujours allongée, fixée sur le sol tout en larmes. Mouillée de la chevelure jusqu'au pied.

— Bonjour, dit-il prestement. Je viens pour le dessert.

— Le… quoi ? rétorqua-t-elle toute effrayée.

— Du calme ! Que penses-tu donc que tu es, sinon un bon produit ?

— Mais… s'il vous plaît…

— Chut ! Je ne veux pas que tu parles ni que tu penses sans que je ne te l'aie ordonné. À partir de maintenant, tu es ma "chose", l'agrément qui me permettra de tenir dans ce trou à rats.

Sans hésiter, la prit de nouveau. Sans égards ni élégance. En un laps de temps tout était fini. Il se rhabilla et sortit de sa poche une somme de 10 000 francs.

— C'est ce que tu vaux, lança-t-il un air moqueur. Tu es juste la femme qui satisfait mes désirs, sans plus.

Ntsame était humiliée et ivre de colère. Elle se saisit d'un de ses escarpins et le frappa par-derrière. Il tomba et se mit à gémir de douleur. Il pissait le sang. En tombant, un coutelas s'échappa de sa poche et tomba au sol. Sans réfléchir, elle le saisit et piqua la pointe du poignard dans la chair de son bourreau.

— Merde ! Qu'as-tu fait ? Sanglotant-il.

— Pervers, dit-elle, tout en criant et pleurant de rage. Tu n'auras plus l'occasion de t'en servir. Alors je vais te prouver que tu es une vraie ordure.

Elle demeura abrupte quelques instants, puis d'un geste brusque sectionna sa dignité.

À PROPOS DES AUTEURS...

Kanny Aude ASSENGONE est gabonaise. Après des études supérieures à Johannesburg, elle travaille actuellement dans le secteur de l'aéronautique au Gabon. Passionnée d'écriture, elle a tenu plusieurs blogs narratifs sur les réseaux sociaux, avant de prendre la décision d'écrire des nouvelles. Elle prépare un roman qui sera publié sous peu.
E-mail : kantougou@gmail.com

Symphora AYINGONE est née un 4 mars à Port-Gentil. Licenciée en Littérature Générale et Comparée à l'Université Omar Bongo, elle est passionnée de littérature, de théâtre et de poésie. Membre de plusieurs groupes culturels et sociaux, elle contribue à sa manière à la valorisation des métiers du livre. Sa contribution à cette œuvre collective est sa première sortie officielle. Elle prépare déjà un recueil de nouvelles.

Ancèle BAMBOUWA PINGANI vit le jour un 17 mai au domicile familial à Libreville. Originaire du canton Lasio Sébé dans le sud-est du Gabon. Elle a fait ses études supérieures à l'université Omar Bongo en littérature française et francophone.

Passionnée des voyages, la lecture et de la musique zouk, rumba et Gospel. Elle partage la philosophie selon laquelle : L'essentiel de la vie réside dans le partage de l'Amour. Sa nouvelle dans ce recueil est son premier pas dans l'univers scriptural. Elle est membre du Club Lyre et bien d'autres.

e-mail : ancelebambouwa@gmail.com

Ornella BINDANG est née à Oyem. Elle occupe actuellement la fonction de Chargée d'Études à la Direction Financière d'un Centre Hospitalier de Libreville. Dès sa tendre enfance, elle a été passionnée du verbe. Concomitamment à sa vie professionnelle, elle s'exprime dans l'art oratoire (Slam), avec sa voix enjolivée. Aujourd'hui elle se lance dans l'écriture et projette être une Écrivaine qui comptera pour les générations futures.

E-mail : bindang2017@gmail.com

Marielle Thérèse BIYOGOU
est journaliste et spécialiste en
communication. Actuellement en
service à Gabon 24, elle est
également volontaire pour le
compte des Nations unies.
Passionnée de lecture et de
communication, elle apporte ici sa
seconde contribution à une œuvre
de fiction.
E-mail :
maryelbiyogou@gmail.com

**Dejanire Esmeralda
FOUTOU** est née à Port-Gentil
au Gabon. Étudiante, elle est
passionnée de psychologie et de
littérature asiatique. Elle a déjà
publié un recueil de poèmes. La
présente collaboration est sa
seconde sortie littéraire
collaborative.
E-mail :
foutoudejanire@gmail.com

Lauren GUISSINA est née à Libreville. Elle est actuellement fonctionnaire des Impôts. Elle est également nantie d'une licence en communication.

Passionnée d'écriture, elle est très active sur les réseaux sociaux, où elle publie diverses chroniques. Elle interpelle ainsi les jeunes sur les travers de la société. Elle prépare actuellement un recueil de nouvelles. La présente initiative est sa première collaboration collective.

E-mail : laurenguissina@gmail.com

Audrey GNAGNEMBE, bien que cadre dans l'administration publique, est une passionnée d'écriture. Elle partage également son exaltation à travers ses blogs où elle mêle, entre autres, à travers ses histoires et pensées, humour et réalisme. Elle travaille actuellement à la publication d'un roman. *Boupendza n'était pas hors-jeu* est sa deuxième collaboration.

E-mail : audreygege.ga @gmail.com

Daisy-Patrick M. est une jeune juriste et RH gabonaise, passionnée de lettres depuis sa plus tendre enfance. Elle fait entre autres ses classes à l'École Normale Supérieure de Libreville, section français, où la fièvre de l'écriture prend le dessus sur toutes ses autres passions. Sa participation à cet ouvrage collectif n'est pas son premier essai. Elle a déjà un roman sur le marché : « Viser la lune, au-delà du handicap ». Dans cette œuvre collective, elle laisse sa plume se déployer autour d'un thème commun, pour le plus grand plaisir des liseurs.
E-mail : daisyjewel@yahoo.fr

Clarisse MABITI est une étudiante et écrivaine gabonaise. Elle affectionne particulièrement la littérature et se plaît à fixer quelques merveilles de Mère nature. Elle est déjà auteure d'une œuvre importante, dont :
— La révolte des Casses-Rôles (poésie/Codaaf), Libreville, Gnk Éditions Gabon, 2021.
— Mélodies de mon cœur (poésie), Libreville, Symphonia Éditions, 2022.
Adresse mail :
mabiticlarisse@gmail.com

Ida Flore MAROUNDOU est née à Gamba. Elle est originaire de Mayumba, mais vit à Port-Gentil, de nationalité gabonaise. Elle est diplômée en Management des entreprises et des administrations, option : QHSE. PDG de J2 K CONSULTING, Présidente Fondatrice de l'ONG Aurore, qui lutte contre les violences faites aux femmes, œuvre pour leur autonomisation financière, ainsi que dans la formation et la réinsertion professionnelle et sociale des enfants défavorisés. Romancière, nouvelliste. Auteur du roman : Le Dieu de toutes possibilités idaflorem0@gmail.com

Hermine MBANA est née un 10 mai à Port-Gentil, au Gabon. Diplômée d'un Master professionnel en Sciences de Gestion, option Management Logistique Globale, elle est très active sur les réseaux sociaux. Elle est Lauréate du Premier Prix de la Nouvelle Littéraire Gabonaise édition 2021 organisée par IKOKU Gabon ; elle est par ailleurs membre du CODAAF. E-mail : h.mbana03@gmail.com

Edna MEREY APINDA
est nouvelliste romancière.
Passionnée de voyages, amoureuse
des livres, elle vit à Port-Gentil.

L'Orchidée MOULENGUI est
Journaliste, promotrice et agent
littéraire, correctrice, lectrice et
libraire, de nationalité gabonaise,
fondatrice du concept « La Librairie
du Mapane », un système de vente
et de promotion d'œuvres
littéraires. Elle est une fervente
passionnée des livres. Diplômée de
l'Université Omar Bongo au
Gabon, on la retrouve animatrice
radio et télévisée d'émissions
dédiées à la promotion des
écrivains et de la littérature
gabonaise. C'est fort d'une intense
passion pour ce qu'elle fait, que
L'Orchidée MOULENGUI est
devenue une véritable promotrice
littéraire.
E-mail : moulorchy@gmail.com

Efry Trytch MUDUMUMBULA est un auteur Gabonais. Il est, par ailleurs, doctorant à l'université de Bordeaux Montaigne (Bordeaux 3). Il est également comédien à l'Atelier Dramatique Eyéno et fondateur du CODAAF : Collectif Des Auteurs Africains qui comptera bientôt sa quatrième publication intitulée : Mê l'Ange signée chez Gnk Éditions Gabon.
E-mail : mudumumbulae@gmail.com

Rodrigue Ndong est enseignant-chercheur, essayiste, biographe, romancier, dramaturge, nouvelliste et chroniqueur littéraire.
E-mail : ndong_rodrigue@yahoo.fr

Marcel NGUIAYO EFFAM est un écrivain plusieurs fois lauréat du Grand Concours Bicig Amie des Arts et des Lettres. Il tombe amoureux des livres à 13 ans quand sa mère l'inscrit au Centre Culturel français Saint-Exupéry de Libreville. En 2014, il publie un recueil de poèmes : *Les choses de mon corps, lettres de mes nuits,* chez Edilivre. Et 2017, il publie son premier roman : *Bienvenue à Bangandoland.* En 2019, il participe au Prix RFI Théâtre et sa pièce Cocorico fait partie des 13 pièces présélectionnées. En novembre 2020, il publie chez Symphonia le recueil de nouvelles : *Si je mens, je baise ma mère.* Et en février 2021, son deuxième roman intitulé *Bamboula Spaghetti* paraît chez Symphonia. ugo1yahi@gmail.com

Maïta N'NEGUE MEZUI
Est née au milieu des années 80 à Oyem dans le Woleu-Ntem au Gabon. Elle est de nationalité gabonaise. Militante du dialogue interreligieux, bien que Chrétienne Catholique Apostolique Romaine pratiquante, elle acteur culturel défendant la coutume « ma dzo n'a » autrement dit, Ekang voir Fang et les droits de l'Homme en général…

E-mail : maitadarel@gmail.com

Omer NTOUGOU est né à Mouila, au Gabon. Spécialiste de l'Environnement, il travaille actuellement à la gestion durable des parcs nationaux. Il publie son premier livre, *Nos Gabonitudes préférées*, en 2016. Depuis, il s'est consacré à l'écriture du Mvett, un art culturel majeur du peuple Ekang.

E-mail : omer.ntougou@gmail.com

Daniella OBONE ATOME est nouvellement sortie de l'École Normale Supérieure, où elle a étudié les arts dramatiques. Elle travaille actuellement dans l'enseignement secondaire. Passionnée des belles lettres, elle est membre du Club Lyre. Cette œuvre est sa seconde sortie littéraire.

E-mail : daniella.oboneathome@gmail.com

Cyrielle YENDZE est ingénieure en sciences environnementales et Développement Durable. Elle a travaillé cinq ans au sein de l'ONG the Wildlife Conservation Society, puis consultante pour l'OIF, enfin dans les Transports Internationaux Durables. Elle exerce actuellement comme consultante auprès des Nations Unis pour la lutte contre les changements climatiques.

E-mail : cy.yendze@gmail.com

Printed in Great Britain
by Amazon